La Huella Tras los Secretos del Grial

Círculo Bluthund 5

Cedric Daurio

2

El Círculo Bluthund

El Círculo Bluthund es un grupo hermético informal formado en las redes sociales. Reúne a investigadores de las disciplinas más diversas, quienes colaboran en la resolución de casos difíciles de manejar. Poseen métodos de investigación que provienen tanto de las ciencias positivas como del conocimiento alternativo, basados en sabiduría tradicional y en arcanos de diversas culturas.

Los Títulos actuales son

1. La Leyenda de Thule: La Profecía de las Runas
2. El Códice Gobi: Enigma del Tesoro tras el Horizonte Fugitivo
3. Bajo la Sombra del Águila: El Enigma de Alamut
4. En Busca del Tesoro del Zar: Enigma en Siberia
5. La Huella templaria: Tras los Secretos del Grial

4

Copyright © 2024 por Oscar Rigiroli. Todos los derechos reservados. Ni este libro ni ninguna parte del mismo pueden ser reproducidos o usados en forma alguna sin el permiso expreso por escrito del editor excepto por el uso de breves citas en una reseña del libro.

Se trata de una obra de ficción. Los nombres, personajes, empresas, lugares, eventos e incidentes son o bien los productos de la imaginación del autor o se utilizan de una manera ficticia. Cualquier parecido con personas reales, vivas o muertas, o eventos reales es pura coincidencia.

Indice

Capítulo 1
    Capítulo 2
    Capítulo 3
    Capítulo 4
    Capítulo 5
    Capítulo 6
    Capítulo 7
    Capítulo 8
    Capítulo 9
    Capítulo 10
    Capítulo 11
    Capítulo 12
    Capítulo 13
    Capítulo 14
    Capítulo 15
    Capítulo 16
    Capítulo 17
    Capítulo 18
    Capítulo 19
    Capítulo 20
    Capítulo 21
    Capítulo 22
    Capítulo 23
    Capítulo 24
    Capítulo 25
    Capítulo 26
    Capítulo 27
    Capítulo 28
    Capítulo 29
    Capítulo 30

Capítulo 31
Capítulo 32
Capítulo 33
Capítulo 34
Capítulo 35
Capítulo 36
Capítulo 37
Capítulo 38
Capítulo 39
Capítulo 40
Capítulo 41
Capítulo 42
Capítulo 43
Capítulo 44
Capítulo 45
Capítulo 46
Capítulo 47
Capítulo 48
Capítulo 49
Capítulo 50
Capítulo 51
Capítulo 52
Capítulo 53
Capítulo 54
Capítulo 55
Capítulo 56
Capítulo 57
Capítulo 58
Capítulo 59
Capítulo 60
Capítulo 61
Del Autor

Sobre el Autor
Novelas de C Daurio
Contacte al Autor
Sobre el Editor

Dramatis Personae
Nick Lafleur
Jiang Zhi Ruo
Mikhail Turgenev
Chandice Williams
Corrado Gherardi, ex sacerdote jesuita especialista en historia de las religiones.

Matsuko: Joven guerrera Ninja

Ignacio de Medizábal (Iñaki): Obispo, Monasterio de Santa María.

Su Eminencia Reverendísima: Cardenal radicado en el Vaticano, dirigente de Acción Divina.

Manuel Bernal, el Preboste: sicario dependiente de su Eminencia Reverendísima

Fray Arnau Ripoll: Prior del Monasterio de Montserrat.

Hans Fischer: Miembro de la guardia Suiza del Vaticano.

Gallardo, Gómez: secuaces de Bernal

Fergus, Angus: amigos escoceses de Corrado y Wolfram

Jacob Efron: Arqueólogo israelí de Acre.

Capítulo 1

No había carteles con números de aulas, ni pizarras ni carteleras con instrucciones para alumnos. Solo algunas habitaciones con algunas sillas y un escritorio en las que esperaban algunos aprendices impacientes.

Es que no se trataba de una escuela o universidad formalmente constituida. Lo que los aspirantes llamaban la "Academia" era una institución informal de la Comunidad Bluthund, en sí misma una organización no oficialmente organizada en ninguna parte del mundo, aunque tenía numerosos adherentes en varios países de Oriente y Occidente, algunos de ellos situados en posiciones gubernamentales importantes. Pero lo que la Comunidad tenía sobre todo era prestigio en círculos seleccionados influyentes en el mundo; un prestigio ganado por sus numerosos éxitos en resolver temas difíciles cuya solución había escapado a las grandes centrales de inteligencia mundiales: la CIA, la FSB, es decir la sucesora de la KGB rusa, el MI6 inglés, la Mossad israelí y por fin los servicios secretos chinos, alemanes, franceses y europeos en general.

The Bluthund Community is an informal hermetic group formed on social networks. It brings together researchers from the most diverse disciplines, who collaborate in the resolution of difficult-to-manage cases. They have research methods that come from both the positive sciences and alternative knowledge, based on traditional wisdom, in arcana of different cultures.

Por eso, a pesar de la ausencia de aspectos fastuosos exteriores, cuando Nick entró en el sombrío pasillo entre las habitaciones, sintió una profunda emoción. El haber logrado ser seleccionado para ser entrenado en la Academia lo llenaba de orgullo, y justificaba los largos exámenes y entrevistas virtuales a las que había sido sometido en las semanas precedentes por misteriosos personajes que le habían realizado preguntas sobre sus conocimientos en los temas históricos, políticos, legales y científicos más variados, incluyendo algunas que entraban ligeramente en el terreno esotérico. Algunas de estas preguntas habían sacado a flor de piel conocimiento que Nick no sabía que poseía y sentimientos ocultos.

Se sentó en el aula que le habían indicado, y que estaba solamente marcada por una cartulina azul clavada en la puerta; allí se dispuso a esperar.

Al cabo de un cuarto de hora apareció una joven de rasgos orientales y tras comprobar la marca azul entró en la habitación y luego de saludar en silencio con una ligera inclinación de cabeza y una sonrisa tímida a Nick se sentó en otra de las sillas a cierta distancia de él.

El muchacho lamentó no encontrar la forma de iniciar una conversación con la recién llegada de modo que se limitó a observarla de reojo, para no incomodarla. El cuerpo de la joven era delgado y bien formado y aunque no la podía mirar de frente Nick pudo adivinar que tenía el rostro atractivo, con rasgos delicados y una cierta elegancia en su postura.

Aunque la modestia de su crianza le impedía demostrarlo, también Zhi Ruo había quedado impactada por el joven que se hallaba en el aula. A pesar de que solo lo había visto al pasar ante de que su natural timidez la obligara a apartar la vista, había llegado a ver su cabellera rojiza peinada en una forma un tanto antigua, sus ojos claros (¿azules o verdes?) y sus piernas largas. El conjunto había seducido a la muchacha a pesar de lo fugaz de la visión.

Ambos jovenes estuvieron observando las pantallas de sus respectivos teléfonos celulares con el objeto de pasar el tiempo hasta que ocurriera algo hasta que oyeron los sonidos de personas conversando en el pasillo.

Al cabo de unos momentos dos individuos jovenes aparecieron en la puerta del aula y una vez confirmada la marca distintiva de la cartulina azul, ingresaron en el espacio. Se trataba de un muchacho rubio, alto y de contextura fuerte y de una hermosa muchacha afroamericana bastante más baja que su acompañante. A diferencia de los anteriores ocupantes de la habitación los recién llegados eran extravertidos y hablaban en voz alta entre ellos, y al entrar saludaron a los presentes. Nick y la joven asiática respondieron en voz baja pero el que acababa de entrar se acercó a cada uno de ellos y les extendió la mano amistosamente expresando con voz de barítono y un fuerte acento eslavo.

-Hola, soy Mikhail...pueden llamarme Mike.

-Hola Mike. Yo soy Nick.

-Hola, yo soy Zhi Ruo.

Luego fue el turno de la muchacha afroamericana de presentarse.

-Hola a todos. Yo soy Chandice.

La llegada de los locuaces jovenes tuvo el efecto de romper el hielo y comenzar una animada charla sin otro propósito determinado que socializar.

Al cabo de uno rato se oyeron pasos en el pasillo y un nuevo personaje apareció en la puerta; se trataba de un hombre de unos cuarenta o cuarenta y cinco años, alto y fornido, de cabellos rubios con algunas canas, inmensos ojos azules y una barba rojiza de varios días. Saludó a los presentes con un ademán de su mano derecha y procedió a cerrar la puerta, indicando que ya todos los invitados a la reunión se encontraban en el aula. Luego se sentó en la silla que estaba frente al escritorio mirando a los demás presentes y con una amplia sonrisa expresó.

-Bienvenidos a todos a la Comunidad Bluthund. Hoy comienza para cada uno de ustedes una experiencia que solo a pocas personas les es permtida, y confío en que recordarán este día a lo largo de sus carreras con nosotros. Vamos a presentarnos cada uno dando nuestros nombres, datos personales y campo de estudios o de experiencia profesional. Para romper la inercia voy a comenzar con presentarme a mi mismo.

Se puso de pie imponiendo su alta figura y dijo.

-Me llamo Jack Berglund y seré el tutor de todos ustedes durante estos primeros pasos en la Comunidad. Seguramente se les presentarán dudas y preguntas y los animo a hacérmelas a mí. Soy uno de los socios fundadores de Bluthund y conzco bastante bien su funcionamiento, pero si hay algo que no sepa me comprometo a averiguarlo para ustedes.

Luego dio unos pasos y prosiguió.

-Soy americano, runólogo y especialista en alfabetos antiguos, lenguas extinguidas y encriptación de datos.

Mike levantó la mano y al concedérsele la palabra agregó.

-Y uno de los hombres de acción de la Comunidad. Su fama es bien conocida.

Jack Berglund sonrió y contestó.

-Bien, quizás tengas razón, aunque me preocuparía que los detalles internos de Bluthund sean conocidos fuera de la Comunidad.

Bien, les pido que cada uno se presente en forma similar a la mía. A ver empecemos por damas.

Con una inclinación de su cabeza solicitó a la muchacha llamada Chandice que comenzara.

Capítulo 2

Chandice vaciló unos instantes sin saber que decir de modo que Jack decidió ir en su ayuda.

"Dinos Chandice. Que te hizo acercarte a la Comnudad Bluthund?"

"Tengo mi vida programada hasta el ultimo minuto, todo es predecible. Deseo dejar un cierto lugar en ella para lo imprevisto, la aventura."

Berglund miró en una hoja que llevaba en su mano donde obviamente estaban escritos los nombre de los participantes de la reunión.

"Bien, gracias Chandice, a ver tú...Zhi Ruo...¿lo he pronunciado bien?

La joven oriental se levantó y con voz suave comenzó a hablar.

"Sí. Pueden llamarme Zhi. Soy ciudadana de Singapur, de origen étnico chino. Soy dibujante y calígrafa, discípula de mi madre en ambas actividades. Trabajo en una tienda de joyas orientales y por las tardes practico Tai Chi Chuan junto con mi instructor."

"¡Oh! Que interesante." Exclamó Jack. " Sin duda vas a tener ocasión de practicar artes marciales en nuestra comunidad. Y ahora cuéntanos cuales son tus expectativas sobre nuestra Comunidad"

"Espero poder aprender un conjunto de técnicas y conocimientos que permitan enfrentar temas complejos, que requieran un análisis multidisciplinario, y también espero contar con el apoyo de maestros especialistas en diversas areas."

"¿Tienes algún hobby o pasatiempo?" Inquirió Berglund,

"Si, jugar Mahjong, aún en solitario y por Internet."

"Gracias, Zhi. Ahora por favor tú cuentaanos algo sobre tí mismo." Esta vez apuntaba a Mike.

"Me llamo Mikhail Turgenev. Nací en San Petersburgo, Rusia y llegué a Estados Unidos hace diez años. Al comienzo me resultó duro porque hablaba poco inglés pero fui superando los problemas y ahora estoy prosiguiendo mis estudios universitarios de Ingeniería Mecánica que habóia comenzado en mi ciudad natal. Trabajo como vendedor de artefactos electrónicos en una tienda de ese ramo y en mis vacaciones salgo a escalar montañas no demasiado altas en los estados vecinos a Nueva York."

"Muy bien, muchas gracias Mike. Ahora es tu turno." Dijo Berglund aludiendo a Nick.

"Mi nombre es Nicholas Lafleur..."

"¿Eres francés?" Interrumpió Jack. "Tienes un muy ligero acento."

"No, soy franco-canadiense. Nací y me crié en un pueblo pequeño en Quebec, y aunque estudiamos tanto inglés como francés en la escuela, en mi casa el idioma que usábamos era el francés." El joven hizo una pausa y prosiguió. "Soy analista de sistemas y estoy estudiando Marketing Digital en Estados Unidos. Mi hobby es el ajedrez."

"¿Y que esperas de Bluthund?" Preguntó Jack.

El joven pensó unos instantes y luego respondió sin vacilar.

"Acción. Salir de una vida repetitiva y rutinaria."

"O sea que también tú quieres adrenalina." La frase de Berglund estaba entre una pregunta y una afirmación.

"Sí, sin duda." La respuesta del muchacho fue entusiasta.

Jack Berglund volvió a sentarse en su silla frente a la clase y preguntó. "¿Qué dirían ustedes que tenemos en común?" Zhi levantó la mano. "Sí Zhi." Dijo Jack. "Somos de países muy diferentes". "Bien, y no solo eso. Tienes diferentes antecedentes, carreras e intereses. El único elemento que tienen en común es... "El hombre volvió a levantarse y sintiendo la expectativa por sus palabras dijo. "Una cierta inclinación por la aventura". Hizo una pausa y observó que los cuatro jóvenes daban señales obvias de aprobar su conclusión. Luego añadió. "Lo que todavía no sabes es que esa es una característica de la Comunidad Bluthund en su conjunto. Para poder estudiar problemas de muy gran diversidad de temas nuestra institución promueve la captación de miembros muy diversos. A medida que vaya conociendo a los miembros de nuestro personal, esta característica les resultará evidente.

"Hechas estas presentaciones vamos a entrar en tema de a poco."
Prosiguió el americano. "Como ya les expliqué yo voy a ser el tutor de ustedes cuatro durante el período de su entrenamiento, pero además seré el profesor de determinadas materias teórica y prácticas. Una de ellas será el tema de las comunicaciones, tanto desde el punto de vista de los medios materiales como la radio, teléfonos satelitales, líneas seguras y otros componentes de hardware, como de la forma en que se envían los mensajes.

Precisamente hoy comenzaremos con el tema de encriptación de mensajes. Encriptar o cifrar un texto significa transcribir en guarismos, letras o símbolos, de acuerdo con una clave, un mensaje o texto cuyo contenido se quiere proteger. También veremos técnicas para realizar la función inversa, es decir desencriptar o sea tratar d descifrar mensajes potencialmente peligrosos enviado por terceras personas.

Estuvieron abocados a esa tarea por espacio de cuatro horas, con un corto intervalo para un almuerzo ligero a base de sándwiches. Cuando la fatiga mental se hizo evidente Jack Berglund decidió hacer un recreo y mientras los jóvenes conversaban entre si se ausentó del aula por unos minutos a hacer una llamada telefónica desde su celular. Al regresar a la habitación todos se sentaron en sus sillas y el americano expresó.

"Vamos a hacer un breve espacio de preguntas y respuestas con el objeto de clarificar los visto hasta aquí, o evacuar dudas que tengan sobre la realización del entrenamiento." Aunque al principio nadie parecía tener preguntas, tan pronto Chandice formuló la primera las dudas comenzaron en un efecto cascada que parecía interminable.

De pronto, un nuevo personaje apareció en la puerta del aula y contempló en silencio el curso del debate sin ser percibido, hasta que Jack Berglund elevó los ojos y dio un brinco en su silla y cortó su explicación diciendo en voz alta.

" Jóvenes, permítanme presentarles al Profesor Taro Suzuki."

Instintivamente todos los presentes se pusieron de pie.

Capítulo 3

El nombre de Taro Suzuki era vastamente conocido en los ambientes mundiales relacionados con la aventura y las expediciones, aunque el público en general conocía no exactamente su perfil y sus conocimientos, de modo que su reputación estaba envuelta en una neblina brillante pero no traslúcida. El mismo Suzuki lo prefería de esta manera pues en el fondo su personalidad era austera y reservada de modo que la fama le hubiera resultado una carga molesta.

Cuando los alumnos presentes en el aula se pusieron de pie a su entrada el profesor se snrojó ligeramente, no habituado a esas recepciones. De inmediato dijo.

"No, por favor, tomen asiento."

Jack Berglund se acercó al viejo maestro, y ante el asombro de los cuatro alumnos ambos curtidos aventureros se unieron en un abrazo.

"¿Como has estado desde nuestro regreso de Siberia?" Preguntó al americano.

(Ver "La Diadema Romanov" de esta colección)

"Bien, aunque muy atareado en retomar las clases en mi Academia."

Dirigiéndose a los presentes Jack les expresó.

"Ustedes deben saber que el Profesor Suzuki tiene en Japón una Academia de Artes Marciales de reputación internacional, a la que incluso el Servicio Secreto japonés envía a sus reclutas, aunque, por supuesto, en forma reservada."

Un murmullo recorrió la habitación. Berglund pidió a los alumnos.

" Por favor presentense cada uno de ustedes al Sensei, expresando lo mismo que han dicho antes para el grupo."

Cada uno de los cuatro se puso de pie y estrechó la mano de Suzuki, haciendo un breve resúmen de sus cortas experiencias. Al finalizar el maestro dijo.

"Tal como nos tiene acostumbrados, Jack Berglund ha hecho una selección de candidatos brillantes para ingresar en la Comunidad Bluthund. Se que obtendremos de ustedes profesionales brillantes que tanto estamos necesitando. Ahora, yo se que han estado desde esta mañana en clase con el profesor berglund y conociéndolo a él como lo conozco, adivino que los ha estado exprimiendo con sus clases, de modo que deben estar mentalmente fatigados. Voy a dejar que ahora puedan regresar a sus casas y nos encontraremos mañana por la mañana en el campus de la Comunidad, pero esta vez para realizar actividad física intensa. ¿Todos saben donde se encuentra el lugar?

Jack Berglund tomó a su cargo la respuesta.

"Por ser la primera vez he rentado una SUV e iremos todos juntos desde aquí. Más adelante cada uno buscará la forma de llegar."

Luego dirigiéndose a los discípulos agregó.

"Durante las próximas cuatro semanas tendrán ustedes un curso de inmersión total. Los lunes, miércoles y viernes las clases serán prácticas y tendrán lugar en el campus, y los martes, jueves y sábados por la mañana la clases teóricas se desarrollarán en estas aulas.

Al dia siguiente y los aprendices llegaron al amplio campo cercano a la orilla del Río Hudson, en las afuera de la Ciudad de Nueva York. Entre campos abierto destinados a distintos fines el americano los guió a un cobertizo cerrado con paredes y techo de chapa corrugada. Al abrir la puerta vieron que al fondo de amplio espacio ya se hallaba Taro Suzuki frente a un pequeño altar sobre el cual desde lejos pudieron ver un cuadro con la foto obviamente de un sensei o maestro importante, dos floreros con sus repectiva flores, unos cuadros con tiras blancas escritas en japonés con tinta o pintura negra y un escudo de la escuela de Karate practicada en el lugar Suzuki se encontraba prendiendo una gruesa vela blanca que luego depositó en el altar. El sensei ya se hallaba vestido con el atuendo caracteristico para la practica de artes marciales, consistente en dos prendas de gruesa tela de algodón blanco con un simple cinturón blanco.

Al entrar Jck hizo una reverencia a modo de saludo no solo al sitio sino también al sensei; de inmediato se sdecalzó y djó sus zapatos del lado exterior del cobertizo; los cuatro alumnos imitaron todas sus acciones, intuyendo sus significados. Suzuki se les acercó Jack Berglund y dijo.

"Bienvenidos a este sitio sagrado. La palabra *dojo* en japonés significa lugar del camino y en primer lugar no es un sitio para practicar artes marciales sino un lugar donde buscar la perfección física, moral, mental y espiritual. No solo venimos a ejercer actividad física sino también nos acercamos aquí para meditar. Deben saber que cada sitio del dojo tiene un nombre propio, incluyendo cada pared. La que se encuentra situada al sur, llamada Kamiza es la pared principal y por ello situamos allí el altar. Poco a poco iremos enseñando los nombres y significado de cada pared y otros sitios del dojo, pero ahora comenzaremos con un poco de actividad. Los artes marciales que aprenderemos aquí vienen de dos fuentes: el Judo y el Karate. Otras escuelas como el Aikido y el Taekwondo son igualmente valiosas pero nos atendremos a las dos mencionadas. Como primera medida cambiarán su ropa de calle por prendas diseñadas para la práctica de las artes. Confío que en los vestuarios, tanto femenino como masculino encontrarán trajes que se adapten a sus tallas.

Los discípulos entraron en las dos salas situadas en una de las paredes y al cabo de un rato aparecieron ataviados debidamente para la práctica.

En primer lugar Suzuki se situó enfrente de ellos y comenzó con ejercicios físicos de estiramiento en primer lugar y de calentamiento y fuerza más adelante. La plasticidad del viejo maestro dejó sosprendidos a sus alumnos, que debieron utilizar todos sus recursos para poder seguir sus movimientos.

Cuando Suzuki juzgó que ya era suficiente el ejercicio para entrar en calor y aflojar los músculos se situó en el centro del dojo y pidió que los demás lo rodearan, los cuatro aprendices y Jack Berglund se colocaron en torno del sensei.

"Ahora vamos a comenzar con una práctica liviana de Judo. Le voy a pedri a mi amigo Jack berglund, quien ya tiene práctica de este arte, que me ataque usando las formas que él desee. A los demás les pido que observen atentamente"

Jack comenzó a girar en torno al *sensei* sin dar muestras de sus emociones en su rostro ni anticipar sus intenciones de ataque; Suzuki seguía sus movimientos imperturbable. En un momento el americano se lanzó hacia adelante sobre un flanco de su contrincante con la velocidad del rayo y cubriendo la distancia que lo separaba de un salto. La acción fue un relámpago y en seguida ambos cuerpos se hallaban juntos.

De repente el sensei se agachó y de alguna forma que los presentes no pudieron determinar tomó a su amigo y rival, hizo que el voluminoso físico de Jack circulara por encima de su espalda y luego lo depositó suavemente sobre el suelo cerca de sus pies.

Toda la acción duró fracciones de segundo al cabo de los cuales Berglund se vio sentado sobre el dojo y estallando en una estrepitosa risa.

" Cada vez que me ocurre me pregunto como me hiciste llegar al suelo."

"¿Estás bien?" Preguntó el japonés preocupado.

"Perfectamente. En realidad no me tiraste al suelo sino que me depositaste como una pluma."

"Esta es una primera lección que debemos sacar." Contestó Taro. " Como neutralizar a un oponente sin dañarlo...por supuesto siempre que no se quiera hacerlo. La regla general es infligir el mínimo daño posible."

Capítulo 4

A continuación fue el turno de los principiantes de enfrentar al viejo maestro. El primero fue Mike, quien luego de acometer con gran fuerza al sensei rodó por el suelo del dojo en medio de risas estrepitosas de sus compañeros y de sí mismo. Nick fue presa fácil y fue depositado con suma gentileza en el piso. Chandice atacóa con gran vehemencia pero no pudo esquivar las tomas del entrenador y debió morder su ego herido.

Finalmente fue el turno de Zhi, y todos pudieron notar desde el comienzo que había una diferencia. Cuando la joven se acercaba a Taro para efectuar una toma el profesor la eludía agilmente, pero cuando a su vez intentaba asirla para elevarla por loa aires, era la muchacha la que eludía la toma en medio de los hurras de sus compañeros. Ambos contendientes, el viejo maestro y la joven alumna continuaron esa vistosa danza por espacio de un largo rato para deleite de los asistentes que festejaban cada movimiento imprevisto. Era evidente que ambos se estaban fatigando, de modo que jack Berglund, que actuaba como árbitro decidió cortar el espectáculo.

"Bien, ya es suficiente, declaro un empate."Dijo mientras aplaudía, acompañado de todos los demás aprendices.

Suzuki se secó la traspiración de la cara y las manos en una toalla y se acercó a la joven china extendiendo su mano.

"Te felicito. No me ocurre muy a menudo que no pueda vencer a un contrincante, mucho menos a una mujer tan liviana como tú."

Zhi resppndió a la felicitación con una inclinación.

"Me siento muy honrada por venir de un maestro como usted."

" Te lo mereces. Dime ¿esres practicante d algún arte marcial chino? ¿Tai Chi quizás?"

"Así es, Suzuki San."

"Entonces, cuando descanses un poco, te vamos a pedir que nos muestres la *forma* que desarrollan en tu escuela."

Suzuki se refería a la *Forma* o coreografía que cada arte marcial tiene para exhibir sus movimientos clásicos y permitir a los cultores de ese arte practicarlos y mantenerse en forma, a la vez que serenar su mente en la concentración de sus movimientos y respiración, es el equivalente de lo que en karate se llama *Kata*.

"Lo haré con gusto maestro. Ya estoy en condiciones."

Zhi se colocó en el centro del dojo y comenzó la lenta danza con movimientos de todo el cuerpo girando en torno a si mismo, en una lucha imaginaria en la que enfrenta a varios oponentes que la atacan al mismo tiempo. La Forma consta de una cantidad de movimientos preestablecidos, cantidad que varía con cada particular escuela de Tai Chi.

Tanto Taro como Jack y los tres compañeros miraban extasiados la gentil exhibición de concentración y fuerza que la joven de Singapur les estaba ofreciendo deseando que el espectáculo no terminara.

Finalmente Zhi quedó quieta al finalizar la coreografía, hizo una inclinación para saludar a los espectadores quienes prorrumpieron en aplausos, lo que produjo rubor en las mejillas de la muchacha.

El resto de la mañana transcurrió con clases de judo a cargo del sensei, quien fue mostrando a sus discípulos la forma de realizar cada toma, en primer lugar practicando peronalmente con cada uno de ellos y luego permitiendo que se enfrentaran de a dos.

En un momento determinado, se oyó el rudo del motor de una motocicleta de gran cilindrada y los presentes vieron a un vehículo desplazándoe dentro de predio pero lejos del dojo, pero no pudieron distinguir de quien se trataba.

Berglund dijo.

" Bien, basta por esta mañana. Ahora vamos a almorzar."

Nick preguntó dirigiéndose a Taro.

" Sensei, ¿a la tarde vamos a seguir con judo?"

"No, estas clases las continuaremos pasao mañana. Esta tarde conocerán a mi ayudante."

Mientras caminaban hacia la cantina del predio, los jovenes pudieron ver a lo lejos una pequeña figura vestida con un traje de cuero negro y un casco de motociclista en la cabeza que caminaba a unos cien metros. Cuando se sacó en casco pdieron ver que se trataba de una persona joven de rasgos asiáticos.

"¿Será el ayudante de Suzuki?" Reflexionó Zhi.

Después del ligero almuerzo Jack los guió hasta un sitio al aire libre conde había una serie de puestos fijos marcados en el suelo y a unas cien yardeas de los mismos unos blancos de papel montados sobre unos bastidores.

"Un polígono de tiro al blanco." Exclamó extrañado Mike.

Breves instantes depués vieron que se acercaba Taro Suzuki acompañado de una figura pequeña y enigmática. En efecto la pequeña talla del personaje no tenía solo que ver con su origen étnico sino también con su género. Totalmente vestida de pies a cabeza por una túnica y pantalones negros, llevaba su cabeza cubierta y su rostro velado por paños del mismo color. Solo se veían sus ojos y frente, pero aun así se alcanzaba a distinguir su sexo y raza. Era sin duda una mujer joven japonesa. Suzuki se acercó al grupo mientras que la mujer se mantenía a una cierta distancia

"Y bien Taro." Dijo Jack. "¿No vas a presentar a tu acompañante al grupo? ¿O prefieres que lo haga yo?"

El aludido se sintió momentáneamente avergonzado.

"Sí, sí. Por supuesto. Ella es Mitsuko, mi discípula preferida."

"¿Discípula?" Preguntó Chandice. "¿En qué disciplina?"

La muchacha llamada Matsuko abrió la boca y con el suave tono típico de las muchachas japonesas dijo en correcto inglés no desprovisto de acento.

"Suzuki San es mi *sensei*."

"¿Tu *sensei*?" Repitió Nick en tono incrédulo.

"Como todos saben soy instructor en varios artes marciales. Matsuko es mi alumna dilecta. Pero en este caso está aquí presente no como aprendiz sino como enseñante. Ella los guiará en el manejo de una serie de armas silenciosas."

"¿Armas silenciosas? Se refiere a armas provistas de silenciadores?" Preguntó ingenuamente Nick.

"No. Se refiere a armas…más primitivas pero no menos letales." Respondió Zhi, quien ya había intuido lo que vendría.

En efecto, Matsuko, Taro y Jack se dirigieron hacia unos armarios metálico situados bajo un alero y el americano procedió a abrir los candados que los cerraban. Al abrirse las puertas los cuatro alumnos se quedaron sorprendidos al ver el contenido de los mismos.

"¡Oh! Ballestas…y arcos y flechas." Exclamó Chandice.

"Allí también veo jabalinas" Completó Mike.

Jack les dijo en voz alta para vencer la distancia.

"Acérquense."

Al hacerlo el americano acompañado de Taro y su ayudante comenzaron a distribuir las ballestas y arcos entre los cuatro nuevos discípulos. La emoción de los mismos al tomar contacto con las mismas fue notable.

Mike, que conocía de armas examinó con cuidado las que le habían entregado y dijo.

"Son armas de fabricación artesanal, muy cuidada. No están hechas de fibra de vidrio o de carbono revestidas con resinas sino de madera."

"De maderas cuidadosamente elegidas y siguiendo procedimientos secretos de verdaderos maestros armeros que han heredado un arte de una antigüedad de cientos o quizás miles de años." Contestó Taro. "Su fabricación es tan cuidada como la de violines de alta calidad."

Capítulo 5

Mitsuko resultó ser una persona enigmática y poco locuaz. Sin decir una palabra tomó uno de los arcos, casi de la misma altura que ella y un manojo de flechas; se dirigió a una tarima donde apoyó las flechas, luego probó la tensión de la cuerda del arco y dijo a los nuevos discípulos.

"Observen atentamente mi posición y movimientos." Luego se plantó firmemente en el suelo, tomó una de las flechas y comenzó a tensar el arco. Permaneció un cierto tiempo en esa posición sin moverse en absoluto, mientras Taro Suzuki explicaba en voz baja a sus alumnos.

"En estos momentos está dominando sus pensamientos y emociones, buscando la concentración perfecta antes de proceder al tiro. Toda su atención debe estar centrada en el arco, la flecha y el blanco. Ella debe convertirse en parte del arco y el arco en parte de ella."

En ese momento la ayudante soltó la cuerda y la flecha salió disparada hacia su meta. A pesar de la distancia todos pudieron observar que el proyectil había dado justo en el centro; un dejo de admiración se extendió entre los jovenes.

Mike se aproximó a Suzuki y en voz baja le preguntó.

" ¿Es cierto que la arquería está relacionada con el zen?"

"El zen es una filosofía que inpregna no solo la arquería sino todas las artes marciales japonesas. Se trata de vencer al ego y proceder con una calma total. El propósito de la arquería no es dar en el blanco sino mejorarse a uno mismo. Estás trabajando no sobre la flecha sino sobre tí mismo."

Uno por uno los aprendices fueron probando su puntería y su autocontrol con los arcos. Matsuko y Taro corregían la posición de cada arquero mientras Jack tomaba nota de los resultados de cada tiro.

"No se trata aquí de hacer una competencia entre ustedes sino de medir la evolución de cada uno con la práctica. Cada uno está compitiendo en realidad contra sí mismo."

Luego de una hora y media de práctica con los arcos, y luego de un breve descanso acompañado por una taza de café, tocó el turno de las ballestas. Tanto Chandice como Zhi hallaron estas armas bastante pesadas de modo que la práctica fue mas breve. A su término Jack dijo.

"Bien , ahora vamos a cambiar completamente de actividad. Antes del mediodía vamos a hacer una sesión de escalada. Para ello deben cambiarse los trajes usados para la clase de judo y colocarse las ropas depostivas que traían originalmente. También deben cambiarse los zapatos por otros aptor para la tarea. Pueden probarse en el vestuario, hay distintas tallas para hombres y para damas. También deben probarse cascos y guantes."

Una vez debidamente equipados se dirigieron a una gran pared de hormigón que se hallaba cerca de uno de los límites del predio deportivo; el muro tenía más de setenta pies de altura y se hallaba provisto de numerosos objetos de plástico y de metal, fijados a la pared con intervalos irregulares; estos elementos, llamados presas, simulan las salientes de las rocas en los que los escaladores pueden fijar los pies y ayudar a los brazos en la misión de sostener e impulsar el cuerpo hacia arriba. Cada uno de los escaladores iba sujeto a un arnés que estaba unido a una soga.

Jack, habil escalador, mostró a los participantes el método de escalar, en el cual al ir ascendiendo a fuerza de bíceps, iba colocando la soga por unos ganchos de metal anclado a la pared en forma muy firme, llamados seguros, los cuales evitarían en caso de resbalar por la pared que el escalador llegara al sulo, y permitiéndole quedar colgando con lasoga del último gancho al que había llegado.

Laboriosamente Jack trepó hasta la cima de la pared, lo que le mereció aplausos de los alumnos, y luego procedió a descender con bastante rapidez. Cuando llegó al suelo Matsuko se lanzó a subir, sin soga ni arnes y con una agilidad increíble trepó hasta el tope, lo que le valió un hurra de los presentes.

Luego del duro ejercicio de escalada los miembros del grupo de alumnos fueron a almorzar juntos. La reunión fue ruidosa pues todos deseaban compartir las experiencias vividas. En un momento determinado Mike formuló la pregunta que en realidad todos se estaban haciendo.

"¿Quién es Matsuko?"

"Ya lo explicó Taro, es su discípula más avanzada de artes marciales." La respuesta de Nick sonó un tanto ingenua.

"Sí, pero...¿que es en realidad esta mujer?" Insistió el ruso.

"¿No se han dado cuenta aún?" La intrignte pregunta de Zhi produjo un ligero disconfort en sus compañeros.

"¿A qué te refieres?" Repreguntó Chandice.

La muchacha de Singapur se tomó un momento para contestar, aumentando la intriga.

"Matsuko es una Ninja."

"¿Qué dices? Los Ninjas pertenecen al pasado. Debido a sus crímenes han sido perseguidos por las autoridades de Japón y otros países." La frase de Chandice sonó bastante chocante.

Nuevamente Zhi vaciló antes de responder.

"Pero ello no significa que no se sigan entrenando en sus artes, y esta muchacha tiene todas las señales de estar formada en esa disciplina, en este caso por Taro Suzuki. "

En ese momento entró en la cantina Jack Berglund; de inmediato notó que el grupo estaba discutiendo acaloradamente.

"¿Que es lo que pasa chicos?¿Cuál es el tema en discusión?

Chandice, la más desenfadada del grupo preguntó sin dudarlo.

"Estamos todos intrigados por la personalidad de Matsuko, y Mike acaba de preguntar quien es y qué es realmente ella."

Jack sonrió y tomó un vaso de agua servido sobre la mesa sin contestar.

"Y bien Jack. ¿Qué nos dices?"Apuró Mike

"Como habrán podido ver, Matsuki es una guerrera con mucho para enseñarles a ustedes en esta nueva etapa de sus vidas, pero fundamentlemente es...la unica hija de Taro."

La sopresa produjo un silencio extendido en el grupo.

Luego el americano se arrepintió de haber hablado y agregó.

"Les pido que no comenten esto que acaban de oir. Taro está extremadamente orgulloso de su hija, pero debiera ser él quien revele la identidad de su hija.

Capítulo 6

Después de las enseñanzas de arquería y ballestería recibidas de ella a la mañana y de su espectacular ascensión de la pared vertical sin sogas ni arneses, la personalidad de matsuko se había tornado fascinante para los cuatro jóvenes. Aunque habían conocido su identidad a partir de la revelación de Jack Berglund, a pedido del mismo habián resuelto conservar esa información en secreto.

Cuando terminaron de almorzar, regresaron guiados por el americano al polígono de tiro. Allí ya se encontraba Taro y Matsuko quienes habían almorzado en el sitio, permaneciendo aislados de los demá sin duda para poder conversra de sus tema personales y familiares. Como novedad los novatos vieron que una gran armario metálico había sido abierto y pudieron atisbar que una variedad de objetos se hallaban en el interior.

Chandice se aproximó a Zhi y le susurró al oído.

"¿Tú, que tienes conocimiento de artes marciales, sabes que es todo eso?"

La joven de Singapur esbozó una de sus t´midas sonrisas y contestó sin dudarlo.

"Por supuesto, es todo un arsenal Ninja."

En efecto, Matsuko extrajo del locker una mesa plegable y comenzó a colocar prolijamente alineadas sobre ella una serie de elementos, algunos de ellos de aspecto temible. Iba disponiendo las armas en cinco grupos y todos captaron que la intención era ser usados por cada uno de ellos y la misma Matsuko. Al final sacó del armario un pesado sable metálico con su vaina, y lo colocó sobre la mesa con el resto de los elementos de guerra. Al verlo y reconocerlo un murmullo se espació entre los alumnos.

"¡Una Katana!"

Matsuko tomó un extraño artefacto formado por dos cilindros de acero de un poco más de un pie de largo unidos por un extremo por un trozo de cadena de tres eslabones, también de acero. En una de sus raras alocuaciones la joven Ninja dijo a los novatos.

"Este arma letal se llama Nunchaku. Tomen un cada uno de ustedes e imiten mis movimientos. Tengan cuidado de apartarse de los demás y de no golpearse a si mismos pues es más peligrosa de lo que parece."

Durante un largo rato estuviero manipulando los artefactos y golpeando con el extremo libre pendinet de la cadna unos postes de madera que mostraban las consecuencias del duro trato a que se los sometía.

A los Nunchaku lo siguieron los Shuriken o estrells ninjas de cuatro o seis puntas afiladas, que pueden degollar a un enemigo o clavarse en el corazón si son arrojados con puntería. El siguiente paso fue la lanzamiento de cuchillos y puntas también contra postes.

Cuando ya el Sol caía tras la hilera de árboles altos que marcaban los límites del predio, Matsuko regresó a la mesa plegable donde había depositado las armas portando el sable. El momento tan esperado por los novatos había llegado.

"Ahora veremos el uso de la katana." Dijo simplemente la Ninja.

Aqui en ingles copie un texto de The Eagle´s Nest

Después de un día extenuante pero sumamente estimulante para los discípulos, Jack Berglund dio por concluídas las actividades diciendoles.

"Mañana proseguiremos las clases teóricas a mi cargo en la academia. Trataremos de terminar el tema de la encriptación y decidificación de mensajes, y pasado mañana ustedes tendrán un clase especial sobre uso de armas de fuego a cargo de nuestra especialista en el tema."

"¿No está a cargo de Matsuko?" Preguntó Mike evdenciando al admiración producida por la joven.

"No, pero estoy seguro que la profesora les producirá el mismo entusiasmo."

43

Capítulo 7

La semana siguiente Jack los condujo como era habitual al campo situado sobre la orilla del Río Hudson, pero al pasar frente a su entrada en vez de entrar siguieron de largo por un trayecto de unas diez millas, hasta llegar a un bosque denso bastante grande, poblado de especies de árboles nativas de la zona.

Jack estacionó la SUV fuera del camino, en una zona permitida al borde de la cortina de árboles. Allí bajaron del vehículo y se sentaron sobre unas piedras y troncos bajo la fronda. El americano extrajo unos mapas de su mochila, así como brújulas y artefactos de GPS.

"Hoy vamos a hablar de orientación con mapas y brújulas en zonas desconocidas. ¿Alguno de ustedes tiene experiencia en el asunto?"

Mike levanto una mano.

"¿Donde aprendiste la lectura de mapas y cartas, Mike?" Preguntó Jack.

"Antes de venir a Estados Unidos pasé dos años en el Ejército Ruso."

"Ah, bien, no sabíamos eso." Dijo Berglund. "No te sirvió mucho cuando luchabas con Taro Suzuki." Prosiguió con sorna.

"No, el profesor Suzuki es un verdadero experto en Judo. No puedo competir con el."

"Bien, pero de todas manera en esos dos años habrás adquirido conocimientos que te servirán en este curso, como podremos ver esta tarde en el predio."

"¿Por qué?¿Qué haremos esta tarde?" Preguntó siempre curiosa Chandice.

"Práctica de tiro en el polígono, con una verdadera experta.

A continuación Jack comenzó a explicar los aspectos prácticos de los sistemas de orientación con mapas y brújula. Todos los temas teóricos los habían ya estudiado en detalle en las clases en la Academia.

La práctica que propuso Jack era separarse en varias direcciones y encontrarse al cabo de tres horas en una choza parcialmente derruída de la cual tenían las coordenadas. Cada uno recibió una copia del mapa de la zona y una brújula y desde allí estaría librado a sus propios medios para hallar el camino.

La práctica resultó exitosa y todos los novatos hallaron el punto de encuentro más o menos en el tiempo convenido. Los primeros en arribar fueron Jack y Mike, quienes se sentaron en uos troncos en las afueras. Poco a poco fueron llegando los otros tres caminantes en medio de un ambiente festivo.

Cuando llearon a almorzar en el predio donde realizaban las prácticas habituales vieron que una mujer alta y muy elegante se hallaba ya allí. Tenía el cabello y los enormes ojos negros y su piel tenía un tinte ligeramente oscuro. Vestía un conjunto de saco y pantalón negros ajustados, que ponían de relieve su físico espectacular.

Jack se acercó a ella y ante la sorpresa de todos le dió un beso en le mejilla.

"Les presento a mi novia, Lakshmi Dhawan."

Luego de la revelación de la relación familiar entre Taro y Matsuko, la noticia de la vinculación de sus dos tutores fue tomada con naturalidad por los aprendices.

"Sentémonos a la mesa, elalmuerzo ya está preparado." Dijo la llamada Lakshmi.

La charla entre todos los comensales fue muy animada y la novia de Jack probó ser una mujer muy educada y de evidente inteligencia. De inmediato se convirtió en el tema de conversación, ya que los alumnos sentían un evidente interés en su desbordante personalidad.

"Lo primero que deben saber es que Lakshmi es agente especial del FBI." Aclaró Jack.

"Queremos que ella nos cuente de su vida. Podemos sacar leeciones valiosas para las nuestras." Dijo Chandice con su habitual vehemencia.

"No pongan a nuestra instrutora en situaciones incómodas." Replicó Zhi.

"Gracias, chicos. No tengo problemas en presentarme, si en mis experiencias hay algo que les sirva, en buena hora."

Se acomodó en su silla y comenzó.

"Soy Lakshmi Naina Dhawan, simplemente Lakshmi de ahora en adelante para ustedes. Nací en un hogar de clase media en uno ciudad cercana a Bombay, hoy llamada Mumbai, aunque no les voy a decir cuantos años hace. Cuando era muy joven mis padres vinieron y me trajeron a los Estados Unidos. Ambos son Ingenieros Eléctricos y consiguieron fácilament trabajo aquí.Hice todos mis estudios desde la escuela elemental hasta la universidad en Boston y cuando aún estaba en la Universidad el FBI me rewclutó, pues yo estaba haciendo investigaciones de grupos externos y ellos estaban interesados en monitorear las actividades de grupos separatistas de la India en América, y desde entonces el seguimiento de agitadores foráneos ha sido mi especialidad, en la que, créanme, tengo mucho trabajo."

Luego colocó una mano sobre el brazo de Jack, que estaba sentado a su lado y agregó.

"Hace cinco años conocí a Jack Berglund que es el hombre de mi vida y al mismo tiempo mi principal dolor de cabeza."

Ambos estallaron en carcajadas en medio de una atmósfera distendida y amable.

"¿Tienes hijos?" Preguntó un poco atrevidamente Chandice, a quien Zhi le tiró de la manga de su blusa como reprimenda.

"Sí, una hija llamada Anila, hija de un matrimonio anterior con un académico islandés llamado Ingo Ragnarsson. Jack apareció después de mi divorcio."

"¿Qué vamos a hacer luego del almuerzo?" Preguntó Mike, siempre práctico. Jack tomó a su cargo la respuesta.

"Vamos al polígono de tiro. Ya han aprendido con Matsuko el uso de arcos y ballestas así como de armas blancas. Lakshmi es una experta de todo tipo de armas de fuego.

En efecto, durante la tarde la mujer india abrió otro locker y sacó de él la infaltable mesa desplegable, sobre la que colocó una serie de armas de fuego, desde revólveres y pistolas hasta temibles armas semiautomáticas, así como otras enigmáticas armas más difíciles de clasificar.

Comenzaron con una expliación teórica de la mujer sobre el uso de las armas, su conservación y limpieza, la posición de tiro y la ejecución del disparo.

Luego siguió mostrando el uso de los revòlveres de la serie Colt ejecutando dispsaros contra los blancos, comenzando con armas más pequeñas Colt Detective , Fitz Special Special y King Cobra, hasta los pesados y poderosso Colt Pyhton mostrando las diferencias entre el uso de cada arma. Luego pidió a cada uno de los novatos que probara su puntería. Como era de esperarse, Mike mostró una excelente puntería dada su condición de ex soldado ruso, mientras que Chandice exhibió una puntería inesperada hasta para ella.

A continuación Lakshmi enseño el uso de pistolas desde viejas Luger Parabellum, hasta modernas Sig Sauer, Browning, Bersa, Beretta, Glock y Smith & Wesson

Por último enseño el uso de armas automáticas de alata potencia de fuego hasta llegar a la famosa Kalashnikov conocida como AK47, ampliamente difundida entre grupos paramilitares y milicias armadas en todo el mundo.

"Nunca se sabe con que se van a encontrar, y tienen que tener una idea de como utilizarlo." Dijo la instructora.

Finalmente mostró las pistolas Taser o pistola eléctrica, llamada también pistola de corriente), que dispara proyectiles que administran una descarga eléctrica a través de un cable.

"Es muy útil como arma de defensa de corta distancia, cuando no se desea matar o herir al oponente sino inmovilizarlo transitoriamente hasta poder desarmarlo y esposarlo.

Cuando ya finalizaba la clase a cargo de Lakshmi reapareció Jack, quien se había apartado para atender una llamada telefónica a su celular. Lucía excitado.

"Bien chicos, me han llamado para convocarlos mañana sábado a las nueve horas a una reunión en la sala principal de la Comunidad Bluthund en Manhattan."

"¿Con que fin?" Inquirió Nick.

" Ha llegado un pedido de actuación de la Comunidad y el Consejo Directivo ha decidido confiárselo a ustedes. Será su debut y prueba de fuego."

Bertglund miró los rsotros resplandecientes de los discípulos y exclamó.

"La acción ha empezado."

Capítulo 8

Lakshmi y Jack Berglund viajaron juntos en el metro desde Brooklyn Heights y luego a pie hasta el sitio de la empresa donde iba a tener lugar la reunión de la Comunidad Bluthund, que habían estado preparando durante la semana. Se trataba de un edificio ubicado en Park Avenue, sede de una empresa de seguros cuyo CEO era el Dr. W. Richardson, Maestre de la Comunidad Bluthund en la ciudad de Nueva York y uno de los miembros fundadores y prominentes de la misma. El hecho de poder reunirse en un día sábado en un sitio tan accesible, cómodo y elegante era una gran ventaja para los miembros que debían concurrir, ya que en el pasado habían debido recurrir a lugares mucho menos recomendables, incluyendo una fábrica de confecciones de ropa abandonada en un sector peligroso de Brooklyn.

Se anunciaron con el guardia de seguridad en el lobby del edificio, quien ya los conocía y tenía instrucciones de hacerlos pasar.

"Lou, ¿El Dr. Richardson ya se encuentra?" Inquirió Jack.

"Sí. Está desde hace más de una hora. Él y el Señor Watkins están acondicionando todo para la reunión."

Jerome Watkins era el maestro de ceremonias en los eventos de Bluthund.

"¿Alguien más llegó?"

"No hasta el momento...pero mire en la puerta ya se encuentra el caballero japonés."

Lou abrió la puerta del edificio y saludó al recién llegado.

"Buenos días, Señor Suzuki."

"¿Podemos ir subiendo a la sala de reuniones?" Preguntó Jack luego de saludar al recién llegado.

"Por supuesto." Respondió Lou. "Es la sala grande del tercer piso, por el ascensor del medio."

Cuando los tres invitados llegaron al tercer piso vieron a Richardson y Watkins en mangas de camisa corriendo una pesada puerta plegadiza para conectar dos sectores de la sala que habitualmente estaban separados.

"¿Puedo ayudarlos?"Consultó Jack.

"Sí, trae otras siete sillas y colócalas en torno a la mesa. Con eso alcanzará."Respondió Watkins.

"¿Qué puedo hacer yo?" preguntó Lakshmi.

"Distribuye las jarras y vasos de agua y pon la cafetera a calentar."

Cuando ya estaba todo arreglado, a la hora convenida de las nueve de la mañana subieron los dos miembros restantes del Comité de Nueva York, Madame Nadia Swarowska y el Dr.Wolfram von Eichenberg

"¿Quién más debe venir?" Preguntó la dama.

"El Almirante Donnelly, asesor del Departamento de Estado para proyectos especiales." Replicó Lakshmi. "En realidad este hombre es el contacto de nuestra Comunidad con las áreas del gobierno de los Estados Unidos y es quien nos planteará el problema que nos piden resolver."

"También llegará un experto en el tema.- Añadió el Dr. Richardson. Es también miembro de Bluthund de las región europea, que ha viajado especialmente para este proyecto.

"¿Quién es? ¿Lo conozco?"Preguntó Jack.

"Creo que sí. Se trata del Dr. Corrado Gherardi, ex sacerdote jesuita especialista en historia de las religiones en el mundo."

"¿Ex jesuita?" La pregunta de Lakshmi era acompañado por una expresión de extrañeza en su rostro, evidenciado por sus cejas fruncidas.

"Sí, estaba en Palestina y abandonó la Orden para casarse con una mujer local, con la cual al presente tiene cinco hijos."

"Y por supuesto, falta que lleguen los cuatro novatos que se van a integrar a este grupo de acción."Añadió Jack. "Llamé anoche a cada uno para pedirles que vengan a las 9:30, para permitir que acomodemos todo."

A las 9:30 a.m. arribaron los cuatro reclutas. El hombre de seguridad los había acompañado hasta la puerta de la sala, confiado de que nadie más debía llegar al edificio esa mañana de sábado. Con natural timidez entraron en el amplio sitio, dotado de todos los métodos mpdernos de presentación, y en el cual un grupo selecto de personas se hallaba sentada y esperándolos. Cuando se hubieron sentado mezclados con los demás participantes uno de los asistentes se puso de pie y se acercó al escitorio que se hallaba frente a los presentes.

"Buenos días, me alegro que todos hayan podido asistir con puntualidad a nuestra reunión y les agradezco el esfuerzo realizado para lograrlo. Como verán a continuación alguno de los aquí presentes ha viajado desde Europa para poder concurrir."

"Yo soy Jerome Watkins y soy el Maestro de Ceremonias de la Comunidad Bluthund. Aunque uestra comunidad es una asociación informal sin personería jurídica y organizada libremente en torno a las redes sociales, tiene sin embargo usos y costumbres y un modo organizacional flexible que le permite afrontar los desafíos que se le proponen con exito."

Dirigiéndose a los cuatro jovenes agregó.

"Ustedes se encuentran en una reunión formal del Comité Directivo de la Comunidad, celebrada especialmente para tratar un tema conceto que se va a exponer en pocos minutos. A continuación voy a presentarles a los miembros de dicho Comité. En el extremo izquierdo de la primera fila de sillas se halla en Dr.William Richardson, Master de nuestra Comunidad en la sede de la Ciudad de Nueva York."

El aludido se puso de pie y saludó a los preentaes con una inclinación de cabeza. Watkins prosiguió.

"La dama es la Condesa Nadia Swarowska, miembro del Comité y nexo con la Comunidad en Europa continental."

La señora imitó el gesto de Richardson. Watkins se paró frente a otro de los concurrentes.

"El Dr. Wolfram von Eichenberg es un experto en esoterismo occidental y oriental, a la vez que un conocido explorador polar."

Nuevo saludo del nombrado.

"En cuanto a los restantes miembros del Comité, ustedes ya han tenido ocasión de conocerlos en el curso de su entrenamiento. Me refiero a la Señora Lakshmi Dhawan, el Profesor Taro Suzuki y a nuestro Director de Organización Jack Berglund."

Jack saludó con un amplio movimiento de su mano El Maestro de Ceremonias prosiguió dirigiéndose a los cuatro reclutas.

" Les pido que ahora por favor se presente cada uno de ustedes y se refiera brevemente a experiencia y a su motivo por elegir Bluthund. Lógicamente y por razones de cortesía comenzaremos por las damas." Añadió haciendo un gesto de invitación a Zhi.

Una vez terminada esa etapa Watkins se puso nuevamente de pie y dirigiéndose esta vez a Jack Berglund dijo.

"A continuación y en su calidad de tutor Jack nos narrará lo realizado en el curso de entrenamiento intensivo que realizaron nuestros nuevos colegas en las semanas precedentes."

Tan pronto Berglund terminó con su explicación, el Dr Richardson se puso de pie y refiriéndose a los cuatro alumnos dijo.

"Ahora ya son miembros de pleno derecho de nuestra Comunidad. En nombre del Comté Directivo les doy la más cálida bienvenida. Como podrán observar Bluthund es un grupo no solo informal sino invisible. No dispone de sedes propias ni de medios físicos sino que su presencia en la nube informática. Podemos decir que es básicamente software, aunque como ya han visto y verán en el futuro, puede poner a disposición de sus miembros hardware y los medios tangibles que hagan falta para ayudarlos a cumplir su función. A continuación haremos una pausa para un café y luego el Dr. Eichenberg comenzará a explicar el tema que nos ocupa, es decir la misión que no has solicitado y en la ustedes tendrán su bautismo de fuego."

Capítulo 9

Richardson invitó al Dr. von Eichenberg a ponerse de pie y cuando estuvieron ambos delante del resto de los presentes agregó.
" Wolfram ahora nos explicará el contexto de nuestra misión. Me faltaba decirles el tema que nos han confiado, y que a todos probablemente les resultara conocido...La Búsqueda del Santo Grial."
Un murmullo de asombro recorrió la sala. Eichen berg comenzó su exposición.
"Tal como el Dr. Richardson presumió, la simple mención del Santo Grial evoca en mucha gente recuerdos vagos de narraciones antiguas, pero dada la naturaleza del tema, es difícil precisar de que se trata, y aún determinar la naturaleza de ese supuesto objeto sagrado.¿Es un vaso antiguo? ¿O una piedra milagrosa? ¿O un linaje que remonta a Nuestro Señor Jesucristo? A continuación vamos a intentar de compatibilizar las distintas versiones que fueron apareciendo en la historia sobre el Grial, aunque desde ya advierto que no lograremos una narración sólida, coherente y científicamente aceptable ya que las historias mezclan elementos históricos comprobables en un universo de mitos y leyendas. Mi función será tratar de trazar un hilo conductor, y el disertante que vendrá luego nos sumergirá en ese contexto fluido y con matices mágicos, donde se funden buena parte de las tradiciones religiosas y míticas de Occidente."
Tomó un sorbo de agua y continuó.
"Todos conocen la referencia bíblica al cáliz o copa usada por Jesucristo para brindar en la Última Cena, representada por el cuadro de Leonardo da Vinci, en el cual aparece en primer plano. Al instaurar la tradición de la Cena del Señor, central en las ceremonias cristianas dice.

" Cada vez que coman de este pan y beban de este vino, estarán anunciando la muerte del Señor hasta que él regrese"Corintios 11-26.

"Esta referencia es a la vez el fundamento del mito del Santo Grial, y es pues parte del Nuevo Testamento.

"En su obra *Perceval*, también denominada *Le Conte du Graal*, escrita entre 1181 y 1191 y en la cual se refiere a la Última Cena, el poeta francés Chretien de Troyes crea la primera referencia conocida al Santo Grial, aunque da más importancia a la hostia contenida en él que al propio vaso al que no llama Santo Grial sino solamente Grial.

" Más tarde, Robert de Boron, en su obra *Joseph d'Arimathie* y *Estoire del San Graal*, transforma el simple Grial de Chétien en el Santo Grial, y, basado en leyenda previas, le atribuye haber sido el recipiente que José de Arimatea usó para recoger la sangre vertida por la heridas en el costado de Cristo causadas por la lanza del centurión durante la crucifixión de Cristo, de modo que crea una primra conexión entre el Santo Grial y la sangre de Cristo.

"Según el mismo de Boron, José de Arimatea se encarga peronalmente de llevar el Cáliz a Europa, y a Britania, aunque no precisa el lugar, donde la reliquia sería celosamente custodiada.

" Con la obras de Chrétien, de Boron y posteriormente de Wolfram von Eschenbach, el Santo grial queda incoporado en las leyendas y tradiciones mitológicas cristianas con repercusiones que duran hasta hoy.

"Con esto concluyo mi disertación, en la que he intentado dar una introducción lo más consistente posible de una conjunto de tradiciones aisladas que presentan numerosos aspectos legendarios, esotéricas y aún mágicos, los que serán desarrollados por el siguiente expositor."

En ese momento sonó el teléfono de línea de la oficina vecina a la sala y el Dr. Richarson se levantó de su silla y atendió brevemente. Luego retornó la sala de conferencias y dijo a todos.

"Acaban de llegar los dos asistentes que faltaban llegar, uno de ellos procede de Europa y el otro de Washington DC. El timing es perfecto pues Wolfram von Eichenberg acaba de exponer la parte previa. Gracias Wolfram y les pido que hagamos un breve descanso pues ya que el personal de seguridad se ha retirado yo debo ir a abrir la puerta del edificio a esas personas. Por favor Lakshmi y Jerome, ofrezcan un café a los asistentes hasta que regrese."

Luego de la ronda de café Watkins solicitó a los asistentes regresar a sus asientos. Richardson tomó la palabra y presentó a los recién llegado diciendo.

"El Señor Corrado Gherardi es miembro e nuestra Comunidad en Europa, y es nuestro especialista en Historia de las Religiones y esoterismo tanto occidental como oriental. Corrado es un ex sacerdote jesutia que se retiró de la Órden para casarse con su mujer libanesa. Varios de ustedes ya lo conocen saben como su *expertise* ha guiado las acciones de Bluthund en la pasado para lograr la resolución de nuestros casos. Corrado proseguirá con la exposición iniciada por el Dr. von Eichenberg relativas al Cáliz o Grial.

"Luego presentaré al Almirante B.C.Donnelly, asesor del epartamento de Estado de los Estados Unidos.

"Corrado, por favor."

El aludido, un hombre alto, fornido y rubicundo, se paró frente a los asistentes y comenzó a hablar en un inglés perfecto con fuerte acento italiano.

"Nos conocemos con Wolfram von Eichenberg desde hace tiempo y sé que es el mejor expositor para organizar las partes históricas de la llamada Leyenda del Santo Grial en una narración sistemática y transmisible. Yo voy a ahondar en los aspectos oscuros y aún ocultos de la misma, que han tenido un rol tan importante en la religión, el arte y la política mundial.

" Vamos a retomar el hilo de esta narración a partir del personaje clave de José de Arimatea.

"Hasta donde ls versiones que nos llegn son conficables, José era un rico comerciante judío a quien algunas fuentes atribuyen haber sido quien organizó el evento conocido en la tradición cristaian com Última Cena. El caliz luego llamado Santo Grial habría pertenecido a su vajilla.

"Luego de la crucifixión de Cristo, José habría covencido a Poncio Pilatos, gobernador romano con sede en Jerusalén, que le entregara el cuerpo de Jesús y la lanza del centurión Longino que había herido a Cristo, y los enterró junto con el caliz en una tumba en un terreno de su propiedad.

"Luego de su crucifixión Jesús se le habría aparecido a José ordenándole llevarse el Grial fuera de Palestina para ponerla fuera del alcance del gobernador romano y sus secuaces judios, que buscaban acabar con la leyenda del Cristo lo antes posible. Por ello, en uno de sus viajes de negocios José llevó el cáliz a la isla llamada Britania, hoy Gran Bretaña, y estableció su vivenda en Glastonbury, donde según esta leyenda hizo levantar una capilla, que tendría luego un rol relevante. Mientras vivó allí, José habría tomado recaudos para proteger la seguridad de la reliquia, la cual luego se pierde en la noche del tiempo hasta que, siempre según esta leyenda, un caballero de corazón puro la hallara.

"En el Ciclo del Rey Arturo y los Caballeros de la Tabla Redonda, que recoge esta leyenda, el cabellero puro que halló el Grial fue Sir Galahad.Este caballero era hijo ilegítimo del famoso campeón Sir Lancelot y Elaine, pero era un joven vígen y de corazón puro.

"Respecto a esta versión, tiene la particularidad que asocia a la Abadía de Glastonbury con la residencia del Rey Arturo y su corte de caballeros en la mítica ciudad de Avalon.

"No les extrañará que haya versiones que no se se ajustan a este mito. En una de ellas, particularmente desarrollada en los dos últimos siglos, Jesús tuvo un hijo terrenal con María Magdalena, y luego de su cricifixión José de Arimatea lleva a madre e hijo a Europa, presumiblemente a Francia, donde andando el tiempo sus descendientes mezclan su sangre con la dinastía merovingia. En este caso, el Santo Grial era en realidad la *SangReal*, y no se trataba de un objeto inanimado como un vaso, sino de personas vivas que llevaban la sangre de Jesucristo."

En ese momento sonó nuevamente el teléfono y esta vez fue Jerome watkins quien atendió.

"Ha llegado el pedido de delivery que hemos realizado y siendo las 12:30 hora propongo que interrumpamos en este momento de reunión para permitirnos no solo almorzar sino también estirar las piernas y relajar la mente."

Capítulo 10

Una vez concluido el almuerzo Corrado Gherardi retomó la explicación.

"Resumiendo, hemos visto que en los nebulosos tiempos históricos de los siglos XI y XII, las referencias escritas sobre el tema del Santo Grial pueden ser reunidas en dos grupos. Uno está referida a la historia de José de Arimatea en el siglo I y su presunto viaje a Britania o a Francia, llevando el Grial que había contenido la sangre de Cristo en su forma de contenedor metálico, o bien como la sangre viva de Jesus llevada por su descendencia y prolongada en una de las principales casas reales de Europa .

"El segundo grupo de historias se refieren al Ciclo Artúrico, y la búsqueda de los caballeros de la Tabla Redonda de la reliquia."

"Ahora exploraremos otros dos conjuntos de temas. Por una lado, los sitios señalados históricamente por las distintas versiones como receptores del Grial. Esto es importante porque si deseamos buscarlo en nuestros días debemos trazar el recorrido presunto a partir de esos sitios hasta nuestra era.

"El segundo grupo de temas es analizar como el tema del Grial ha impactado en los tiempos actuales, en diversos grupos políticos, esotéricos y aún ocultos. Veremos como el tema de Grial ha sido usado por grupos muy peligrosos en tiempos relativamente recientes. "

El orador tomó un sorbo de agua y prosiguió.

"Comencemos entonces con el primer tema.Existe en la Catedral de Génova un plato verde de vidrio llamado *Sacro Catino* del que se afirma que usado en la Última Cena. Su provenencia es desconocida, no se conoce su relación con el Santo Grial por lo que no es de interés en nuestra búsqueda.

"Ya hemos mencionado la Abadía de Glaston buery en Somerset, Inglaterra, la que, según la leyenda, fue construdia por José de

Arimatea. Como expliqué antes Glastonbury estaría relacionada con Avalon y la Corte del Rey Arturo y la leyenda de los Caballeros de la Tabla Redonda, supuestamente en el siglo XII. Según otras versiones, en el siglo XIII la reliquía habría sido llevada a Génova por los Cruzados. Esta referencia a la Abadía de Glastonbury fue muy utilizada en forma moderna por movimientos New Age y grupos neopaganos. Es una de las ubicaciones que merecen nuestro interés en esta búsqueda.

"En el libro de Wolfram von Eschenbach se menciona el Castillo Munsalvaesche, o Mons Salvationis donde se habría guardado el Grial al cuidado de un tal Titurel, primer Rey del Grial. El nombre Munsalvaesche es el nombre en idioma occitano medieval de las montañas llamadas ahora San Salvador, donde se halla el monasterio de San Juan de la Peña, cerca del cual se hallan sitios semejantes a los descriptos por Wolfram en Parsifal. Los monjes Benedictinos han asociado a este castillo con su santuario de Montserrat, en Cataluña. Esta versión también merece nuestra atención.

"Esoteristas y ocultistas recientes incluyeron como refugio del Santo Grial a la fortaleza de Montsegur, que era la sede de la secta llamada Cátara, en el departamento francés de Ariège, en la cima de una montaña. DE hecho, modernos esoteristas han identificado el mencionado castillo de Munsalvaesche con la fortaleza de Montsegur. Los Cátaros constituyeron en los siglos XII y XIII un movimiento religioso muy potente en el sur de Francia, buscando la pureza y la humildad. La Iglesia Católica, molesta con su poder, organizó la Cruzada contra los Cátaro o Albigenses para exterminar a los disidentes, y en 1244 Montsegur fue arrasada hasta sus cimientos y su población, incluyendo hombres, mujeres y niños, fueron quemados vivos. Fue la única de las Cruzadas organizada contra otros cristianos. La versión insiste que antes de la destrucción los Cátaros pudieron sacar al Santo Grial de contrabando y llevarlo a otros destino. Sin duda, esta historia es también de interés en nuestra búsqueda.

"Por último, ciertas versiones más recientes asocian al Grial con la Capilla de Rosslyn, en Midlothian, Escocia.

"Estas son la pistas geográficas de las que debemos partir para continuar con la búsqueda de esa reliquia sagrada."

Gherardi bebió otro sorbo de agua antes de proseguir.

"Como ya dije, el último punto que mencionaré en mi exposicioón ees la relación entre la leyenda del Santo Grial y grupos esoteristas del siglo XX actuantes dentro del contexto del nazismo previo a la Segunda Guerra Mundial.

"Un escritor esoterista alemán llamado Otto Rahn publicó diversos libros relacionando al Grial con los antiguo Templarios y Cátaros, y a la vez propuso a estos como las raíces de la mitología nacionalista germánica. Según éste escritor, la antigua religión germánica fue reprimida por el Cristianismo que efectivamente arrasó con los Càtaros y condenó a la hoguera a los jefes Templarios. Sus textos inspiraron al ocultismo nazi y a su propulsor Heinrich Himmler, creador de la SS y de los campos de concentración nazis, por lo que adquirieron gran interés en los tema relacionados con la reliquia, al auclveían como un símbolo de la religión germánica.

"Por todo esto, el tema del Grial debe ser tratado con precaución aún en nuestros días."

Obviamente Gherardi había fializado su alocución por lo que el Dr. Richardson se puso de pie y dijo.

"Muchas gracias Corrado por tu excelente y completa exposición que nos da un panorama completo sobre la significación histórica del Santo Grial en la mitología de Occidente. Ahora invitaré al Almirante Donnely a hacer uso de la palabra. El es quien nos ha encomendado esta tarea de investigación."

Acto seguido hizo un gesto al recién llegado agregando.

"El Almirante Donnelly es asesor del Departamento de Estado del Gobierno de los Estdos Unidos, y es nuestro contacto con la areas de dicho gobierno. Es quien nos formula sus necesidades de información y también quien nos provess de asistencia en materia de transporte y protección aramada en casos de pelgro para nuestro staff. Más de un miembro debe su vida a su oportuna participación."

Luego, dirigiéndose al aludido dijo.

"Lo escuchamos Almirante."

"Gracias Dr Richardson, es siempre un placer para mi poder estar en contacto con la Comunidad Bluthund, sin duda uno de los *think tank* más capacitados y versátiles que colaboran con nuestro gobierno en el mantenimiento de la paz mundial.

"Pasaré de inmediato a referirme al caso que nos ocupa en este momento y por el cual requerimos la asistencia de la Comunidad."

Capítulo 11

"La excelente introducción del Sr. Gherardi me permite pasar directamente al punto que nos preocupa.En toda época desde el siglo XII el Santo Grial ha sido un tema central no solo mitologico sino cultural en Occidente, pero su importancia oscila en el tiempo, con períodos de mayor intensificación según las corrientes ideológicas predominantes."

Como militar Donnelly gustaba ir directamente al grano.

"En diversos medios en Estados Unidos y Europa hemos notado últimamente un incremento de las menciones al Grial en forma acelerada en grupos políticos violentos de diversos países, que monitoreamos habitualmente para evitar brotes subversivos y terroristas.

"Esas menciones y posibles acciones veladas nos resultan particularmente difíciles de interpretar y por ello hemos solicitado la ayuda de vuestra Comunidad, conociendo el expertise de sus mimebros en temas complejos y aún inclasificables.

"Concretamente, mientras debido a la naturaleza intrínseca de estos símbolos esperábamos interés en estas reliquias en iglesias y grupos cristianos formales, lo que estamos detectando son actividades de grupos ideológicos extremistas y de grupos asociados con el cristianismo pero alejados del mainstream y dotados de creencias y prácticas que no comprendemos."

"Podría por favor ser más específico." Pidió Wolfran von Eschenberg.

"Lo intentaré, aunque por lo dicho antes no puedo prometer claridad.

"Dentro de los grupos de ideologías extremas interesados en el Grial parece haber grupos neonazis en Europa y Estados Unidos."

"Quizás herederos de la visión de Heinrich Himmpler y las SS, de las que hablé en mi disertación." Añadió Corrado Gherardi.

"Es posible que sea así." Respondió el Almirante. " En todo caso no teníamos conocimiento de actividad ideológica de ese signo en épocas actuales.

"Por otra parte, hemos también detectado actividad en grupos neomonárquicos de orígen ruso, y también, como era de esperarse, en círculos ocultistas pretendidamente neoTemplarios."

"¿Y que hay de los grupos o sectas asociados con el cristianimo que mencionó?" Esta vez la pregunta la hizo el Dr. Richardson.

"Se trata de grupo católicos ultraconservadores de cuya existencia no teníamos conocimiento previo."

"¿Son parte del Opus Dei?" Insistió Richardson.

"No tenemos pruebas de eso. Más bien pensamos que eran grupos quizás existentes con anterioridad pero sin actuación visible."

"¿Actúan con algún nombre?" Inquiiró Gherardi.

"Hemos oído vagamente el nombre Acción Divina. ¿Suena conocido?" Respondió Donnelly.

"No, pero voy a indagar en los medios adecuados." Añadió el ex-jesuita.

El hombre del Departamento de Estado tomó nuevamente la palabra.

"¿Algún comentario de lo dicho hasta aquí?"

Wolfram von Eichenberg levantó la mano.

"Sí, Doctor, lo escuchamos." Dijo Donnelly.

" Hay antecedentes de vinculaciones entre las tradiciones Templarias y Cátaras y los grupos predecesores del nazismo. El mismo Adolf Hitler era un adepto a la mitología y el misticismo medieval y en realidad todos los círculos dirigentes del nazismo tenían inclinaciones ocultistas. La Sociedad Thule fundada en Munich en las primeras décadas del siglo XX era una organización racista y esotérica fundada por Rudolf von Sebottendorf que se convirtió en la matriz ideológica del nazismo de la cual Rudolf Hess y Alfred Rosenberg era miembros.

"Más adelante, la *Ahnenerbe* o "Sociedad para la Investigación y Enseñanza sobre la Herencia Ancestral Alemana", fundada en 1935 e incorporada a las SS en 1940 fue encargada de divulgar estudios sobre la raza aria. Como fue explicado antes, estaba comandada por Heinrich Himmler. Uno de sus miembros llamado Otto Rahn consideraba que los Cátaros eran los legítimos guardianes del Grial al que alababan por sus esfuerzos por unificar Europa. Aparentemente Rahn visitó las ruinas del ya mencionado castillo cátaro de Montsegur, arrasado por los cruzados en el siglo XIII, en busca de huellas del artefacto sagrado. Con el mismo propósito, el mismo Himmler habría recorrido el monasterio de Montserrat en Barcelona."

Wolfram von Eichenberg se rascaba la barbilla en actitud pensativa y preguntó a Donnelly.

"¿Ustedes creen que esos grupos que mencionó son todos buscadores del Grial que desean obtener la posesión de la reliquia para usarla en sus juegos de poder?"

"No sé que otra cosa deberíamos pensar."

Fue Corrado Gherardi el que contestó.

"Creo que lo que Wolfram sugiere es que, mientras algunos de esos grupos, quizás los que usted mencionó como neonazis o monárquicos, ligados a tradiciones míticas neotemplarias o neocátaras, seguramente buscan ese control de un símbolo histórico poderoso, probablemente otros grupos, que usted describió como católicos ultraconservadores, lo que busquen es impedir el hallazgo de un objeto tan revulsivo, que pondría en entredicho lo mantenido por la Iglesia durante dos mil años, al probar la presunta supervivencia de Jesucristo o de su linaje, poniendo en entredicho la primacía de las instituciones del Papado y el Vaticano. Incluso se podría pensar en que intentarían destruir un objeto tan "peligroso""

"Maldición, no habia pensado en eso." Donnelly abrió un cuaderno que había traído consigo y tomó nota en él; lucía excitado por la posibilidad que se abría ante ellos.

"Me alegro de haber venido a consultar a la Comunidad Bluthund." Agregó; de inmeditao prosiguió.

"La novedad que ha llegado a nuestro conocimiento en las últimas semanas es un extendido rumor sobre la presencia de sitios de orígen templario y aún del mismo Santo Grial en un sitio llamado "El Fuerte", situado en la meseta se Somuncurá, en el Golfo San Matías, en territorio de las Provincias de Río Negro y Chubut, en la Patagonia Argentina."

"La distancia entre Nueva York y Buenos Aires es de 5300 millas, y este sitio está aún a 700 millas más al sur aún.¿Que pueden haber estado haciendo los templarios en el fin del mundo?" La pregunta de Mademe Swarowska sonaba lógica.

"Los rumores de la presencia de los templarios en territorio de la Patagonia no son nuevos." Contestó von Eichenberg *.

*cf "The Knights Templar are back" de este mismo autor.

El Dr.Richardson, obviamente excitado ante el giro de la conferencia, dijo.

"Bien, si no hay más preguntas o comentarios, pido que el Comité Directivo de la Comunidad se reúna con el Almirante Donnelly a solas. El propósito de esa reunión será analizar si la Comunidad acepta formalmente la misión propesta por el Departamento de Estado. Esta aceptación protocolar es necesaria pues en los pasos ulteriores se comprometerán recursos humanos y materiales de Bluthund, que podrían aún correr peligros serios. Acto seguido el Comité decidirá los pasos concretos que se darán. Pido a los restantes mioembros de eesta Asamblea que esperen en esta sala los resultados de esa reunión.

Richardson, Watkins, Swarowska y Suzuki se retiraron junto con el Almirante a otra oficina del piso mientras los demás hicieron una pausa para el café prolongada.

Luego de una hora y media de debate los miembros del Comité reunido retornaron a la sala de conferencias y todos se sentaron en medio de la ansiedad reinante.

Richardson se puso de pie al frente e informó brevemente lo decidido.

"El Comité ha decidido aceptar la tarea propuesta por el Departamente de Estado del Gobierno de los Estados Unidos. Se formrán dos grupos de acciónde inmediato con las tareas que detallaré a continuación."

Jerome Watkins toamaba nota cpn el objeto de elaborar una minuta de la decisión. Rcihardson prosiguió.

"Un primer grupo integrado por Wolfram von Eschenberg y Corrado Gherardi recorrerá en Europa la Abadía de galastonbury, la Capilla Rosslyn y la Catedral de Génova y el Monasterio de Montserrat en Barcelona con el objeto de obtener información sobre la presunta presencia del santo Grial en esos sitios."

Los aludidos inclinaron la cabeza aceptando la tyarea otorgada. Richardson prosiguió.

"Por otro lado los miembros de nuestra Comunidad Taro Suzuki, Jack Berglund, Chandice Williams, Jiang Zhi Ruo, Mikheil Turgenev y Nicholas Lafleur integrarán una comisión de acción que se desplazará a la Patagonia Argentina para verificar *in situ* los rumores existentes.

"Estos dos grupos estrán viajando a sus respectivos destinos dentro de dos semanas. En éste período intermedio Jerome Watkins y Jack Berglund, con el apoyo del Almirante Donnelly se harán cargo de las tareas logísticas y de seguridad para los viajes y aseguraremos la financiación de estas expediciones. Recomiendo a los viajeros asegurarse la obtención de visas y demás documentos consulares para el viaje. En ninguno de los casos estas tareas debieran implicar riesgos pues se llevarán a cabo en países amigos y sin conflictos, pero nunca se estará seguro que oposición puede surgir, por lo que se recomienda prudencia a los participantes."

Capítulo 12

El Golfo San Matías describe un inmenso arco orientado hacia el Este, e incluye la totalidad del litoral atlántico de la Provincia de Río Negro y parte de la costa norte de la Provincia de Chubut. A unas 25 millas al sur de la localidad balnearia de Las Grutas los mapas revelan la presencia de un punto minúsculo llamado El Fuerte o Argentine Fort. Se puede acceder a él por un camino que discurre por la playa, viniendo desde San Antonio Oeste, en Río Negro, o desde Puerto Madryn, en Chubut a unos 200 kilómetros al sur.

La primera mención al sitio proviene de un cartógrafo Francés llamado de Victor de Moussy, contratado por las autoridades argentinas, quien en 1859 trazó un mapa de la zona del Golfo San Matías, en el que ubicaba un "Ancien Fort Abandoneé" (Viejo Fuerte Abandonado) que no aparecía en los anteriores mapas españoles de la conquista debido, según los partidarios de la teorías neotemplarias, por el deseo de la Iglesia de mantener el sitio oculto.

El Golfo San Matías es uno de los sitios del planeta con las mayores pleamares, con diferencias exxtraordinarias de altura del mar entre marea alta y marea baja de hasta 30 pies (11 metros) El ancho de las playas varía en un mismo día de un kilómetro a nada.

A pesar de lo indicado por de Moussy, ningún explorador posterior encrontró jamás restos de construcciones humanas en el sitio.

El así llamado Fuerte es en realiad una referencia orográfica, consistente en una meseta de unos 110 metros de altura, ubicada a orillas del Oéano Atlántico, y de unos 2500 metros cuadrados de superficie, en la cima de la cual se puede tener una visual espectacular del océano hacia el este, la estepa patagónica alrededor, y la altura de la gran meseta Somuncurá (piedra que habla en idioma de los indios mapuches). En realidad El Fuerte es una estribación de la llamada Somuncurá, una gran planicie elevada dor 27000 km2 de extensión y cubre buena parte del área central de Río Negro y Chubut, ya que al oeste de la misma la estepa patagónica se aproxima a la Cordillera de los Andes, y una vez atravesada la angosta franja de Chile, al Océano Pacífico.

Los viajeros procedentes de Nueva York arribaron al Aeropuerto Ministro Pistarini de Ezeiza, Buenos Aires y de allí se dirigieron en bus al Aeroparque Jorge Newbery, aeropuerto de Buenos Aires para vuelos domésticos. Allí, luego de una espera de tres horas abordaron un vuelo de 1:55 horas que los llevó al Aeropuerto de la ciudad de Trelew, en la Provincia de Chubut, a 1129 kilómetros al sur de Buenos Aires. El viaje no había concluido, ya que en el mismoaeropuerto de Trelew subieron a un bus que los llevó a Puerto Madryn, distante 65 kilómetros, desde donde comenzarían la aventura patagónica. En Madryn tomaron habitaciones en un hotel para descansar, cenar y pasar la noche, luego de una jornada extenuante pasada entre esperas en aeropuertos, viajes en avión y en bus.

A las 6:00 a.am. se levantaron, tomaron un desayuno abundante en el restaurant del hotel, ya que no sabían cuado podrían comer nuevamente.

En lanoche anterior Jack y Mike habían alquilado unos vehículos para poder desplazarse con comodidad. Se trataba de una camioneta Toyota con tracción en las 4 ruedas, muy usada pero en buen estado y con un motor potente. Además el ruso alquiló una motocicleta Kawasaki de alta cilindrada, con lo que pensaba poder meterse en sitios arenosos o en laderas donde un auto no podría acceder. El plan era recorrer unos 170 kilómetros en dirección norte por la Ruta Nacional 3, desde Puerto Madryn, en la Provincia de Chubut hasta llegar al paralelo del Fuerte, y desde allí unos 13 o 14 kilómetros en dirección este, hasta llegar a la costa del Océano Atlántico. Este tramo imlicaba atravesar la estepa patagónica de forma que podrían habituarse a su árido paisaje.

En efecto, desde el momento en que abandonaron la Ruta Nacional 3 los vehiculos fueron exigidos para poder desplazarse por el ríspido terreno, sembrado de piedras y matorrales duros, de vegetación desértica habituada a la sequía y los vientos permanentes. Las ráfagas que soplaban desde el mar retrasaban el avance particularmente de la motocicleta y en un remolino Mike perdió control de la misma y rodó por el suelo, felizmente sin cocecuencias ni para el hombre ni para la máquina.

Todos descendieron de los vehículos para estirar las piernas a pesar del viento y Jack y Nick auxiiaron al motociclista.

"Desde aquí se ve el mar." Dijo el canadiense.

"Estamos en la gran altiplanicie de Somuncurá. Dentro de poco hacia adelante veremos la meseta del Fuerte Argentino." Replicó Jack.

Retomado el rumbo este, luego de una media hora Mike, que venía siguiendo a la Toyota, pasó a su lado a gran velocidad y mientras lo hacía señalaba con una mano hacia adelante; gritó algo pero el casco absorbió el sonido.

"¡Allí está! Esa es la meseta del Fuerte." Gritó excitado Nick.

En efecto, la masa bastente regular de la meseta comenzaba a agrandarse al acercarse desde el oeste. Yael gran espejo azul de las aguas del Golfo San Matías eran claramente visibles en todo el horizonte oriental.

Otra media hora más tarde frenaron los vehículos. La masa de roca arenisca recubirta casi en toda su extensión por la vegetación esteparia estaba al alcance de una caminta de una hora, a pesar de no haber ningún sendero marcado. Jack, que estaba condiciendo la camioneta sacó una mano por la ventana indicando a Mike que iba a estacionar allí. Nuevamente todos descendieron y se dedicaron a admirar el paisaje, que con su árida desnudez ejercía una extraña fascinación en sus mentes.

"Ya no podemos seguir con la camioneta." Advirtió el americano. "Tengo miedo de romper el tren delantero con esas rocas."

"Yo podría eguir aún un trecho con la motocicleta." Contestó el ruso.

"Quizás, pero estamos más o menos donde debemos encontrarnos con nuestro guía."

"No sabía que íbamos a encontrarnos con alguien."Admitió Chandice. "¿Es un local?"

"Sí, aunque no sé de quien se trata."

"Podemos preparar un café mientras esperamos." La propuesta de Zhi fue acogida con agrado.

Habían ya consumido la colación cuando el viento trajo el incofundible ruido de un motor.

"Es una motocicleta de baja cilindrada." Informó Mike

En efecto, unos cinco minutos más tarde una polvareda mostraba la dirección desde la que se acercaba el sonido. Al cabo de poco tiempo un scooter con un hombre se aproximó y estacionó a unos 50 metros del grupo. Un joven alto y delgado se apeó sacudiéndose el polvo del camino. Al sacarse el casco se pudo ver sus cabellos rojizos que luego cubrió con un sombrero patagónico de ala ancha.

"Yo lo vi primero." Susurró en tono competitivo Chandice en el oído de Zhi.

Jack se acercó al recién llegado extendiendo su mano diestra y preguntando.

"¿Hablas inglés?"

"Si. Lamento haber llegado tarde, pero pinché un neumático y tuve que cambiar la cámara unos 50 kilómetros atrás."

"No te preocupes. No hace tanto que llegamos. Soy Jack Berglund."

"Aulric de Terrailh."

Capítulo 13

Los seis viajeros se miraron sorprendidos.
"¿Como has dicho que te llamas?" Repreguntó Chandice.
"Aulric de Terrailh"
"¿Podrías deletrearlo?" Solicitó Taro Suzuki.
Después que el aludido lo hizo Mike preguntó.
"¿Es ese un nombre argentino?"
"Cualquier nombre puede ser argentino.Ha venido gente de todo el mundo a este país."
Jack decidió cambiar el tema.
"Bienvenido a nuestro grupo Aulric, permíteme hacer hacer presentaciones."
Acto seguido comenzó con las damas y siguió con el profesor Suzuki.
"...y él es Nicholas Lafleur."
Los dos jovenes se miraron mientras se estrechaban las manos.
"*Enchanté.*"
"*Enchanté.*"
"Bien, Aulric, creo que sabes cual es el proposito de nuestra venida a tu país." La frase de Jack estaba entre una pregunta y una afirmación.
"Lo tengo bien en claro."
"Sabes entonces que estamos en El Fuerte en busca de pistas sobre el Santo Grial."
"Sí. También sé que muchos han buscado al Grial aquí sin encontrarlo."
"Eres escéptico entonces." Nuevamente una pregunta velada.
"No creo que encontremos al Grial, lo que no quiere decir que no hallemos pistas sobre su paradero."
"Interesante respuesta." Afirmó Suzuki.

"Vamos a establecer un campamento aquí e intetaremos ascender mañana por la mañana." Aclaró Jack. Necesitamos armar las tiendas, encender un fuego y preparar los elementos para el trekking."

Mike se mostró un tanto contrariado.

"Yo creo que puedo acercarme bastante con mi motocicleta a la cumbre, estar arriba, ver todo el panorama y regresar antes de que anochezca."

"Yo quiero ir contigo. Quiero probar esta gran moto y ver el panorama."

"Me temo que está comenzando a soplar viento y el clima puede cambiar. Los grandes vientos y las tormentas cerca del mar llegan sin anunciarse." Previno Suzuki.

"Yo también quiero ir a la cumbre de El Fuerte hoy." Dijo sorpresivamente la recatada Zhi.

"Bien, puedo llevarte con mi scooter. También creo que podemos acercarnos a la cima. Pero tiene razón el Profesor. Debemos volver rápido pues efectivamente creo que se acerca una tempestad." Dijo Aulric mirando el cielo.

Jack se acercó llevando el barómetro en la mano.

"La presión atmoférica está bajando bastante rápido. Si insisten en ir háganlo ahora y regresen lo antes posible." Los dos vehículos salieron llevando uno a Chandice y Mike y el otro a Zhi y el recién llegado Aulric.

Aunque iban al mismo sitio a poco andar sus rumbos se separaron porque la poderosa Kawasaki podía pasar por sitios que el scooter no podía trepar. Pronto ambos se perdieron de vista y mientras Mike ascendía más o menos en forma directa, el scptter debía realizar grandes círculos para esquivar rocas y arbustos altos.

Finalmente ambos vehículos llegaron a sitios a partir de los que ya no podían proseguir y los tripulantes se apearon y prosiguieron a pie. Dado que el cielo se estaba cubriendo rápidamente tanto Mike como Aulric decidieron llevar consigo unos cobertores plásticos que los cubrirían de la eventual lluvia, También portaron chaquetas de abrigo impermeables y cantimploras de agua.

Un tremendo estallido alumbró el cielo ya los pocos instantes el trueno llegó a sus oídos. El cielo se cubrió por completo y de repente una cortina de agua de desencadenó sobre los cuatro montañistas.

Mike halló un socavón en la piedra que formaba una especie de cueva de muy poca profundidad y hacia el arrastró a Chandice, a la que prácticamente empujó dentro y luego de entrar también él extendió la lona plástica cubriendo ambos cuerpos del diluvio. Los relámpagos alumbraban el contorno evitando la oscuridad total mientras que ambos cuerpos se apretaban dentro de la cueva para lograr protección del viento y la lluvia y darse calor mutuamente.

La proximidad entre ambos cuerpos desató sentimientos e instintos reprimidos por ambos desde que se habían conocido.

Chandice había llevado su camppera imprmeable consigo pero estab usando unos shorts verdaderamente diminutos que exhibían sus hermosas piernas negras, al bajar rápidamente la temperatura comenzó a tiritar de frío.

"¿Que te ocurre?"Preguntó Mike.

"Tengo las piernas congeladas, ya ni las siento."

El hombre tocó la pantorrillas y constató que estaban heladas.

"Voy a hacerte un masaje vigoroso para que comience a circular nuevamente la sangre."

Las sucesivas friegas cumplieron su propósito y pronto la joven dejó de tiritar y el hombre convirtió sus masajes progresivamente en caricias. La muchacha comenzóa emitir unos gruñidos felinos de satisfacción al sentir crecer la excitación.

Zhi y Aulric habían casi llegado a la cima cuando los soprendió la tormenta. El joven buscó afanosamente y halló una grieta en la roca arenisca en la cual entraron ambos; la entrada de la misma fue cubierta con la lona plástica que también habían portado. En la semioscuridad ambos oían el rugir del viento fuera de la cubierta, la que daba una cierta seguridad psicológica al aislar los agentes atmosféricos externos del interior del agujero en que se hallaban; también la lona prevenía que las ráfagas de viento ingresaran en la grieta y por último, brindaba una cierta intimidad. Como se habían mojado antes de encontrar la falla, ambos tenían escalofríos, por lo que se sentaron en el suelo rocoso uno muy junto al otro. Zhi, que tenía shorts y las piernas al aire, las recogió y se abrazó a ellas para conservar su calor. El rostro de Aulric había quedado muy cerca de las rodillas de la muchacha y ella sentía su aliento caliente en las mismas. A pesar de la penunmbra se miraron a la cara; los ojos de

Zhi se perdieron en el océano azul de los de él y finalmente optó por cerrarlos, en un gesto que el hombre entendió como entrega. Aulric inclinó su cabeza y posó sus labios en las rodillas de la mujer.

Los restantes expedicionarios recogieron las tiendas que habían extendido para evitar que se las llevara el viento. El fuego que habían encendido fue apagado rápidamente por las gruesas gotas que comenzaron a caer. Jack, Taro y Nick se apresuraron a guardar nuevamente en la camioneta todo lo que habían sacado y se introdujeron en ella, cerrando las ventanillas casi del todo, mientras oían el martillar de la gotas de lluvia en el techo metálico. Mantuvieron un trecho de las ventanas abierta para evitar que se enrareciera el aire dentro del coche.

El vehículo era el único resguardo seguro que se hallaba en la vasta playa, y aún así temblaba con las sucesivas ráfagas de viento.

En el interior del automóvil, Jack se maldecía por haber permitido a los cuatro jóvenes escalar la meseta de El Fuerte en la proximidad de la tempestad a pesar de las indicaciones de su barómetro.

Taro, comprendiendo los pensamientos de su amigo, lo miraba en silencio. Finalmente apoyó una mano en el brazo de Berglund y dijo.

"No te preocupes y confía. Tanto Mike como el argentino son hombres de recursos, sabrán que hacer."

Capítulo 14

Lo primero que vio cuando abrió parcialmente sus ojos fue un rayo de sol que se filtraba a través de la lona plástica por el borde de la grieta. El resplandor la deslumbró y tuvo que volver a cerrar los párpados hasta que sus pupilas se acostumbraran a la luz. Cuando quiso mover su cuerpo un dolor la recorrió desde la cintura. Miró hacia abajo y una sonrisa apareció en sus labios. La cabeza del muchacho llamado Aulric, y a quien un día antes no conocía, reposaba sobre las pantorrillas de ella, impidiendo todo movimiento. De golpe recordó la agitada velada de amor de la noche en medio del rugido de la tormenta allá afuera, y su corazón se enterneció. Intentó quitar sus piernas de debajo de la cabeza del joven pero al hacerlo el también despertó.

"¡Hola!" Dijo Zhi.

"Hola...¿todo lo que ocurrió anoche fue real o solo un sueño mio?" Aulric sonrió, plantó un beso en los muslos de ella y se incorporó sentándose en el suelo.

"Fue todo real...muy real y muy excitante."

"¿Solo excitación?" La pregunta de Aulric era redundante. Zhi estiró su cuello para llegar a la boca de él y lo besó en los labios.

"Dímelo tú."

Al abrir la cortina plástica para dar luz pudieron poner en orden todas las pertenencias que habían traído en medio de la tempestad y que habían quedado revueltas en el episodio amoroso. Cuando ya se estaban poniendo de pie para salir del socavón el zapato de Aulric tropezó con algo que estaba enterrado en el fondo arenoso de la cueva y que hizo un sonido extraño. El muchacho extrajo una pequeña navaja que llevaba colgando en su cinturón y al apretar un resorte apareció la hoja brillante. La hundió en el suelo hasta el mango y la acción le devolvió un sonido metálico.

Mike se despertó primero y sacnado la lona que cubría la entrada de la grieta se asomó al exterior. El sol resplandecía en el cielo de oriente iluminando la inmensidad del horizonte marino, peor al acercar la mirada a la base de la meseta de El Fuerte en que se hallaban, vio que las aguas rodeaban todo el contorno de la misma, debido a la intensa pleamar que caracteriza a esa zona del Golfo San Matías. Preocupado estiró un poco el cuello hasta divisar la roca donde había dejado la motocicleta la noche anterior y vio con alivio que se hallaba en una zona seca, aún lejos del agua.

Por lo demás, la marea estaba bajando en forma acelerada y durante el rato en que estuvo asomado vio retirarse el mar dejando al descubierto una creciente franja de playa.

De pronto, sintió una mano sobre su espalda. Chandice acababa de despertarse y se ha bía apoyado en el hombro del ruso mientras exhibía una sonrisa feliz en sus labios. Sin mirarlo al joven, observó el mar y dijo.

"¿Qué espectáculo hermoso! ¿Cómo se verá desde la cima de la meseta?"

"Buena pregunta. Toma tus cosas del suelo y ascendamos lo que nos falta para llegar. No puede ser muy lejos."

La muchacha jamaiquina recogió su chaqueta y mochila y echó con cariño un vistazo al trozo de suelo rocosa donde había pasado la noche de amor. Llevó su mano derecha a sus labios y esparció soplando un beso agradecido.

El último tramo fue especialmente complicado por rocas sueltas que debían esquivar para evitar rodar al vacío desde los mas de 300 pies de altura. Una vez arriba depositaron sus mochilas en el suelo y se dedicaron a recorrer los 22500 pies cuadrados de superficie plana horizontal.

La visión era grandiosa pues no había nada que la interrumpiera en las cercanías. El Golfo San Matías, sumamente amplio se mostraba a sus ojos con apenas dos puntos lejanos envueltos en brumas de sus puntas norte y sur.

Todo la llanura que rodea la meseta de El Fuerte a norte y sur solo exhibía rocas sueltas y matorrales de la dura vegetación patagónica. Sobre una de las laderas divisaron al resto del contingente de exploradores ascendiendo con la obvia intenció de reunirse con ellos; aún se veían como pequeñas y laboriosas hormigas.

La visión hacia occidente mostraba la baja línea del contorno de la gran meseta de Somuncurá baj los primeros rayos del sol. Chandice y Mike se abrazaron y miraron fascinados el hermoso marco que la naturaleza brindaba a su amor mientras el sol los calentaba luego de la noche fría y húmeda que habían transcurrido.

En un momento oyeron ruidos procedentes de una de las laderas de la meseta y reocrdaron que Zhi y Aulric también habían subido. Mike quitó la mano que acariciaba el trasero de la muchacha y la llevó a la cintura de ella.

"¡Mira, allí están! Vamos a ayudarlos con el último tramo de la subida."

Cuando Zhi y Aulric por fin llegaron a la cima la pareja que ya se encontraba allí intentó mostrales el panorama magnífico que los rodeaba. Sin embargo los recién llegados no les prestaron atención y Zhi les dijo con una vehemencia que no era usual en ella.

"Eso puede esperar. Ahora deben ver esto."

Aulric sacó de su mochila un pañuelo blanco hecho un ovillo, y al abrirlo la luz de sol se reflejó en una brillante superifice metálica que parecía recién pulida.

"¿Qué diablos es esto? ¿Dónde lo hallaron?" Exclamó Chandice.

"Estaba cubierto bajo el polvo en la caverna en que pasamos la noche. Lo encontramos por casualidad."Respondió Zhi.

"Es un trozo de la punta rota de una espada antigua."Añadió Aulric. "Mira las inscripciones."

Aún visibles a pesar del tiempo y el desgaste se veían aún unas letras grabadas en la hoja con lo que posiblemente fuera la inscripción de cifras escritas en letras en latín. Se podía aún distinguir.

"MCCLXXV"

"¡Data de 1275. Es una inscripción del siglo XIII." Exclamó Zhi.

Un silencio se extendió por la cumbre de la meseta. Una brisa marina comenzó a soplar mientras los cuatro viajeros observaban fascinados el objeto metálico envuelto en un pañuelo polvoriento.

Tardaron un tiempo en reaccionar y asumir el significado del hallazgo.

¿La presencia de los templarios en la desolada tierra partagónica no era una quimera, una leyenda inverificable. ¡El trozo de espada les decía que era una posibilidad real y cercana!

Capítulo 15

Taro y Nick plantaron dos tiendas y colocaron en ellas todo el equipo que habían traído, incluyendo bolsas de dormir y ropa abrigada por si debían pasar la noche en la cima de la meseta.

Mientras tanto Jack y Mike tomaron palas y picos y se dirigieron a la grieta donde Aulric había tropezado con la punta de espada; una vez allí comenzaron a cavar con mucho cuidado removiendo toda la capa de tierra superior para verificar si había más restos históricos que pudieran ser relacionados con el Grial.

Zhi y Chandice se abocaron a recorrer toda la superficie de la cumbre de El Fuerte examinando el terreno igualmente en busca de señales de objetos artificiales, no naturales. La consigna de todos era tratar de no tocar las piezas halladas sin guantes descartables y colocarlas en bolsas de polietileno de diversos tamaños que habían llevado a tal fin.

La mañana transcurrió en medio de intenso trabajo y cerca del mediodía las mujeres cambiaron su actividad por la preparación del almuerzo al calor de un fuego encendido por Nick.

Como a esa hora el sol estaba fuerte todos se colocaron a la sombra de las tiendas para comer y allí intercambiaron experiencias.

"El socavón donde ustedes pasaron la noche y encontraron la punta de espada no contenía nada más, a pesar de que removimos casi un pie de profundidad del suelo arenoso." Dijo Jack. Al oirlo Zhi tuvo un ligero estremecimiento de pudor temiendo que hubieran encontrado algún rastro de la noche de amor transcurrida con Aulric, aunque de inmediato descartó el pensamiento por ridículo.

"A la tarde vamos a proseguir con la otra grieta donde estuvieron Chandice y Mike a ver si hay algún rastro." Prosiguió el americano, y esta vez fue el turno de la jamaiquina de sobresaltarse.

"Nosotras hemos hallado una cantidad de cosas llamativas, que todos deberemos analizar antes de dejar éste sitio y regresar a los vehiculos." Informó Chandice.

Taro era un gran fotógrafo aficcionado y mientras había luz se dedicó a filmar todo el espectáculo en 360º en torno a la meseta.

"En la Comunidad Bluthund tenemos un archivo gráfico importante de foto y videos de todas nuestras expediciones. Esta filmación será un aporte sobre esta parte del mundo."

"¿Este panorama les recuerda alguna otra experiencia previa?" Inquirió Chandice.

"El paisaje inmenso y plano tiene alguna semejanza con la taiga siberiana." Contestó Taro.

"Habría que imaginar éste mismo paisaje nevado."Agregó Jack.

"Para la llegada de las nevadas falta aún un mes y medio, más o menos." Respondió Aulric.

"¿Tienen mucha nieve por aquí?"

"Sí, aunque hay mucha más dónde yo vivo."

"¿Dónde es eso?" Preguntó Zhi, sorprendiéndose de no saber ese dato del hombre con quien había pasado la mejor noche de su vida.

"Unas 350 millas en dirección oeste, sobre la Cordillera de los Andes, cerca de la frontera con Chile y a unas 130 millas del Océano Pacífico."

"Pero estamos sobre el Océano Atlántico ahora." Objeto Chandice.

" Sí, pero el continente americano es más angosto en esta latitud sur." Añadió Jack.

"¿Vives en alguna ciudad?" Inquirió Zhi tratando de disimular su interés.

"No, vivo en una comarca cordillerana, entre montañas, lagos y bosques, junto con "los míos"."

Todos se preguntaron a quien se referiría Aulric con el término "los míos" excepto Nick, quien observavaba todo en silencio.

La noche cayó rápidamente y Jack y Taro discutieron si era conveniente bajar.

"Temo que nos llegue la oscuridad em medio del descenso y podamos sufrir una caída con consecuencias. Es mejor pasar aquí la noche." Dictaminó finalmente Jack.

"Voy a reavivar el fuego, aunque no tengo mucho combustible alrededor."Dijo Nick.

Al día siguiente todos se despertaron con el aroma de café recién preparado por Chandice.

Luego de la colación desmontaron las tiendas en guardaron las bolsas de dormir y Taro expresó.

"Antes de bajar vamos a examinar lo encontrado en esta meseta, filmarlo y decidir que hacer."

En definitiva no habían encontrado ningún otro objeto que pudiera ser relacionado con su búsqueda. El inventario se limitaba a algunas puntas de flecha de piedra talladas en forma tosca por los antiguos pobladores de la zona, los muy escasos y primitivos indios patagones; también había rocas de grandes caracoles marinos fósiles, llamativos a mas de 300 pies sobre el nivel del oceáno.

"Es evidente que esta meseta estuvo al nivel del mar en épocas remotas." Expresó Jack.

"¿Que vamos a hacer con estos objetos?" Preguntó Nick.

"En primer término filmarlo." Contestó Taro.

" Si quieren llevarlos de este lugar van a tener que dejarlos luego en alguna dependencia de gobierno. No se puede depredar el patrimonio arqueológico de la Provincia."Argumentó Aulric con razón."Lo mejor es dejarlo aquí arriba, su lugar original."

Todos convinieron en esa decisión.

Finalmente comenzaron el descenso; aunque obviamente más descansado que el ascenso, requería sin embargo sumo cuidado para evitar resbalones y caídas desde las laderas. A una cierta altura Mike y Aulric recuperaron sus motocicletas y bajaron el resto del camino en ellas, llevando respectivamente a Chandice y Zhi como acompañantes.

Al llegar al sitio donde se hallaba la camioneta decidieron armar un campamento para pasar el día y la noche. En efecto, antes de regresar rumbo al sur hasta Puerto Madryn debían tomar ciertas decisiones sobre los siguientes pasos.

Luego del almuerzo se sentaron alrededor de un fuego con el objeto de hacer un balance de la visita a El Fuerte. Jack extrajo la punta de espada del sobre de plástico en que se hallaba y lo hizo circular entre todos.

"Taro, tomale buenas fotos y envíalas al Dr. Richardson. Quiero que la examinen especialistas en armas antiguas, quizás el Museo Metropolitano de Arte. Es importante que analicen las inscripciones y confirmen su orígen en el siglo XIII. Cuando lo llevemos con nosotros a nuestro regreso haremos analizar la aleación metálica."

"Ese análisis lo pueden hacer en la Universidad de Buenos Aires." Argumentó Aulric.

"No se si podrán hacer comparaciones con bases de datos de armas de esa época."

"De acuerdo, lo importante es que luego sea devuelta a los mueos de esta zona."

"Me parece bien."

Retomando su discurso Jack agregó.

"Esta tarde llamaré al Dr. Richardson y le explicaré en detalle todo lo ocurrido. Taro, cuando enviés las fotos a Nueva York puedes decirle eso."

"Lo haré."

"Pero lo realmente importante es el significado profundo de éste hallazgo." Continuó Jack, luego agregó dirigiéndoe a Aulric.

"Si se confirman nuestra suposiciones, lo que has hallado al tropezar tu bota en la grieta, es una prueba definitiva de la presencia de Templarios en estas costas."

"Nosotros ya teníamos pruebas suficientes de esa presencia."Respondió enigmáticamente el argentino.

Ante el desconcierto de los demás, Taro preguntó.

"¿A quienes te refieres al decir nosotros? ¿Quienes tienen pruebas definitivas de la presencia templaria en la Patagonia?"

"Los integrantes de mi pueblo."

Capítulo 16

" Padre Iñaki, venga a tomar esta llamada, por favor."

El sacerdote miró hacia atrás para ver de que oficina llegaba el pedido, y al ver al novicio haciéndole señas volvió sobre sus pasos por el largo pasillo del monasterio, bordeado de un lado por un cuidado jardín y por el otro de todas las habitaciones convertidas en oficinas para satisfacer las necesidades del mismo monasterio y de la asociación religiosa que funcionaba en el mismo bajo el nombre de Acción Divina.

Iñaki, es decir Ignacio de Mendizábal, entró en la oficina y tomó el tubo que le alcanzaba el novicio.

"Hola, sí, soy yo"

Del otro lado le contestaron yendo directamente al grano.

"Obispo Iñaki, en la Abadía de Glastonbury han aparecido unos forasteros haciendo preguntas sobre el Cáliz. Bastante insistentes.

"Serán cazadores de tesoros arqueológicos, como tantos otros antes." Supuso el llamado Iñaki.

"Estos están muy bien informados, no son aficionados de fin de semana."

"¿Sabes si pertenecen a alguna institución?"

"No lo han dicho. En realidad son bastante herméticos."

"¿Quienes son?"

"Uno es un alemán, posiblemente un aristócrata. El otro es un italiano."

"¿Puedes averiguar sus nombres?"

"Puedo tratar de investigar en la posada donde se alojaron."

"Hazlo."

"Otra cosa.

"Dime."

"Nuestro hombre les oyó hablar de ir a Escocia."

La imágen de la Capilla Rosslyn cruzó la mente de Iñaki como un rayo.

"Bien. Gracias. Manténme informado"

Iñaki volvió a salir al largo corredor y esta vez salió al jardín, uno de sus hobbies. Acarició los pétalos de unagran rosa blanca y luego elevó ss ojos por encima de las construcciones del monasterio del otro lado del jardín.

Las cumbres de los Pirineos se alzaban a lo lejos. Iñaki suspiró. Detrás de la cadena montañosa se hallaba Francia, la odiada patria del ateísmo, del liberalismo y de la mal llamada democracia.

Habían alquilado un pequeño auto francés para dirigirse a Rosslyn sin atarse a ningún horario de transporte público. Estaba guiando Corrado Gherardi aunque ambos compartían el manejo. El italiano miró de reojo a su compañero que obeservaba insistentemente el espejo retrovisor y cada tanto daba vuleta su cabeza hacia atrás.

"¿Que te ocurre Wolfram? Te noto nervioso."

"Hay un coche azul detrás nuestro desee hace tiempo, creo que nos están siguiendo."

"¿No será un atisbo de paranoia germana?"

"Sabes que soy bastante objetivo."

"¿Quieres hacer una prueba?"

"¿A que te refieres?"

Unos cientos de pies más allá se abría un angosto sendero bordeado de árboles. Gherardi se acercó sin disminuir la velocidad y en el punto exacto dio un golpe de volante e introdujo el auto en la senda, escondiéndolo entre la fronda de inmediato.

"Maldito loco italiano." Von Eichenberg había sido arrojado de un lado para el otro en el asiento del acompañante y de no habers puesto el cinturón de seguridad hubiera rodado por el suelo.

"Shhh." Corrado hizo un gesto de silencio mientras ambos observaban el ca mino rural por el que habían llegado allí. Al cabo de unos instantes un auto azul pasó a toda velocidad, sin duda intentando alcanzar la presa que se le había escapado.

"Viste. Te lo dije. No era fruto de mi paranoia." Rugió el alemán.

"Pero sin "el maldito loco italiano" nunca lo hubieras confirmado."

El Dr. Richardson estaba finalizando la llamada con Jack Berglund. Jerome Watkins entró en la sala de reuniones donde también se hallaba Madame Swarowska. Dada la situación de los grupos destacados en Europa y Sudamérica todos los miembros del Comité Directivo de la Comunidad Bluthund estaban trabajando a pleno.

"William, tengo a Wolfram en otra línea telefónica."

"Dile que ya termino con Berglund y lo atiendo." Luego volvió al llamado y dijo.

"Bien Jack, tengo a von Eichenberg en otro llamado. Tu noticia es formidable, por favor manténganla secreta. En esta etapa necesitamos discreción."

"Hola Wolfram ¿Que me dices?"

Richardson escucho atentamente el informe de su asociado y luego reflexionó.

"Bien, parece que hemos tocado un nervio sensible. ¿Quien crees que puede haberlos detectado?"

"Quizás algún sector recalcitrante de la Iglesia. Hasta que hagan algún movimiento no hay forma de saberlo."

"Bien, te ruego que no se expongan. Deja pasar dos o tres días y luego regresen a Rosslyn. Ahora escucha. Hay noticia muy promisorias del grupo que está en la Patagonia Argentina. En el primero de los lugares hallaron por casualidad un trozo de espada con inscripciones del año en latín. Voy a hacer que lo analicen anticuarios y armeros. Te voy a reenviaar la foto a ver si tú sacás alguna conclusión."

"¿Como siguen ellos? ¿Cuál será el próximo paso?" Inquirió von Eichenberg.

"Irán a otro sitio aún más al sur."

"¿Encontraron al guía local?"

"Si, y parece que también él es un tipo con una historia interesante."

Jack Berglund se había separado del resto de los viajeros para poder hablar con Richardson.

"Mira, allí regresa." Dijo Mike.

"¿Que novedades traes Jack?"

"Richardson y el Comté Directivo están muy entusiasmados con nuestro hallazgo. Ahora nos pide que sigamos con el próximo objetivo."

"¿Cuál es?" Preguntó Chandice.

"Una localidad llamada Telsen, más al sur."

Taro preguntó a Aulric.

"¿La conoces?"

"Sé donde está. Se encuentra a la misma latitud que Puerto Madryn, que ustedes ya conocen. De modo que deben volver como vinieron por la ruta 3 pero ahora hacia el sur y luego viajar en dirección oeste. Desde Madryn serán unas 100 millas el oeste y un poco al norte por una ruta 4."

""Has estado allí?"

"No, nunca."

" ¿Vendrás con nosotros?" La pregunta de Zhi escondía un ruego.

"No, iré por mis propios medios, con mi scooter. Pero nos encontraremos allá."

"Bien, ten en cuenta que pasaremos un par de días en Puerto Madryn para descansar, dormir cómodos, comer bien y reponer comida, agua y combustible." Expresó Jack.

"Lo tendré en cuenta. Ahora debo partir"

Imprevistamente Zhi s arrojó sobre él y poniéndose en puntas de pie le dio un beso en la mejilla.

Aulric montó en su motocicleta y Nick se acercó a él. Levantó su mano diestra y pronunció una intrigante frase de despedida.

"Dieu le Veut"

Aulric sonrió, levantó también su mano y respondió.

"Dieu le Veut"

Capítulo 17

Al partir Aulric todos regresaron al campamento; al llegar Taro dijo en voz baja.

"Hay algo de especial en éste muchacho, sus referencias a "su pueblo" y otras cosas..."

Inesperadamente Nick dijo.

"¿Es que no se han dado cuenta todavía?"

"¿Darnos cuenta de qué? ¿A que te refieres?" Preguntó intrigado Jack.

"El nombre Aulric de Terrailh, la defensa de del trozo de espada como un patrimonio propio, la menciones a "su pueblo" que menciona Taro, el hecho de haberse enrolado en nuestra expedición en busca de rastros de los templarios..."

"¿Que hay con todo eso?" Preguntó interesada Zhi.

"Pues que los templarios, o sus descendientes, han estado en medio de nosotros y se acaban de retirar."

La afirmación produjo diferentes reacciones entre los miembros del grupo. Mike exclamó.

"¡Qué afirmación tan fantástica! No le veo fundamento.

Jack sacudió su cabeza y dijo en voz baja.

"No sé que pensar. No lo veo razonable."

Zhi se acarició su vientre, preguntandose que semilla llevaba dentro de ella luego de la relación nocturna.

Taro había quedado pensativo. Conociéndolo Jack le preguntó.

"¿Que crees tú, Taro?" Eres el que hizo la primera pregunta sobre Aulric."

"Pues...creo que Nick puede tener razón, y eso podría explicar muchas dudas."

Jack abrió grandes los ojos. Su experiencia le había enseñado a valorar mucho la opinión de Suzuki, a quien conocía de muchos años. El pensamiento sutil del profesor de artes marciales hallaba pistas que pasaban despaercibidas para los occidentales. Dirigiéndose a Nick preguntó.

"Dime Nick, ¿que fue lo que dijiste al despedirte de Aulric?"

""Dieu le Veut" Es francés antiguo"

"¿Es algún saludo templario?" Inquirió Taro.

"En realidad es un saludo de los Cruzados en general, entre ellos los Templarios. Significa "Dios lo quiere." No olvidemos que las Cruzadas se pensaban como parte de un Plan Divino."

Jack se rascó la barbilla y agregó.

" Es cierto, recuerdo el grito de combate de loa cruzados al enfrentrse con los sarracenos. Esto me trae a la siguiente pregunta."

Meditó un momento y añadió.

"Nick¿Como sabías que podías hacerle esa pregunta a Aulric? ¿O te estabas identificando con él mediante un código secreto? En definitiva ¿Quién eres tú?"

Taro Suzuki movió afirmativamente la cabeza aprobando la pregunta hecha por su camarada. Todos lo ojos estaban puestos en Nick. Este sin embargo no se alteró, reflexionó unos instantes y contestó.

"A pesar de lo que estén pensando en estos momentos no estoy vinculado a los Templarios en forma directa.

"Como todos sabe, soy canadiense nacido en la provincia de Quebec. Mis antepasados emigraron de Francia a Canadá a fines del siglo XIX y se instalaron en Trois Pistoles, en el condado de Les Basques. La familia de mi madre procedía de los alrededores de la ciudad medieval de Carcassone, en la zona de Languedoc, en el sur de Francia."

"País Cátaro." Observó Jack.

" Así, es. Según las tradiciones familiares mis antepasados maternos remotos eran precisamente cátaros, que luego de las persecuciones de la Inquisición y la Cruzada contra los Cátaros debieron esconderse en los bosques para evitar las persecuciones y matanzas."

"¿Hubo relaciones entre los Templarios y los Cátaros?" Preguntó Zhi.

"Es bastante probable. La Orden Templaria fue creada en 1095 y luego de su período de esplenador fue destruída por el Rey de Francia y el Papa en 1306. En cuanto a los Cátaros los primeros aparecieron en 1012 y su poderío duró hasta la Cruzada contra los Cátaros en 1209. Luego de esa fecha fueron desapareciendo por acción inquisitorial.

"El centro de acción de los Cátaros y de los Templarios en Eusopa fue el sur de Francia, de modo que coincidieron en tiempo y lugar durante décadas. De todas maneras, lo importante es que a partir del siglo XIII tuvieron que esconderse de los mismos enemigos."

Los compañeros habían escuchado el relato con gran atención. Mike preguntó.

"¿Te uniste a nosotros sabiendo que íbamos a comenzar ésta búsqueda?"

"No, te recuerdo que no sabíamos nada de este tema hasta la reunión con el Comité Directivo de la Comunidad Bluthund. Fue una absoluta coincidencia."

"¿Como fue que te diste cuenta que Aulric es un descendiente de Templarios, solo por su nombre?" Inquirió Zhi.

"No sólo por eso. Recuerda cuando nos dijo "nosotros tenemos pruebas suficientes de la presencia de los Templarios en estas costas" ¿A quien se refería al decir "nosotros"?.

"Además, hay otra serie de señales sutiles, que quien no las conoce no las percibe." Completó Nick.

Siempre práctico, Mike cambió el tema preguntando.

"Jack ¿Cuál es el próximo paso?"

"Bien, como dije antes tenemos que regresar a Puerto Madryn y allí tomar un merecido descanso de un par de días."

Los expedicionerios cargaron todos sus equipos en la camioneta y Mike subió a su motocicleta. Al ponerla en marcha Chandice se acrcó y dijo ante todos.

"Quiero ir contigo."

"Ya has visto que es un viaje largo y muy polvoriento, al menos hasta que lleguemos a la Ruta 3."

"No importa, quiero sentir el vértigo de la velocidad."

Ya era oscuro cuando estacionaron frente a la misma posada donde habían estado anteriormente. La motocicleta de Mike ya estab aparcada frente al edificio, cubierta de polvo.

Al entrar preguntaron al conserje si la otra pareja ya había llegado.

"Sí, hace una media hora. Tomaron una habitación en el segundo piso."

"¿Juntos?" Inquirió Taro.

"Sí señor. A ustedes puedo darles las mismas habitaciones que tenían antes."

"Al irnos dejamos unas maletas en la conserjería"

"Por favor pasen y tómenlas. Son las únicas que se hallan allí."

Luego de ducharse y cambiarse se reunieron en el lobby del hotel. No había señales de Chandice y Mike.

"¿Que haremos? Los llamaremos por teléfono para invitarlos a unirse a nostros en la cena?"Preguntó un tanto cándidamente Zhi.

"Creo que no. Vayamos por nuestra cuenta. Si ellos bajan sabrán encontrarnos en el restaurante del hotel." Respondió Jack con una sonrisa.

Recién cuando ya estaban en el café aparecieron Chandice y Mike. Saludaron como si nada fuese y se sentaron a la mesa.

"Disculpen la tardanza." Dijo la mujer con naturalidad.

"No hay problema. Les aconsejo el beefsteak con ensalada." La respuesta de Jack sonó igualmente natural.

Chandice estaba satisfecha. Había puesto sobre la mesa su relación son el ruso, de la que ambos estaba orgullosos, y la misma había sido aceptada con naturalidad.

Capítulo 18

Habían hecho amistad con un granjero de la zona, un tal Fergus con quien habían bebido un par de cervezas en un pub del camino. En la fértil mente de Gherardi había madurado un plan que luego Wolfram había aprobado.

"No podemos perder nada." Fue el comentario del alemán.

Al regresar al pueblo habían esperado hasta las 11:00 a.m. y entonces se había dirigido a la agencia de alquiler de autos donde habían rentado el vehículo que habían usado. El comercio se hallaba frente a la estación de ferrocarril, un lugar estratégico para ese negocio. Allí los atendió el dueño, la misma persona que se lo había alquilado el día anterior. Allí Wolfram entregó las llaves del pequeño auto y pagó la diferencia de la renta.

El hombre les preguntó.

"¿Todo bien con el auto?"

"Perfectamente." Respondió Corrado.

"¿Ya dejan el pueblo?"

"Sí, debemos tomar el tren de las 11:15."

"Si, seguro que debe estar llegando a la estación, de hecho...escuchen allí suena el silbato."

"Bien, vamos a apurarnos."

"¿Ese es todo su equipaje?"

"Si."

"Les deseo un buen viaje."

"Gracias."

Los dos viajeros salieron de la agencia y se encaminaron hacia la estación. Pero a poco andar se pararon poniéndose a cubierto de la vista del negocio detrás de unos autos y se dispusieron a observar dentro del comercio.

El excesivamente gentil dueño se dirigió a un teléfono colgado de la pared, y luego de mirar hacia el exterior del negocio marcó un numero y habló brevemente.

"Listo." Susurró Gherardi en el oído de von Eichenberg. "Ya informó de nuestra partida."

"Me gustaría saber quien está del otro lado de esa línea telefónica." Dijo Wolfram.

"Ya tendremos ocasión de enterarnos."

El silbato del tren anunció la partida y luego, ambos hombres se dirigieron subrepticiamente a una camioneta cargada de verduras aparcada en la esquina. Al entrar en el vehículo Corrado dijo al chofer.

"Bien Fergus, en marcha ahora."

Richardson anunció a Madame Swarowska y a Jerome Watkins.

" Bien, Eichenberg y Gherardi pudieron burlar la vigilancia a que estaban sometidos. Van rumbo a la Capilla de Rosslyn ahora."

Habían salido por la mañana temprano para cubrir las aproximadamente 145 millas en dirección oeste-nor-oeste por la Ruta 4 hacia la aldea llamada Sepaucal, en el borde sur de la Meseta Somuncurá, en la Provincia de Chubut. La ciudad más importante de la zona, llamada Telsen, había quedado al Norte.

El camino transitaba por la estepa patagónica sembrada de matorrales y rocas con una visión un tanto repetitiva.

"Sepaucal está en las coordenadas 42° 27′. 1878 Sur y 67° 40′3696 Oeste. El lugar denominado La Puerta está cerca de aquí, ligeramente al sur y un poco al este." Dijo Jack que se hallaba consultando su GPS. "De aquí en más ingresaremos en suelo rocoso."

"En Google Maps no hay referencias geográficas de ningún tipo." Repuso Mike, que segúia el rumbo en su celular. "Es una zona solitaria."

"Miren, allí está Aulric." Exclamó alegremente Zhi.

En efecto, el joven argentino estaba apoyado en unas piedras y su scooter se veía a unos pocos pasos de ditancia. Cuando Nick, que estaba condiciendo la Toyota, estacionó cerca del argentino, Zhi salió corriendo del vehículo y lo abrazó tiernamente. En ese momento llegaba también Mike en su moto, ya que los venía siguiendo de cerca.

Jack se acercó y estrechó rudamente la mano a Aulric mientras exhibía una sonrisa.

"¿Hace mucho que estás aquí?"

"Pasé la noche en Telsen, llegué al sitio que habíamos convenido hace aproximadamente una hora."

"¿Has conseguido alguna información en Telsen?"

"Estuve preguntando. Cuando mencionaba este sitio la gente me preguntaba si estaba buscando señales de los templarios o del Grial. Obviamente se trata de la atracción local."

"Lo que ocurre es que en medio de esta soledad no sabrán como vencer el tedio cósmico." Respondió Taro. "Bien, dinos que has averiguado."

"El sugestivo paisaje lunar de esa región ha excitado la fantasía de los esoteristas de todo tipo en Argentina y en el mundo. La llamada "Puerta de Somuncurá" representa para esos adeptos el acceso a una red oculta que incluiría ríos subterráneos que conectan los Océanos Atlántico y Pacífico, lógicamente una ensoñación irrealista. También sería uno de los "Centros de Fuerzas" desconocidos, que permiten desplazarse a otros sitios predilectos por los ocultistas, como el Cerro Uritorco, emplazado en la Provincia de Córdoba, en el centro del país, miles de millas al norte.

Las leyendas relativas a los Templarios no se limitan a la presunta llegada de estos luego de la destrucción de la Órden en Francia, sino que habrían estado presentes en la zona desde antes, comerciando la plata extraída en Tiahunaco, Bolivia, y llevándola a través de la así llamada "Ruta de la Plata" a los puertos franceses, de manera que ese metal habría constituído la base de la riqueza de la Órden del Temple, que fue la que a su vez determinó su caída, para apropiarse de sus tesoros en favor del endeudado Rey de Francia y su socio el Papa.

Estas versiones sobre Telsen y su zona fueron incluso recogidas en una presentación del History Channel, en Marzo de 2012.

La zona de La Puerta también inspira un temor de orígen reverencial en los escasos pobladores indios de la zona, que la consideran uno de sus sitios sagrados y pretenden mantener alejados a los forasteros.

"Bien,¿Sabes entonces como llegar a La Puerta?" Preguntó Jack Berglund.

"Creo que sí. Voy a ir adelante con mi scooter, ustedes síganme con la camioneta y la motocicleta de Mike. Lo mismo que ocurrió en El Fuerte veremos hasta dónde podemos llegar y el resto lo haremos caminando."

Los tres vehículos comenzaron la lenta aproximación al macizo rocoso que se abría enfrente de ellos y a medida que ascendían en altura iban ampliando su visión del terreno circundante, que incluía pequeños lagos esparcidos entre las montañas. La luz del sol reflejada por los espejos de agua deslumbraban su vista obligándolos a utilizar anteojos negros para sol.

Todos iban expectantes pues sabían que, luego del hallazgo del trozo de espada en El Fuerte, ingresaban ahora en una etapa decisiva de su búsqueda en el Patagonia Argentina de los esquivos rastros de los Caballeros Templarios, en esas remotas regiones a las que habrían llegado navegando en el siglo XIV guiados no ya por habitual Estrella Polar del hemisferio Norte, sino por la Cruz del Sur en esos cielos desconocidos.

Capítulo 19

Finalmente llegaron hasta el sitio que según las coordenadas obtenidas marcaba la ubicación de La Puerta. Aulric, que con su scooter iba guiando la caravana de tres vehículos levantó un brazo indicando que debían parar allí. Luego de aparcar a la vera del camino todos los viajeros se apearon y caminaron hacia el macizo de rocas que se elevaba rápidamente por sobre el nivel del camino.

El joven argentino observó la pared de roca y finalmente indicó a una especie de camino bastante empinado que se abría entre los peñascos hacia arriba; con varios pasos ágiles se ubicó en un sitio al pie de la pared y dijo.

"El camino comienza aquí. A partir de éste punto es todo escalada."

Todos dejaron sus equipajes en el suelo y se enfilaron detrás de Aulric para trepar por la roca, ayudándose en algunos sitios con las manos pero en general caminando sobre las piedras. Una vez más el joven mostró un punto sobre sus cabezas pero aún más abajo de la cumbre y agregó.

"¡Allí! Esa debe ser La Puerta."

A partir de un gran peñasco derrumbado el último tramo del camino subía en forma bastante abrupta hasta el sitio señalado. Tomándose con ambas manos Aulric se impulsó hasta llegar a un muy reducido terraplén en el cual se hallaba La Puerta y se paró frente a ella.

En una brecha en la pared de roca había un nicho que parecía efectivamente un dintel, y que se hallaba bloqueado por una piedra de contorno irregular y de superficie pulida, de unos tres pies de altura, que parecía tapar la entrada a lo que se pudiera encontrar detrás de ella; efectivamente daba la impresión de una puerta de piedra. Aulric se colocó en cuclillas frente al objeto y posó una mano sobre él. Al empujarla lógicamente la misma no cedió.

No había en la brecha lugar más que para una persona, de modo que el resto de los viajeros se conformaron con observar situados en distintos sitios desde donde podían fotografiar el lugar. Taro filmó todo el panorama que se abría desde el punto en que se hallaba.

Aulric golpeó con los nudillos pero solo oyó el ruido de roca sólida. Sin embargo, la base de la puerta era rectilínea y debajo de ella había una especie de escalón o umbral que parecía tallado artificialmente en la piedra. En realidad, varias partes del camino de subida parecían como alisados artificialmente. Lo más intrigante es que entre la base de la puerta y el escalón inferior había un espacio vacío en el que Aulric pudo introducir la hoja de su navaja.

Luego de explorar el nicho a su voluntad el joven bajó un trecho permitiendo que Jack y luego todos los demás uno por uno pudieran subir a nicho y compartir la experiencia. Taro introdujo en el espacio entre la base de la puerta y el umbral una hoja de papel liso que entró perfectamente, sugiriendo un espacio detrás de la laja de entrada

"Según la leyenda, esta puerta es la entrada a un largo pasadizo usado por los Templarios para guardar su tesoro y según las fuentes hasta el Santo Grial." Informó Jack hablando en voz alta para poder ser oído a pesar de la distancia.

Chandice, Aulric, Jack, Mike y Nick comenzaron a recorrer el contorno de La Puerta, escalando la pared de roca hasta el tope, descendiendo del lado opuesto, con el objeto de encontrar posibles entradas ocultas al interior de la montaña. En el camino encontraron varios sitios que se hallaban en el material descriptivo que llevaban, incluyendo círculos en la piedra, evidentemente de orígen artificial, partes donde la pared de piedra aparecía tallada en forma de escalones o rellanos y marcas de orígen desconocido. Todo esto había sido ya encontrado por anteriores visitantes pero no conducían al propósito de entrar en la roca.

Ya cansadose de explorar la cercanías regresaron al terraplen donde habían quedado Zhi y Taro esperándolos. Allí solo vieron al profesor de artes marciales.

"¿Dónde está Zhi?" Preguntó ansioso Aulric.

"Está satisfaciendo necesidades fisiológicas...tú sabes." Respondió el japonés.

Todos se sentaron a descansar un rato luego del esfuerzo de ascensión y descenso. De pronto oyeron una voz femenina llamando con urgencia.

"¡Vengan aquí!¡Pronto!"

"Es la voz de Zhi." Exclamó un tanto alarmada Chandice.

Aulric se había lanzado al sitio de donde provenía el sonido y tras él fueron los restantes.

La muchacha se hallaba sentada al borde de una saliente de roca bajo la cual se abría un abismo de aproximadamente 120 pies.

"¡Sujétate bien!No te muevas." Gritó Aulric.

"Estoy mareada.Vengan a sujetarme. Y vengan a ver esto."

La joven señalaba un sitio debajo de sus pies y en la misma pared del abismo, sobre la que su cuerpo oscilaba peligrosamente. Debajo de una saliente de roca se abría un oscuro agujero que solo se podía visualizar desde esa posición extrema.

El joven ayudante le acercó el auricular del teléfono diciéndole.

"Es un llamado de Escocia"

El Obispo Iñaki de Mendizábal se identificó con su parquedad habitual.

"Iñaki."

"Padre, soy Harris, de la agencia de renta de autos de Rosslyn."

" Te escucho."

"Los forasteros se han ido en el tren del mediodía. Como estuvieron en la posada del pueblo fui a hablar con el gerente, que fue mi compañero de escuela, y pude convencerlo de que dejara ver el libro de huéspedes. He anotado sus nombres."

Iñaki tomo un papel y un lápiz y dijo.

"Dimelos, deletrea cada nombre."

Cuando el otro terminó de enviar la información el Obispo simplemente dijo.

"Bien hecho, serás recompensado." Y acto seguido sin saludar colgó el teléfono y se dirigió a su propia oficina. Allí, en soledad, marcó en su teléfono celular un número telefónico reservado que sólo él conocía en el monasterio, un número en la Ciudad del Vaticano, en Roma. Cuando le atendieron su tono habitualmente hosco se tornó sumiso y gentil.

"Su Eminencia Reverendísima, soy Ignacio de Mendizábal, del Monasterio de Santa María en los Pirineos." El de Iñaki correspondía al trato con un Cardenal.

"¿Como estás hijo? Te escucho con atención."

"Tengo los datos de los forasteros que estuvieron husmeando en la Capilla de Rosslyn, y presumiblemente también en Glastonbury."

"Pásame los nombres... espera que voy a anotarlos."

Una vez que hubo recibido la información, el interlocutor de Iñaki leyó en voz alta.

"Wolfram von Eichenberg...no lo conozco. Quizás tenga un título noble, voy a averiguarlo."

"En cuanto a éste..." Prosiguió. "Corrado Gherardi... ciertamente recuerdo su nombre. Un ex jesuita que abandonó su Órden para casarse con una mujer palestina." La voz revelaba abatimiento, continuó.

"En suma, un apóstata, un desertor, un librepensador, un hombre muy inteligente que no acepta la guía de sus superiores."

Capítulo 20

Fergus estacionó el camión de verduras en una esquina; en la cuadra siguiente sólo se veía una casa ruinosa en medio de un jardín descuidado.

"Bien, alli es." Dijo.

" Parece una casa de cuento de brujas." Musitó Wolfram.

"No juzguen por las apariencias, Angus es un hombre muy culto."Previno el camionero.

Se acercaron a la vivienda y al hacerlo unos pajarracos levantaron vuelo del tejado, alarmados por los inusuales visitantes. Fergus agitó una campanilla colgada de un poste y comenzó a subir la escalera de madera, de aspecto bastante dudoso.

La puerta de la vivienda se abrió dando lugar a un personaje pintoresco. Vestido con una casaca raída que había sido azul alguna vez, llevaba un *kilt*, la tradicional falda masculina escocesa, con el diseño de un tartan ignoto, y en la cabeza llevaba una gran boina con borlas. Una larga barba blanca y descuidada completaba su atuendo.

"Parece escapado de un libro de Robert Louis Stevenson." Musitó el alemán al oído de Gherardi, quien le dio un codazo para hacerlo callar.

"Que gusto verte Fergus." El dueño de casa dio una cordial bienvenida a los recién llegados.

"Vengan señores, pasen que pronto se desatará una tormenta."

Eichenberg miró interrogativamente al cielo azul y luego a Corrado.

Todos ingresaron en la vivienda, y la primera sorpresa para los visitantes que el interior de la sala en la que ingresaron lucía limpio y ordenado.

Al entrar Fergus susurró al oído de Gherardi.

"¿Compraron la botella de whisky?"

El italiano movió afirmativamente la cabeza mostrando una bolsa de supermercado.

"Sería bueno entregarla ahora al dueño de casa." Recomendó el camionero.

Todos se hallaban sentados en torno a una rústica mesa de madera maciza, en sillas viejas pero cómodas. Sobre la mesa se veían la botella de whisky y cuatro vasos servidos.

"¿De modo que ustedes están interesados en el tesoro de los templarios?" Preguntó el dueño de casa.

"No en el tesoro sino en el Grial." Aclaró Fergus.

"Los buscadores del tesoro y los del Grial son dos tribus distintas."

"¿Que quiere decir?" Preguntó Gherardi.

"La búsqueda del tesoro es puramente material, mientras que la del grial es predominantemente espiritual...aunque puede haber consideraciones de lucha por el poder detrás de esa búsqueda."

Corrado sonrió satisfecho mientras Eichenberg comenzaba a reconsiderar sus prejuicios sobre el anfitrión.

"Cuéntanos la historia, Angus." Pidió su amigo.

El mencionado se sentó en el fondo de su sillón, entrecerró los ojos y comenzó una narración sin duda bien estudiada.

"Cuando el Papa Clemente V disolvió la Orden del Temple en 1314, los distintos reinos cristianos se apresuraron a perseguir a los caballeros templarios que residían en sus territorios y confiscar sus bienes, excepto el rey Diniz de Portugal, quien sin desobedecer la Bula papal tomó el asunto con parsimonia. En efecto, los templarios habían tenido un papel preponderante en la liberación de Portugal de los musulmanes y gozaban de un alto prestigio entre la población. Eventualmente, el rey Diniz creó en 1323 la *Christi Militia Frates*, u Orden de los Caballeros de Cristo, a la que inmediatamente incorporó en bloque a los templarios portugueses y sus bienes, así como a templarios prófugos de toda Europa, especialmente de

Francia. Se instalaron primero en Castro Marino y en 1357 en Thoman. Los Reglamentos de la nueva Orden eran sin embargo distintos a los del Temple, ya que el propósito era reemplazar la autonomía legal y financiera de que el Temple gozaba anteriormente y que eran vistas como un peligro por los monarcas europeos, y reemplazarla por la estricta subordinación de los monjes guerreros al poder secular del rey. En efecto, tiempo más tarde, el príncipe Enrique el Navegante fue designado como Gran Maestre de la Orden.

Con los viajes y empresas de colonización llevadas a cabo por Enrique en África, la Orden adquirió un nuevo rol coherente con su misión fundamental: llevar el cristianismo a las zonas islámicas de África, por medio de la guerra y la evangelización. Gran cantidad de encomiendas fueron abiertas en la costa atlántica africana, en lo que a la postre serían colonias portuguesas. Entre ellas se contaba el establecimiento de Ribeira Grande, en las islas de Cabo Verde.

"Por otro lado, según los escasos documentos remanentes de la época, el jueves 12 de octubre de 1307 había fondeados en el puerto de La Rochelle doce naves templarias. Al final del día siguiente no quedaba ninguna.

"Durante la noche anterior, antes del saqueo de la sede del Temple por los acólitos del Rey, los caballeros precedentes de París habían procedido a cargar la mayor parte del tesoro templario, uno de los más grandes de Europa, en dichas naves. La captura del tesoro había sido la motivación principal del rey de Francia al disolver la Órden , bajo falsas acusaciones de apostasía y traición, y se dice que quedó muy frustrado al escurrírsele de las manos dicha riqueza.

" Las naves se hicieron a la mar durante la noche. Las mismas sin embargo no permanecieron juntas porque deseaban dividir el riesgo. Algunas de ellas se desviaron hacia Portugal, reino con el que la Orden siempre tuvo buenas relaciones. La navegación desde La Rochelle a Portugal es costera por el Golfo de Vizcaya en su mayor parte lo que evitaba su detección por naves del rey francés. Sin embargo en ellas no viajaba el tesoro sino solamente monjes-guerreros y sus armas para unirse a la Orden de Caballeros de Cristo en formación. Años más tarde, y comprobada la buena recepción que el Reino de Portugal había dado a los templarios, parte del tesoro metálico había sido trasladado al monasterio de Thoman en ese país, y otra parte a una fortaleza que tenía otro contingente templario emigrado en el Reino Normando de las dos Sicilias. En ambos casos el objetivo del traslado era financiar dos grupos con los que compartían el origen común y los objetivos eternos.

" Pasado cierto tiempo, parte del tesoro que los monjes templarios habían llevado al Monasterio de Thoman fue trasladado a las colonias antes mencionada de Portugal en las Islas del Cabo Verde, sin duda para alejar dicho tesoro de la codicia de los monarcas europeos.

"Sin embargo, un simple barco mercante portugués que había arribado recientemente a Cabo Verde, había reportado el avistaje de una flota de navíos corsarios holandeses dirigiéndose a las islas. Dado que la cercanía de buques potencialmente hostiles era peligrosa se decidió que tres navíos se hiciesen a la mar iniciando la aventura de atravesar la mar océano en dirección sudsudoeste, tras las huellas de exploradores, conquistadores, militares, algunos clérigos y los primeros colonosluego del Descubrimiento de América. El largo viaje a la colonia llamada *São Salvador da Bahía de Todos os Santos,* entonces capital de las posesiones portuguesas en el Nuevo Mundo, conocidas hoy como Brasil, había comenzado.

"Este el orígen de las leyendas relativas a la presencia de templarios y de parte de su tesoro en America.

" Pero la parte principal del tesoro templario, quizás nueve de las doce naves, fue transportado a Escocia. Allí con el objeto de esquivar la acción de los espías que el rey de Francia envió, el tesoro fue distribuído en diversos monasterios y capillas escoceses, algunas bastante escondidas, como es el caso de la Capilla de Rosslyn."

En ese momento Fergus acotó.

"La tormenta ha llegado. Esta diluviando."

Wolfram, que estaba siguiendo la explicación de Angus con suma atención, ignoró el comentario metereológico y preguntó.

"¿Y en qué parte del tesoro quedó el Grial?"

Capítulo 21

Angus meditó la respuesta mientras se rascaba la larga barba.

"Por razones de privacidad creo que si el Grial estaba en ese tesoro lo habrían traído a Rosslyn, pero más tarde, con la inconveniente notoriedad obtenida por esta Capilla, es probable que lo hayan llevado a otro sitio."

"¿Dónde apostaría usted que lo habrían llevado?"

"Quizás a algún convento o monasterio en Cataluña, España, o en Languedoc, Francia. No debemos olvidar que es aquella época en esa zona estaban activos los Cátaros, que luego de la Cruzada realizada por el Papa contra ellos se escondieron muy bien para sobrevivir luego de la masacre de Montsegur. Puede ser que los Templarios hayan compartdo sus tesoros con los Cátaros, de la misma forma en que compartían los peligros."

La charla había llegado a su fin. Fergus, Wolfram y Corrado se levantaron y agradecieron al dueño de casa su amabilidad. Este expresó.

"Llevense el whisky con ustedes."

" De ninguna manera, queremos agradecerle su hospitalidad y se la dejamos para brinde por nuestro éxito."

El Padre Iñaki sintió el celular vibrando bajo su sotana. Apresuró el paso y una vez llegado a su oficina cerró la puerta y atendió la llamada; notó que el corazón le latía apresuradamente por la tensión nerviosa.

"Iñaki. ¿Eres tú?"

"Sí, Su Eminencia Reverendísima."El pulso le temblaba.

"He estado reflexionado profundamente sobre los forasteros de los que me hablaste. Ya te dije que conozco la historia de Gherardi. Según he averiguado, el otro, von Eichenberg, es un erudito especializado en esoterismo occidental y oriental. Otro librepensador peligroso."

Iñaki permanecía en silencio tratando de no anticiparse a lo que intuía iba a venir.

"Iñaki.¿Estás allí?"

"Sí, su Eminencia Reverendísima."

"Bien, en estos casos debo tomar las medidas que sean necesarias para proteger los intereses supremos de la religión, sin que me tiemble el pulso. ¿Me oyes?"

"Sí, su Eminencia."

"He decidido enviar contigo al Preboste Bernal. ¿Tú lo conoces?"

De Mendizábal contestó con un hilo de voz.

"No personalmente."

"Bernal llegará a tu monasterio pasado mañana. El se hará cargo de la situación. Tú no te involucrarás en lo que haga. Solamente te pido que le brindes toda la información y los medios para que haga su trabajo."

"Comprendido, su Eminencia Reverendísima."

Sin agregar nada más, el interlocutor ubicado en el Vaticano cortó la llamada. Iñaki sintió unas náuseas terribles y apenas consiguió llegar al baño donde de inmediato vomitó todo el contenido de su estómago en el retrete.

Lo que había temido desde el comienzo estaba ocurriendo. El líder de Acción Divina, su jefe máximo, estaba enviando a un así llamado Preboste, en realidad un sicario mexicano, para eliminar a quienes él juzgaba que ponían en peligro los valores supremos de la Iglesia. Iñaki maldijo haberse acercado a ese grupo liderado por el Cardenal, y sabía que ya no tenía marcha atrás, no podía liberarse de esa maquinaria, en realidad era un rehén.

Habían colocado un grueso clavo de alpinista en la cumbre del cual colgaba una polea, por la cual pasaron una cuerda gruesa provista de un arnés. De esa forma Mike pudo descolgarse hasta quedar frente al agujero descubierto accidentalmente por Zhi, y que resultaba invisible deade cualquier angulo visual que no fuera directamente de frente.

Una vez que entró en la abertura caminó unos pasos a la luz de una linterna, descargó la mochila que había llevado en el suelo de roca y dijo por el teléfono satelital.

"Es una caverna profunda, que se ensancha a medida que penetras."

Del otro lado Jack contestó.

"Bien. Espera cerca de la entrada. Ahora bajo yo."

Ya se encontraban Jack, Taro, Mike y Aulric en el interior de la cueva hallada. Nick, Zhi y Chandice daban apoyo logístico desde arriba de la montaña.

Los viajeros devenidos espeleólogos avanzaron con mucho cuidado iluminando el interior con sus linternas. Habían ya recorrido unos 75 pies cuando Aulric exclamó, apuntando con su lámpara a un sector de la pared rocosa.

"Miren allí, hay algo que parece de metal empotrado en la piedra."

Jack se acercó y tocó al objeto.

"Es una especie de gancho de hierro clavado. No hay duda de que es algo artificial."

Mientras fotografiaba el gancho con su cámara con flash, Taro agregó.

"Creo que es un soporte para una antorcha de madera, como las que se usaban en el pasado antes de la electricidad."

"Debemos avanzar lentamente e ir registrando las paredes y el suelo en busca de otros elementos llamativos."

Al cabo de un tiempo Jack intentó comunicarse con Nick en el exterior pero fue en vano.

"En el interior de esta caverna no tenemos señal telefónica, como era previsible."

Aulric iba al frente del grupo, que avanzaba en fila. En previsión de posibles sorpresas tanto Jack como Mike llevaban cartucheras con pistolas en la cintura, pero nada hacía prever que podrían tener que usarlas.

En un momento el argentino tropezó con algo que se hallaba en el suelo y sólo con un rápido movimiento de su pierna pudo evitar consecuencias.

"¡Maldición!"

"Es un trampa como las que se usan para cazar osos. ¿Qué diablos está haciendo en el medio de esta caverna?" Rugió Jack.

En efecto, señaló a un dispositivo rústico de hierro consistente en dos mandíbulas aserradas que reaccionaban y se cerraban al soltarse un resorte cuando alguien pisaba arriba.

"El resorte ya no está tan rápido debido al polvo acumulado, y por eso pude sacar la pierna a tiempo." Dijo aliviado Aulric.

"¿Pero que hace esta trampa en este lugar?" Repitió Jack.

"Es evidente que alguien, hace mucho tiempo, quería evitar que los que llegaran hasta aquí pudieran seguir camino." Agregó Taro.

"Es decir, esta trampa está protegiendo algo valioso que se encuentra más atrás." La conclusión de Aulric era lógica.

"¿Valioso para quien?" inquirió Mike.

"Seguramente para los Templarios, detrás de cuyas presuntas huellas estamos. No creo que haya habido otros ocupantes después de ellos."

"Bien, dejemos esta trampa cerrada e inactivada y sigamos con máxima precaución pues puede haber otras."

Aulric volvió a ponerse al frente del grupo mientras Jack cerraba la marcha.

"¿No sienten un aire fresco que viene del frente?" Preguntó el muchacho.

"Es probable que más adelante haya alguna abertura a la ladera de la montaña." Repuso Taro. "Sea de origen natural o artificial."

Mike iba caminando con su espalda pegada a la pared derecha de la caverna mirando hacia el frente. De pronto trastabilló y tuvo que hacer un esfuerzo para no perder el equilibrio y caer al suelo.
"¡Demonios! Hay un hueco en esta pared." Exclamó.

Todas las linternas se dirigieron en esa dirección a un nicho ubicado al costado del pasillo que estaban recorriendo; las luces alumbraron el sitio en su totalidad.

Una exclamación de asombro salió de las cuatro bocas.

Capítulo 22

"Padre Iñaki, un hombre pregunta por usted en la recepción."

El Obispo sintió un súbito mareo, producto del stress.

"¿Sabes como se llama?"

"Bernal, tiene aspecto centroamericano."

"Hazlo pasar y que me espere en la sala de reuniones. Que nadie venga a molestar."

"¿Quiere que les lleven unos cafés?"

"No, nada de eso."

Cuando De Mendizabal entró en la sala el hombre se hallaba de pie frente a la puerta, esperándolo. Era un individuo de corta estatura pero de físico macizo y aspecto fuerte. Su sola visión producía temor, particularmente en un pusilánime como Iñaki.

El llamado Bernal fue el primero en hablar.

"¿Su Eminencia Reverendísima le explicó el motivo de mi visita?"

Iñaki prefería en realidad este tratamiento directo y un tanto rudo, no tenía deseos de mostrarse amigable con el repulsivo sujeto, respondió.

"Si."

"¿Puedo sentarme? Vengo de lejos." Preguntó Bernal.

"En realidad prefiriría que no, para hacer esta reunión lo más breve posible." El cura apenas cvreía lo que él mismo estaba diciendo. Jamás había sido un hombre descortés.

Bernal se sentó de todas maneras,diciendo.

"Ya veo."

Watkins entró en la oficina de Richardson y le dijo.

"William, te llama el Almirante Donnelly por la línea directa."

"Bien, que pasen el llamado, y tú ven y siéntate."

" Almirante, buenos días. Lo escucho."

Aunque cordial, Donnelly era un hombre directo.

"¿Jack y su gente se encuentra en Europa, en España en particular?"

"No, están en la Patagonia Argentina, siguiendo las pistas que usted conoce."

"Bill, hemos detectado movimientos en un sector archiconservador del Vaticano, al que seguimos de cerca. Han movilizado a un sicario mejicano al que usan para eliminar hombres molestos. Ya lo han detectado en el País vasco, cerca de la frontera con Francia. Pensé que podría estar relacionado con el tema de la búsqueda del Santo Grial."

"¡Oh, Dios!"

"¿Qué ocurre?"

"Dos de nuestros miembros están buscando pistas en Europa. Han estado en Inglaterra y Escocia y ahora se dirigen a Cataluña y el Sur de Francia."

"¿Tiene contacto con ellos?"

"Por supuesto."

"Sugiero que les advierta sobre este hombre. Se llama Bernal y suele usar su propio nombre. Le envío unas fotos que tenemos de él."

Una vez finalizada la comunicación con el Almirante, Richardson pidió a Watkins.

"Comunícame con Eichenberg y Gherardi"

"Hola, Wolfram, escúchame atentamente..."

Acto seguido narró lo hablado con Donnelly, al terminar agregó.

"Debemos asumir que ustedes han sido descubiertos por estos extremistas y que pueden hallarse en peligro inmediato. Cesen sus actividades y regresen a sus casas en Alemania e Italia de inmediato. No puedo exponerlos a peligros desconocidos. Adviertan a aquellos con quienes han estado encontacto y que pudieran estar también en situación de peligro. Te envío la foto de este asesino llamado Bernal."

Luego dirigiéndose a Watkins agregó.

"Cita a una reunión en nuestra sala lo antes posible. Necesitamos que vengan Donnelly y Lakshmi Dhawan."

Al recibir la noticia del jefe de la Comunidad Bluthund, Eichenberg y Gherardi de inmediato se pusieron en acción.

"Si están tras nuestra pista llegarán rápidamente a nuestros amigos de Rosslyn. Debemos advertirles. ¿Tienes forma de contactarlos?" Preguntó el alemán.

"Si, tengo el número de teléfono celular de Fergus."

"Llámalo de inmediato."

"Hola, Fergus. Soy Corrado. Escucha, tengo un mensaje muy urgente para ti y para tu amigo Angus. Hay un sicario que está tras nuestra pista y es posible que pueda llegar hasta ustedes. Si este hombre va a Rosslyn no le costará mucho trabajo averiguar que el experto en el tema Templarios en el pueblo es Angus. No queremos que corran riesgo por culpa nuestra. ¿Tienen forma de esconderse hasta que esto pase?"

"La familia de Angus tiene una cabaña en las Tierras Altas de Escocia. Creo que podrá refugiarse allí por un tiempo."

"Y en cuanto a ti?"

"Nadie va sospechar de un vendedor de verduras."

"Te voy a enviar una foto del sicario. Se llama Bernal, es mexicano y quizás no vaya solo. ¿Tienes un arma?"

"No te preocupes. Tanto Angus como yo somos veteranos de la Guerra de Irak."

"Bien, oye, ¿Conoces al gerente de la agencia de alquiler de autos frente a la estación de trenes del pueblo."

"Sí, se llama Fletcher. Es una antiguo estafador."

"Está implicado en esta red, es el informante que los puso tras nuestros pasos."

"Lo tendré en cuenta."

Cuando el Almirante Donnelly llegó a la oficina, ya Lakshmi Dhawan, Richardson y Watkins estaban reunidos.

"Bien William. ¿Has podido prevenir a tus hombres en Europa?"

"Si, y la instrucción que le he dado es regresar a sus casas hasta que baje el riesgo. Solamente deben venira Nuev York cuando el equipo que está en la Patagonia Argerntina trmine su labor y hagamos una Asamblea de la Comunidad Bluthund."

"¿Cómo piensas proseguir las acciones?"

"Lakshmi Dhawan y Jerome Watkins, aquí presentes, se harán cargo de la investigación en Cataluña y Francia. Ambas son personas de acción. Como tú sabes, Lakshmi es una agente especial del FBI y Jerome es un Capitán retirado de la Fuerza Aérea. La ventaja es que no son rostros conocidos por el sector extremista del Vaticano."

"Voy a tener que conseguir un permiso de mis ausperiores del FBI." Dijo Lakshmi.

"¿Tu jefa sigue siendo Keneisha Flanagan?" Preguntó Donnelly.

"Si."

"Déjalo por mi cuenta. Yo hablaré con ella."

"Vamos a repasar las próximas acciones." Dijo Richardson. "El próximo sitio a visitar es un Monasterio en Cataluña..."

Los tres hombres bajaron del tren de Londres y se dirigieron directamente a la agencia de alquiler de autos enfrente de la estación. Los tres vestían trajes oscuros y eran de aspecto centroamericano y físico robusto. Uno de elles entró en el negocio de renta y al cabo de un rato salió acompañado por el gerente, ambos fueron hasta la playa de estacionamiento donde la agencia tenía sus autos de alquiler y el gerente les entregó las llaves de un vehículo.

Estacionado frente a un mercado situado frente a la estación de trenes se hallaba un camión de reparto de verduras. El conductor iba y venía del camión al mercado llevando cajones de frutas y verduras, pero en realidad no perdía detalle de lo que ocurría a mitad de cuadra. Al terminar entró en la cabina del vehículo y con la cámara fotográfica de su celular comenzó a registrar las actividades que ocurrían en la agencia de coches.

Finalmente los tres hombres subieron al auto alquilado y partieron.

Fergus guardó su cámara, puso en marcha su camión y se dijo a sí mismo.

"Seguro ahora van a la Capilla y luego a casa de Angus. No van a encontrar nada." Luego miró hacia atrás a la agencia y agregó.

"Fletcher. Ya volveré para ajustar las cuentas contigo."

Capítulo 23

Los cuatro viajeros tardaron unos instantes en reaccionar. Jack dio un paso adentro del pequeño recinto e iluminó con su linterna el techo, las paredes y finalmente focalizó en lo que se hallaba en el centro de los ochenta pies cuadrados de superficie.

Una especie de sarcófago de piedra de unos ocho pies de largo por tres de ancho se elevaba también unos tres pies por sobre el suelo de la habitación tallada en la roca. La superficie estaba cubierta por una gran laja negra apoyada en las taredes de los costados del artefacto.

"Parece un sepulcro como los de los reyes que se hallan en las catedrales de ciertos países europeos, aunque de mucho más rústico." Dijo Taro.

"Creo que corriendo esta laja que actúa de tapa podremos ver que hay dentro." Expresó Mike con evidente ansiedad.

"Espera. Dejame antes filmar todo adecuadamente." Contestó Taro, quien comenzó a desplazarse alrededor del sarcófago mientras filmaba lentamente el lugar, para lo cual los otros tres salieron del recinto para dejar el sitio libre de obstrucciones visuales.

Mientras tanto, Jack registraba en el grabador de su teléfono celular los datos de hallazgo, incluidas las coordenadas geográficas, la fecha y hora, y una descripción verbal de lo encontrado.

Una vez terminada su tarea Taro dijo a los demás.

"Ya pueden ingresar; intentemos desvelar el enigma del contenido."

Los cuatro se dispusieron en torno al sarcófago y comenzaron a intentar deslizar la laja que lo cubría hacia abajo. Aunque la misma no era muy pesada, con el tiempo se había adherido a las paredes con cementos naturales que resistieron a sus esfuerzos. Finalmente Jack sacó de su mochila una barreta de hierro y comenzó a introducirla en la unión de la laja con las paredes, despegándola laboriosamente. Luego de media hora de trabajo en el que se alternaron Jack, Mike y Aulric, consiguieron que apareciera una rendija entre la tapa y la base en todo el perímetro.

"Ya está. Vamos ahora a empujarla hacia abajo evitando que caiga al suelo pues puede quebrarse." Dijo el americano.

Cuando la tapa quedó apoyada en el suelo, las cuatro linternas se dirigieron al interior del sarcófago.

"¡Oh, Dios!" Exclamó Mike.

En el fondo del sepulcro, recostado sobre lo que parecía un gastado paño rojo, se hallaba el esqueleto de un hombre adulto envuelto en una gran capa de tela con una cruz patada de ocho puntas, típica de los mantos de los caballeros templarios. Una fina cota de malla metálica recubría los huesos y los mantenía en posición. Aún se veían los brazos del monje guerrero cruzados sobre el pecho.

Todos dieron un paso atrás, secándose el sudor de sus frentes.

"Un caballero templario, sin duda." Exclamó Aulric.

"Como sabes que era un caballero y no un sargento o algún otro oficial subalterno.'" Inquirió Jack.

"Por la cota de malla y la capa. Conozco esas vestimentas desde que era niño." La respuesta inesperada del muchacho intrigó a sus compañeros, quienes sin embargo de momento se abstuvieron de hacer preguntas.

"Les voy a pedir nuevamente salir de la habitación para filmar la escena íntegramente." Requirió Taro.

Una vez cumplido su propósito los exploradores se dedicaron a examinar en detalle todo el interior del nicho, incluyendo piso, paredes y los costados del sarcófago mismo. Fue Mike el que lo encontró.

"Miren, aquí en la pared del sarcófago hay una inscripción grabada en la roca, aunque está parcialmente tapada por el polvo que se ha introducido en ella."

Aulric se puso en cuclillas al lado de la inscripción, extrajo su navaja retráctil y con la misma comenzó a vaciar de polvo el grabado, a la luz de las linternas.

Cuando juzgó que había concluido dijo.

"Acerquen ahora las luces."

Con bastante claridad todos pudieron leer en grandes caracteres y números romanos.

"Thibaud de Montbard"

"MCCCXXXIV "

Una vez más Taro se hizo cargo de la filmación de la inscripción.

Aulric dio un paso atrás y colocando una rodilla en el suelo se persignó. Mientras tanto, Jack susurró en su grabadora.

"Aquí yace Thibaud de Montbard. Sepultado en 1334."

Nadia Swarowska, Lakshmi Dhawan, el Almirante Donnelly, el Dr. William Richardson y Jerome Watkins se habían reunido en torno a la gran pantalla sobre la que la computadora proyectaría la reunión por Zoom que iban a mantener con Corrado Gherardi, quien se encontraba en su casa de Venecia, y Wolfran von Eichenberg, en Munich. Habían convenido que el alemán actuaría de host y que comenzaría a las cinco horas de Nueva York.

"Ya es casi la hora, sentémonos."Dijo Watkins mientras traía la cafetera humeante.

En ese momento se encendió la pantalla y apareció el rostro de Eichenberg, con un fondo de una enorme biblioteca detrás de él.

"Buenas tardes."

En ese momento también se iluminó la cara de Corrado, tras del cual un niño pasó corriendo a toda velocidad.

"Bueno veo que estás en tu hogar." Dijo sonriendo Richardson.

El italiano habló en otro idioma con alguien que sin duda se hallaba cerca de él.

"Eso no sonó italiano." Agregó Madame Swarowska.

"No, fue en árabe. Hablé con mi esposa para pedirle que lleve a los niños al patio. Ella es palestina." Explicó Gherardi.

"Bien, Wolfrm, Corrado. Estamos contentos de que hayan regresado bien a sus casas." Dijo Richardson. "En primer lugar les pido que nos cuenten con detalles lo ocurrido en Escocia."

Eichenberg tuvo a su cargo la narración de lo acontecido, con una precisión que a los demás les resultó un poco monótona.

" De modo que ustedes no tuvieron contacto con el sicario llamado Bernal." Concluyó Lakshmi.

"No personalmente. Luego fue visto en el pueblo cercano a la Capilla, en la agencia de alquiler de autos cuyo gerente nos delató. Uno de nuestros amigos escoceses lo reconoció y le sacó a él y los dos matones que lo acompañaban unas fotos. ¿Las recibió William?"

"Sí, y las pasé al Almirante."

"Las estamos analizando. La presencia de Bernal está confirmada, ahora estamos tratando de reconocer a los otros dos." Añadió el marino.

"¿Cuál es la conclusión y cuál es el próximo paso?" Inquirió Richardson.

"Con bastante probabilidad, cuando los templarios evacuaron su tesoro de París, al comenzar la persecución del Rey de Francia y el Papa, el mismo fue trasladado en su mayor parte a Escocia, y en particular a la Capilla de Rosslyn. Si el Santo Grial era parte de ese tesoro habría estado en Rosslyn hasta que ese sitio comenzó a adquirir notoriedad. La razón de que estuveira en esa Capilla perdida era solamente el anonimato, ya que allí no tienen murallas ni medios para defender algo tan valioso. Al perderse ese anonimatonohabía razón para mantenerlo allí."

Hasta allí Wolfram había hablado en nombre de los dos viajeros. A partir de ese momento Corrado Gherardi tomó la palabra; seguramente lo habían convenido así con el alemán.

"A partir de su salida de Escocia se pierde el rastro de la ubicación presunta del Grial. Solamente se cree que fue trasladado al sur de Europa, a pesar de que hubo allí una Cruzada contra los Cátaros. Hay varias hipótesis sobre el sitio donde habría sido trasladado, pero con Wolfram hemos estimado que el sitio más probable es el Monasterio de Santa María de Montserrat, una abadía benedictina en la montaña de Montserrat, en la Provincia catalana de Barcelona, a 720 metros sobre el nivel del mar."

Watkins tomó la palabra.

"Bien, Lakshmi y yo vamos a viajar allí en los próximos días. No nos conocen y pasaremos como simples turistas. Es necesario que ustedes salgan de la escena por ahora."

"Al menos hasta que hagamos una asamblea de la Comunidad Bluthund en Nueva York, cuando retornen Jack y su grupo de la Patagonia." Completó Richardson.

Capítulo 24

Entre los cuatro exploradores procedieron a volver a colcar la laja que cubría el sarcófago. Lo habían discutido previamente y la opinión definitoria la dio Aulric.

"Hasta que más tarde decidamos que hacer con este hallazgo debemos proteger el contenido lo mejor posible. Esa tapa ha cubierto al templario por siete siglos en forma eficaz y debemos colocarla en su lugar."

El joven había adoptado la posición de cuidador de las reliquias y los demás respetaron su opinión por ser local, pero finalmente Jack dijo.

"A continuación vamos a terminar de explorar este túnel en la montaña para ver si tiene algún otra pista de nuestro verdadero propósito en la Patagonia, que es determinar si está aquí el Santo Grial. Pero cuando salgamos y nos reunamos con nuestros compañeros es necesario que tú, Aulric, nos digas sin secretos quien realmente eres."

Se dividieron en dos grupos de dos cada uno y comenzaron a recorrer prolijamente el túnel en que se hallaban así como varios pasillos laterales que en general teminaban luego de un corto trecho; cada tanto encontraban signos de marcas de origen no natural pero en ningún sitio hallaron indicios de un tesoro o del Grial.

Uno de los grupos estaba integrado por Taro y Aulric quienes caminaban por un corredor que se iba ensanchando progresivamente. En un momento el muchacho señaló hacia el techo de la caverna, por el que filtraba una luz débil.

"Es un respiradero natural, seguramente de allí viene la brisa que sentíamos al caminar hacia aquí." Dijo Suzuki.

"Debe corresponder a los círculos que son visibles desde el exterior. ¿Recuerda que uno de ellos era una circunferencia casi perfecta, casi tazada con un compás? "Repuso el argentino

Suzuki se detuvo e iluminó la abertura detenidamente, pero como se hallaba a muchos pies de altura no podía apreciar detalles.

"¿Crees que puedes treparte por la pared de roca para observarla de cerca?" Preguntó al joven.

"Puedo intentarlo. Trataré al menos de fotografiarlo desde la menor distancia posible."

Agarrándose de las irregularidades de la rocas Aulric llegó a un par de pies de distancia del agujero y debido a la luz que se filtraba de él dijo.

"Puedo ver claramente marcas hechas con un pico o una herramienta similar. Esto es sin duda de origen artificial." Luego sacó varias fotos con flash del orificio y bajó al suelo.

"¿Para qué habrán hecho esa entrada de aire y luz?" Se preguntó Taro a sí mismo.

"¿Será que más adelante hay algo que les interesaba ventilar?" Reflexionó el joven.

Ambos hombres prosiguieron su marcha notando que tanto el ancho como la altura del pasillo que recorrían eran progresivamente mayores y también la corriente de aire y la luminosidad. Al dar vuelta un recodo quedaron atónitos por el panorama que se ofrecía a la tenue luz natural procedente del techo, aumentada por la de las linternas.

Una amplia sala de más de cuarenta pies de altura y treinta de ancho mostraba una especie de mobiliario de piedra, de construcción parecida al sarcófago que habían hallado antes.

"Parece una gran mesa y varias sillas frente a ella." Dijo en muchacho.

"No, Aulric. ¿ No te das cuenta que es este sitio?"

"¿Qué es?"

"Estamos frente a un altar y a los bancos de la congregación."

Los dos viajeros quedaron un largo tiempo para acostumbrar la vista a la semiclaridad reinante, y luego comenzaron a revisar minuciosamente el lugar hallado. La superficie libre del altar había sido cuidadosamente pulida para los rituales que se desarrollaban allí, y todo el sitio inspiraba pensamientos espirituales profundos.

"Creo que debiera ir a buscar a Jack y Mike para que vean esto." Dijo el joven.

"De acuerdo, mientras tanto yo filmaré este sitio detenidamente y buscaré si hay otros indicios en este lugar."

Los cuatro hombres se hallaban parados frente al altar en medio de un silencio profundo producto del respeto religioso que inspiraba.

" ¿Saben que es lo conmovedor de este altar?" Inquirió Jack.

Ante la negativa de sus compañeros prosiguió.

"Lo más importante es que si en realidad el Santo Grial ha estado en la Patagonia Argentina, con toda probabilidad se ha hallado sobre la superficie de esta altar, seguramente en el medio." Agregó acercándose respetuosamente y colocando una mano en el centro del altar.

"Quisiera poder retroceder siete siglos con la mente e imaginar las ceremonias que se desarrollaban en este lugar." Expresó Taro.

"Bien, esto constituye un avance definitivo en nuestra búsqueda en esta parte del mundo. "Concluyó Jack. "No podemos estar seguros de que el Grial se haya encontrado aquí, precisamente en este sitio. Pero lo que es cierto es que los templarios contemporáneos de Thibaud de Montbard habitaron esta caverna durante un período de tiempo suficiente para realizar todas estas modificaciones al ambiente interno natural. Ahora debemos registrar el sitio del hallazgo con la mayor precisión posible, trazando planos de la caverna, y luego regresar con nuestro compañeros en el exterior, para hacerles saber de nuestro hallazgo y discutir los próximos pasos."

Ya estaba anocheciendo cuando llegaron al campamento que Chandice, Zhi y Nick habían establecido junto al Toyota y a las motocicletas. El canadiense había encendido un alegre fuego en el cual las dos muchachas estaban preparando la cena.

Al divisar a los cuatro exploradores, Zhi corrió a su encuentro y sin prejuicios abrazó a Aulric mientras los demás miraban hacia otro lado y ocultaban su sonrisa.

Chandice se aproximó a Mike y en tono misterioso le susurró al oído.

"Tengo noticias para ti."

Intrigado, el ruso tuvo que quedarse con la incógnita debido a la algarabía del grupo.

"Han estado más de un día en esa montaña. Tienen que contarnos todo lo que han hecho."Exclamó con su habitual entusiasmo la muchacha jamaiquina.

"Lo haremos, pero primero vamos a cenar eso que están preparando y que huele tan bien. En todo este tiempo casi no hemos comido." Contestó Jack.

Aunque la noche era fría como correspondía al otoño patagónico, los viajeros se dispusieron a tomar café envueltos en frazadas alrededor del fuego alimentado por los duros matorrales usados como combustible.

El fantástico cielo patagónico desplegaba su esfera cubierta de estrellas cuyo brillo no era disminuido por la limpia atmósfera de la zona. Los buscadores del Grial no se atrevían a romper la magia natural del entorno con sus palabras.

"Bien, ¿Quien va a contarnos lo ocurrido?" Preguntó finalmente Chandice.

Jack tomó a su cargo la explicación en medio de las expresiones de sorpresa de sus acompañantes, mientras Taro hacía circular su filmadora entre los asistentes para ilustrar los hallazgos.

Entre los cutro que habían ascendido intentaron contestar la multitud de preguntas de los compañeros que habían permanecido en el campamento hasta que las mismas se fueron agotando.

En un momento de silencio Chandice dijo.

"Yo también tengo noticias para ustedes."

Ante la expectativa general, exclamó.

"Estoy embarazada."

La muchacha no sabía como sus compañeros iban a tomar su confesión, y sin duda no esperaba la algarabía de felicitaciones que respondió a sus palabras. Solamente Mike lucía feliz pero confundido por la inesperada noticia. Aulric le palmeó la espalda con la habitual desinhibición de los argentinos mientras decía.

" Entonces, ya no voy a ser el único patagónico del grupo."

Una vez terminadas las felicitaciones Mike fue hasta su mochila y regresó con una botella en la mano.

"¿Qué es eso?" Preguntó Taro.

" Es vodka. ¿Que otra cosa esperabas? Vamos a brindar por ese nuevo patagónico."

Cuando ya el fuego se extinguía Jack se dirigió a Aulric y dijo.

"Antes de que termine esta noche tan pródiga en novedades, debes contestar la pregunta que te hice en la caverna. ¿Quién eres tú en realidad?"

Capítulo 25

Desde un punto de vista estrictamente geográfico, la Montaña de Montserrat es un Parque Natural en Cataluña, España, ubicado a 18 millas al noroeste de Barcelona. El mismo tiene un contorno perimetral de 16 millas y es un conjunto rocoso de composición calcárea, en el cual la acción de las aguas a lo largo de milenios ha perforado una infinidad de túneles y recintos en las entrañas de la montaña. El sitio goza del status de Parque Natural desde 1987.

Esta descripción geológica tan sencilla no permite suponer por anticipado el significado místico que se le ha asignado a lo largo de los siglos. Para muchos dentro del Cristianismo, Montserrat es un monte sagrado cargado de historia, y como veremos luego, fuera del Cristianismo también ha habido quienes le han asignado un fuerte carácter esotérico.

En efecto, aprovechando la soledad y aislamiento de las cuevas y grutas naturales, desde el comienzo de la religión cristiana numerosos anacoretas buscaron refugio en sus grutas convirtiéndolas en ermitas y santuarios, algunos de los cuales son sitios de peregrinación aún hoy en día. Fue allí donde San Ignacio de Loyola, el fundador de la orden jesuita, tuvo sus experiencias místicas, visiones y revelaciones.

Se le han asignado fenómenos naturales ocurridos en sus laderas y fue su atmósfera cargada de sugestión la que se supone que inspiró a Richard Wagner su leyenda Parsifal, del ciclo del Rey Arturo. Con el nombre de Montsalvat, sería el lugar donde se hallaba el Santo Grial buscado por los caballeros de la Tabla Redonda de Arturo.

Para el héroe Parsifal la búsqueda del Grial era a la vez un viaje iniciático dentro de sí mismo. Finalmente, luego de guiar a su caballo por infinitos caminos, suelta sus riendas y lo deja que siga su instinto y es recién entonces que halla al objeto sagrado, o que el Cáliz lo encuentra a él.

De acuerdo con esos mitos, los Caballeros Templarios, quizás en fuga luego de la destrucción de la Orden, escondieron el Cáliz usado por Jessús en la última Cena, y en el que José de Arimatea recogió la sangre de Cristo en la cruz del Calvario.

Pero no es solamente a los cristianos que la Montaña de Montserrat ha fascinado en la historia.

Mientras Hitler se entrevistaba con su aliado el Generalísimo Francisco Franco en Hendaya, el creador de las temibles Reichsführer SS Heinrich Himmler y su adlater el Coronel Otto Rahn, buscaban al Grial en Montserrat. Los nazis no estaban interesados en el carácter religioso del Cáliz, sino que lo asociaban con la Órden de los Caballeros Teutones, semejante y contemporánea de la Órden de los Templarios- mayoritariamente franceses. Los nazis pretendían revivir la Órden de los Caballeros Teutones como uno de los mitos fundantes de la superioridad germánica.

El Monasterio de Montserrat se encuentra situado en la montaña y se puede llegar a él de dos formas, o por el tren a cremallera funicular a partir de la Estación de Plaza España o por teleférico.

Hacia allí se dirigieron Lakshmi Dhawan y Jerome Watkins, simulando ser simplemente otros dos turistas dentro de la marea que los acompañaba, dentro de una visita guiada contratada en Barcelona.

De los dos métodos de ascenso al Monasterio decidieron elegir el tren de cremallera, ya que les pareció que sería más fácil fundirse con el resto de los turistas en el convoy de varios vagones que en la reducida cabina del teleférico, donde solo cabían unos pocos pasajeros.

Por hábito profesional debido a su cargo en el FBI, Lakshmi iba contemplando disimuladamente al resto de los pasajeros que los acompañaban, de forma tal de tener una imagen global del sitio en que se hallaba y evitar ser sorprendidos. Del conjunto abigarrado de turistas escandinavos, latinos y orientales su ojo se detuvo momentáneamente en dos hombres vestidos de traje oscuro, que por lo demás no presentaban ningún otro detalle llamativo.

"¿Qué? ¿Has visto algo?" Preguntó Jerome, conociendo las reacciones de su acompañante.

"No, en realidad nada concreto por el momento."

Finalmente arribaron al destino en la amplia plaza rodeada por los enormes edificios del Monasterio, todo ello circundado por los macizos rocosos que formaban el trasfondo del lugar; allí sus ojos se maravillaron por el paisaje grandioso tanto en el aspecto natural como en el edilicio.

"No tenía idea del tamaño de este Monasterio." Susurró la mujer.

"Es increíble las obras que inspira la fe religiosa. Me hace recordar a nuestro Taj Mahal en la India."

Ambos se incorporaron al contingente de turistas que paseaban por la amplia explanada rodeada de arcos con estatuas de santos, mientras la guía turística les iba narrando lo que estaban viendo en tres idiomas. Luego todos entraron en una iglesia con una enorme nave central rodeada de arcos con pasillos laterales e innumerables altares menores y ventanas con vitrales decorados con escenas sagradas, y un altar muy grande al fondo.

En un momento determinado y asegurándose de no ser notados se separaron del contingente turístico dejándolos pasar y retrasándose hasta perderlos de vista. A partir de ese punto buscaron la forma de llegar un sendero serpenteante que se internaba en la montaña, dejando atrás las edificaciones y ascendiendo gradualmente en altitud.

"¿Será éste el sendero que estábamos buscando?" Preguntó Lakshmi.

"No tengo indicaciones precisas pero creo que sí, por las explicaciones que nos dieron en las oficinas del Consulado."

"Espero que así sea, pues no me gustaría perderme en estas montañas todas iguales."

"Si estamos verdaderamente en el rumbo correcto pronto deberíamos hallar un cartel que indique la entrada a la ermita de la Virgen Negra."

Luego de andar un trecho en el zigzaguente camino, Jerome dijo con voz aliviada.

"Mira, allí está el letrero."

"¿Y qué haremos una vez que estemos en la ermita?"

"Buscaremos un túnel que se interna en la montaña y llega a un lago subterráneo. A partir de allí debemos explorar."

"¿Un lago subterráneo? ¡Que imagen sugestiva! ¿Está comprobada su existencia?"

"Todo lo relacionado con el Santo Grial está en la frontera entre la realidad y el mito. Nada es seguro."

Lakshmi de pronto dio vuelta su cabeza hacia atrás y observó detenidamente el sendero que por el que ya habían andado y que se hallaba a menos altitud.

"¿Qué ocurre Lakshmi, te noto intranquila?" Inquirió Jerome.

"Nada concreto, me pareció ver de reojo un brillo metálico en el sendero detrás de nosotros, pero en realidad no veo nada. Me estaré volviendo paranoica."

"No lo creo, siempre he tenido mucho respeto por tus intuiciones. Nos mantendremos alertas."

Capítulo 26

Jack repitió la pregunta, ante la atención silenciosa de los demás viajeros.

"Aulric, ¿Quién eres realmente tú?"

El aludido se envolvió en su frazada y cerró los ojos, evidentemente para poner en orden su explicación.

"Cuando los Caballeros Templarios llegaron aproximadamente en 1330 a las costas de la Patagonia, fueron trasladándose progresivamente hacia el interior en busca de zonas más habitables que la estepa en la que se hallaban. Así viajaron hasta la zona de lagos y bosques que rodean a la Codillera de los Andes, a cientos de millas al oeste de aquí aunque aproximadamente en el mismo paralelo geográfico. Cuando llegaron, habían recorrido casi todo en ancho del continente americano a esta latitud, y se hallaban cerca de lo que es hoy la frontera con Chile y por lo tanto no muy lejos del Océano Pacífico.

"Bien pronto se dieron cuenta de que no podrían regresar a Europa porque no tenían barcos ni tampoco tenían ya un lugar donde volver, de modo que se dispusieron a vivir en este sitio, del que ni siquiera sabían que era América, que aún no había sido descubierta.

"Por ello fundaron una Cofradía rural, una especie de Encomienda templaria con medios muy modestos, y dejando de lado sus votos de castidad y el celibato constituyeron familias con mujeres de las escasas tribus de indios, conocidos hoy como vuriloches, que vivían en los alrededores."

"¿En que zona se radicaron esos monjes guerreros?" Preguntó Jack.

"Cerca de lo que hoy llamamos Monte Tronador, denominada Ten Ten Mahuida por los indigenas; cerca también del hermoso Lago Mascardi.

"Allí vivimos los descendientes de esos caballeros y de esas jóvenes indias, tratando de cumplir con todos los códigos morales de la Órden del Temple.

"Para vivir de acuerdo con nuestros propios códigos evitamos todo contacto con el mundo exterior a nuestra aldea. Cobijándonos en nuestros bosques, cuidando nuestros rebaños y educando a nuestros hijos.

"Como necesitamos ingresos para comprar medicinas y otros productos de la civilización, algunos de los jóvenes tenemos trabajos en las comunidades exteriores. Por ello estamos en contacto con las noticias del mundo externo.

"Cuando oímos los rumores de grupos buscando los rastros de los templarios y del Santo Grial, la comunidad decidió enviarme para asegurarme de que los buscadores de tesoros y otros posibles depredadores no hallaran indicios de nuestra existencia. Luego de permanecer un corto tiempo con ustedes me convencí de que no representan un peligro para nuestro modo de vida, y así se lo hice saber a nuestros líderes.

"El hallazgo de rastros de nuestros antecesores templarios, la tumba de Fray Thibaud de Montbard y del altar en esta montaña cercana a Telsen equivale a volver a tomar contacto con nuestras raíces después de siete siglos de oscuridad."

"¿Qué piensas hacer con esa información?" preguntó Taro Suzuki.

"Ponerla en conocimiento de mi gente."

"¿Te separarás de nosotros o te unirás a nuestro grupo?" Preguntó angustiada Zhi, ante la posibilidad de una separación.

"Para unirme a ustedes debo pedir autorización al Consejo de nuestra Cofradía y a mi familia."

"Bien Aulric. Nosotros partiremos en los próximos dos días de regreso a Buenos Aires y a Nueva York. Mañana por la mañana retornamos s Puerto Madryn. ¿Qué harás tú?"

"Me quedaré en Telsen y desde allí hablaré con nuestro líder. Imagino que él vendrá de inmediato a conocer nuestros hallazgos. Es probable que él quiera hablar con ustedes, sobre todo para pedirles mantener los descubrimientos en secreto. ¿Están ustedes dispuestos a hablar con él?"

"Por supuesto." Contestó Jack.

Al día siguiente, mientras se hallaban en el resturante del hotel en Puerto Madryn, Jack recibió una llamada en su teléfono celular. Se aisló un poco del resto para evitar ruidos y regresó a la mesa al cabo de unos minutos.

"Era Aulric, parece que a pesar del aislamiento tiene un teléfono. Me preguntó si podemos reunirnos con él y sus superiores mañana por la mañana frente a la montaña de La Puerta, cerca de Telsen."

"¿Qué le has respondido?" Inquirió Nick.

"Logicamente le dije que sí. No necesitamos ir todos. Vamos a recorrer los túneles junto con los descendientes de los templarios."

A la mañana siguiente, cuando estacionaron la Toyota en el mismo lugar en que lo habían hecho anteriormente, encontraron que ya en el sitio había otro vetusto camión sin nadie en su interior.

"¿Dónde has quedado en encontrarte con Aulric?" Preguntó Taro.

"En la sala del altar." Respondió Jack.

"Bien, comencemos a andar, tenemos un largo trecho."

Zhi, Jack, Taro y Nick entraron en la montaña por el lugar que ya conocían.

"¿Estás segura que puedes hacer este trayecto?" Preguntó al americano a la muchacha.

"Por supuesto. Estoy preparada." En realidad Zhi quería asegurarse de ver a Aulric.

Al llegar a la sala que habían denominado "del altar", ya se hallaban allí Aulric junto con dos hombres mayores. El muchacho procedió a presentarlos.

"El Comendador Fray Heriberto, autoridad máximo de nuestra Cofradía, y nuestro Preboste el Chevalier Sant Just, que es la autoridad militar de la Hermandad."

Fray Heriberto, un hombre de unos setenta años de larga barba blanca, vestido muy sencillamente y de aspecto afable, extendió su mano y saldó a cada uno de los cuatro recién llegados.

"Aulric me ha hablado mucho de ustedes. Estamos muy agradecidos de que nos hayan permitido ponernos en contacto con nuestras raíces en este sitio. Sabíamos que nuestros predecrsores Templarios habían estado en varios lugares luego de desembarcar en las costas del Océano Atlántico y en su camino hacia el oeste, pero hasta ahora no conocíamos ninguna de sus postas. El hallazgo de la tumba de Fray Thibaud y de esta sala que en realidad es un pequeño templo, son de enorme importancia para nuestra Cofradía."

La conversación fue larga y muy emotiva por los obvios sentimientos profundos que las hallazgos habían producido en los descendientes de los templarios, cuyos antepasados habían estado siglos antes en esas cuevas.

Fray Heriberto tomó la palabra y expresó.

"Sabemos que no debemos ocultar eternamente del mundo y de la historia la existencia de este lugar, pero les pedimos que no divulguen el hallazgo hasta que hayamos podido tomar contacto con las autoridades de la Nación y de la Provincia y conseguir que el mismo sea declarado parte del patrimonio histórico del país y lugar de culto de nuestra Cofradía. Esto puede llevar varios meses."

"Cuenten con nuestra discreción, pero permítanme decirles que puede haber otros grupos cuyos propósitos sean muy distintos de los nuestros, y estén basados en la codicia o el deseo de poder." Respondió Jack.

"Sabremos defender nuestro legado. Tenemos brazos fuertes para hacerlo." Afirmó el *Chevalier* Sant Just.

"¿Y que hay con respecto a ti?" Preguntó Taro Suzuki a Aulric, por quien tenía mucha estima. Zhi escuchaba ansiosa la respuesta.

"Tengo el permiso de la Cofradía para ir con ustedes, ya que el propósito de la búsqueda de La Comunidad Bluthund y el nuestra Cofradía es el mismo, honrar la memoria de los Caballeros Templarios y hallar el Santo Grial. Pero antes de unirme a ustedes debo ir a nuestra comarca para hablar con mi familia y decirles que voy a volver...y quizás no solo."

Zhi fue embargada de una profunda emoción.

Capítulo 27

Alrededor del Monasterio de Montserrat existen numerosas grutas, la mayoría de las cuales están situadas en un así llamado Camino de las Ermitas, y dado que se hacen excursiones con grupos de montañistas, existen planos donde se hallan indicadas. Muchas de las grutas tienen pequeños templos o construcciones edificadas en distintas épocas.

A pesar de estar señalada por un cartel, la entrada a la ermita de la Vírgen Negra no era fácil de hallar. Estaba en una cueva en la ladera de la montaña, luego de un recodo de la roca, parcialmente tapada por unos arbustos que, ya sea por negligencia o por deseo expreso, nadie se tomaba el trabajo de cortar.

Tan pronto entraron en la caverna, Lakshmi y Jerome prendieron sus linternas. El hombre se aseguró de palpar la pistola que llevaba en una cartuchera en la parte posterior de su cintura, cubierta por su chaqueta. Aunque lógicamente habían entrado en España sin armas, los contactos del Almirante Donnelly les habían entregado dos Sig Sauer en Barcelona. Ambos eran buenos tiradores.

Cerca de la entrada a la gruta vieron numerosos rastros de ofrendas llevadas por devotos religiosos o caminantes en épocas recientes, pero a medida que se adentraban en las entrañas en la montaña, los signos de actividad humana se tornaban más escasos, y luego de media hora de marcha, desaparecieron completamente.

La altura del pasillo era de unos ocho pies, y permitía que aún Jerome, hombre de talla elevada, caminara con comodidad; el ancho del pasillo era variable, pero progresivamente se convertía en un sendero estrecho, cavado sin duda en la roca por el agua fluyendo a lo largo de los milenios. La pendiente del túnel era ligeramente creciente, aunque la altitud no se convertía en un problema para respirar.

Como tenían que avanzar en fila de a uno, Jerome iba caminando adelante mientras Lakshmi observaba las paredes de piedra buscando posibles marcas de origen no natural.

"¿Has notado que el aire tiene una cierta humedad, aunque ya estamos bastante dentro de la montaña?" Preguntó el hombre.

"Es cierto, además es notable el eco que hacemos al hablar y que hacen nuestras pisadas. No se a qué pueda deberse." Respondió Lakshmi.

" Quizás haya alguna cámara de aire delante nuestro."

Lakshmi de pronto tocó el brazo de su acompañante mientras llevaba un dedo a sus labios pidiendo hacer silencio.

"¿Qué ocurre? ¿Has oído algo?" Preguntó Watkins.

" Detengámonos un instante y apaguemos las linternas." El tono de la mujer era imperioso. Conociendo el fino oído de su compañera Jerome obedeció al pedido.

Transcurridos unos minutos en total silencio y en la oscuridad Jerome susurró al oído de Lakshmi.

"¿Oyes algo?"

Al sentir los labios de su compañero tan cerca de su mejilla, una ola de endorfinas llenaron de una sensación placentera el cerebro de la mujer y luego recorrieron su cuerpo. Ella tragó saliva para evitar que su voz traicionara sus emociones y contestó.

"No, no oigo nada. Sigamos avanzando en total sigilo."

Más de media hora caminaron por el túnel, aunque a veces tenían que volver sobre sus pasos por entrar en un callejón sin salida. Finalmente, Watkins aguzó su vista y dijo.

"Creo ver un resplandor tenue allá adelante."

"Es posible que haya alguna abertura natural en el techo de la caverna que ilumine un trecho de la misma." Repondío Lakshmi.

En efecto, unos doscientos pasos más allá la claridad se hizo más diáfana, y al elevar la vista pudieron distinguir un orificio en el techo a través del cual se podía observar un trozo de cielo azul.

"Por la forma irregular es una abertura natural." Dijo Jerome. Se acercaron más mirando hacia arriba y al colocarse perpendicularmente bajo la ventana natural, Lakshmi exhaló un suspiro.

"¡Oh! ¡Mi Dios!"

Bajando la vista, con su dedo señalaba un gran pozo al costado del sendero que estaban transitando. Aunque el límite lejano del pozo estaba en la oscuridad total, lo que se hallaba directamente debajo de sus pies era una amplísima superficie en la cual la luz cenital era reflejada por el agua azul.

"¡El lago subterráneo de que hablan las leyendas!" Exclamó entusiasmado Jerome.

"¡Shhh!" Baja la voz." Inisistió la dama.

Desde la altura en que se encontraban, un sendero irregular de rocas bajaba hasta la superficie serena de lago. Jerome bajó primero y al llegar a la angosta playa dijo a su compañera.

"No hay peligros. Puedes bajar."

Mientras Lakshmi recorría la orilla y sacaba fotos con su celular a la luz tenue que venía de arriba, Jerome metió su mano en el agua.

"Está muy fría."

Sin contestar la mujer dijo.

"Me pregunto si todo esta agua procede de la lluvia y si entra por ese orificio en el techo."

"Puede haber otras aberturas más adelante. Pienso que efectivamente el agua caiga directamente del techo. Dado que estamos cerca de la parte alta de la montaña, descarto que haya ríos o corrientes de agua que alimenten este espejo de agua. Es más posible que haya ríos que desagoten el lago hacia niveles más bajos." Aseveró Jerome.

"Por este costado la orilla parece seguir hasta la zona más lejana que se halla en la oscuridad. Vamos a caminar por el borde."

Lakshmi comenzó a caminar mientras el hombre la seguía atrás. Como ya se internaban en la región de sombras ambos volvieron a encender sus linternas. En una zona determinada faltaba la orilla de modo que tuvieron que introducir sus pies en el agua, pero esta resultó poco profunda en esa parte, aunque ambos sintieron el frío que les llegaba a pesar de las botas cerradas.

Watkins ofreció gentilmente su brazo para que la mujer pudiera subir a la orilla que se continuaba un poco más allá.

Ya se estaban apartando de la zona iluminada del lago y una corriente de aire frío les previno que más allá habría seguramente otra ventilación aunque en ese momento no pudieran ver luz delante de ellos.

Allí el hombre marchaba delante, y aunque Lakshmi aún estaba mirando al suelo para evitar entrar en otra zona en que la orilla faltase, de pronto alzó la vista y lo que vió le congeló la sangre. Dos ominosos puntos rojos oscilaban en el hombro derecho de Jerome.

La mujer reconoció de inmediato la luz de los punteros laser montados sobre armas de precisión, que estaban buscando el corazón del hombre desde atrás.

"¡Jerome!¡Pronto al suelo!" Exclamó.

Dos ruidos secos estallaron detrás de ellos, procedentes de la ya lejana orilla del lago situada bajo la abertura.

Capítulo 28

Lakshmi y Jerome se arrojaron al agua de la orilla del lago en un sitio de poca profundidad, en una acción que les permitió quedar al amparo de las balas que caían procedentes del otro extremo del lago que ya había quedado a más de 150 pasos detrás de ellos. Unas rocas se interponían entre los presuntos tiradores y ellos dándoles una provisoria seguridad. Las balas pegaban en la superficie de agua levantando chorros de líquido.

"¿Puedes verlos?" Preguntó la mujer.

"Voy a desplazarme por el agua hasta poder ver la orilla en que estábamos. Es evidente que los diparos provienen de allí."

Reptando en la fría agua el hombre se deslizó hasta situarse detrás de las piedras que les ofrecían refugio de los disparos. Allí pudo distinguir dos figuras arrodilladas en la orilla en que habían estado con Lakshmi minutos antes. Ambos portaban armas automáticas con miras telescópicas.

"Son los dos hombres de trajes oscuros que vimos en el ferrocarril de cremallera." Gritó a la mujer, mientras extraía la pistola de su cartuchera, rogando que el agua no la hubiera inutilizado.

Uno de los hombres entró en el agua disparando su arma incesantemente y acercándose peligrosamente. Jerome se desesperó al constatar que su pistola estaba trabada por razones que no comprendía; las balas del asesino rebotaban en el agua alrededor de él.

De pronto escuchó dos disparos procedentes de detrás de su posición. El hombre que se acercaba trastabilló, arrojando el arma al agua y cayó de espaldas en el lago, flotando en el líquido poco profundo. Jerome dio vuelta la cabeza y vio a Lakshmi aun apuntando con el arma sostenida con ambas manos como mandaba el reglamento, luego de haber efectuado los dos certeros disparos.

Un diluvio de balas respondió la acción obligando a ambos viajeros a sumergirse en al agua para minimizar el blanco ofrecido. Dado que los tiros de los sicarios estaban cada vez más esparcidos por todo el lago, Jerome se percató de que el hombre que seguía en pie no estaba apuntando y que hacía fuego al azar. Asomó la cabeza de detrás de la piedra y vio que el oponente estaba arrastrando a su camarada fuera del agua y ayudándole a ponerse en pie, tras lo cual se retiró lentamente sin dejar de disparar.

"¡Pronto, salgamos de aquí!" Gritó a Lakshmi.

"¿Hacia donde?"

"Hacia la parte lejana del lago. Tenemos que separarnos de estos asesinos, que tienen armas poderosas."

Lakshmi y Jerome huyeron lo más rápido que pudieron, alternando zonas en las que caminaban sobre la orilla con otras en las que debían ir chapoteando en el agua.

Al cabo de una media hora de marcha llegaron al extremo opuesto del lago subterráneo. Fatigados, se detuvieron un rato para al mismo tiempo comprobar si estaban siendo seguidos por los hombres que los habían atacado.

"Uno de ellos está herido, no creo que puedan seguirnos." Dijo Lakshmi.

" ¡Tienes realmente buena puntería!...no nos podrán seguir, pero nosotros no podemos volver pues es casi seguro que estarán emboscados esperándonos." Contestó Jerome.

"¿Qué haremos entonces?"

"Solo nos queda seguir adelante. Es posible que esta largo túnel tenga otra salida."

Se hallaban sentados uno al lado del otro. Lakshmi reclinó su cabeza sobre el hombro de su acompañante, quien acarició su cabello y finalmente acercó su rostro, y los labios de ambos se unieron en un largo beso. Luego de la descarga de adrenalina la sensación de estar juntos era placentera.

"No podemos quedarnos aquí para siempre, pues si encontramos otra salida será ya a una hora avanzada. Es probable que debamos pasar la noche dentro de este túnel." Dijo finalmente Jerome.

El camino desde allí se hizo fácil, el túnel mantenía su altura y su ancho y finalmente entraron en lo que parecía ser una amplia sala que sus linternas no conseguían iluminar en su totalidad.

"¿Que es lo que hay en aquel rincón?" Preguntó la mujer.

Jerome se acercó con su lámpara y proyectó la luz sobre un objeto alto y oscuro que se hallaba allí.

" Es una especie de púlpito o estrado, con una pequeña superficie para apoyar posiblemente libros.

Lakshmi también se había aproximado.

"Es de madera, y parece bastante antigua." Dijo.

"Pero está en buen estado, y no está cubierta de polvo, como si aún estuviese en uso. Pero mira allí,¿Qué es eso?"

"Son unos estantes o anaqueles, adosados a la pared de piedra."

Jerome se acercó y levantó un paño que recubría algo.

"Mira, son libros."

En efecto, se trataba de tres grandes libros con tapas de madera y hojas de papel amarillento por el paso del tiempo. Al abrir la primera página del libro que se encontraba arriba, que resultó ser el más reciente, leyeron.

"*Priorat de la Noble Ordre de el Sant Grial*"

"¿Que idioma es?" Preguntó Lakshmi.

"No es español. Es catalán." Jerome hablaba español.

"¿Entiendes que significa?"

"Sí, dice Priorato de la Noble Órden del Santo Grial."

"¿Conoces esa Órden?"

"No, pero no es de extrañar. Estas organizaciones suelen ser secretas o al menos discretas, no se exhiben al público. Voy a tomar fotos. Quiero que Wolfram las analice luego."

Mientras el hombre fotografiaba minuciosamente los libros, Lakshmi leía el contenido.

"Son actas de reuniones, todas están fechadas y firmadas por dos personas."

"Sí. Debajo de las firmas está aclarado quienes son los firmantes. En este caso son el Prior y el Secretario, obviamente de la Órden."

"Mira este acta, está fechada un mes atrás, 45 días exactamente."

"Es decir que este sitio está en uso actual."

"Así parece."

"¿Puedes leer la firma?"

"No la del prior, pero el Secretario se llama Hermano Arnau Ripoll, o algo parecido."

"¿Hermano?"

"Debe ser uno de los frailes del Monasterio"

En ese momento se apagó la luz de la linterna de Jerome, quien dijo.

"Se acabó la batería de mi linterna. Ahorremos la batería de la tuya. Ya debe ser de noche afuera. Busquemos un sitio donde dormir aquí y a la mañana saldremos a buscar la entrada. No puede estar lejos, dado que los frailes se trasladan habitualmente aquí para reunirse."

El interior de la caverna estaba frío. Lakshmi y Jerome se acostaron en el suelo uno junto al otro y no tardaron en estar abrazados, ambos cubiertos por las respectivas chaquetas.

"Eres bueno para mantener el calor." Dijo ella.

"Voy a intentar aumentarlo."

Capítulo 29

Hacía una hora que esperaban pacientemente la hora de su vuelo, para el que faltaba aún una hora más. Todos estaban sentados en los incómodos asientos del Aeropuerto Internacional de Ezeiza, cerca de la ciudad de Buenos Aires, y Chandice, Mike y Taro dormitaban, mientras Jack leía sus mails en su celular, usando el wi fi del aeropuerto.

Zhi caminaba ansiosa por el largo pasillo mirando cada tanto a las puertas de entrada de la terminal, y Nick a su vez observaba a Zhi con un poco de celos.

Finalmente, entre los pasajeros y familiares que llegaban para hacer elcheck-in a los vuelos internacionales, apareció la alta y delgada silueta de Aulric, empujando su vieja valija de avión con rueditas mientras llevaba su pesada mochila en la espalda.

Zhi emitió un pequeño grito de alegría y corrió a abrazar al recién llegado, mientras Nick, dolido, miraba hacia otra parte.

Jack se adelantó a recibir al muchacho y estrechar su mano.

"¿Has viajado bien?"

"Sí, llegué hace una hora en un vuelo de cabotaje desde Trelew."

"¿Estás cansado?"

"Resistiré."

"El vuelo a Nueva York dura nueve horas. Este es un vuelo parcialmente nocturno, tendrá oportunidad de dormir. ¿Tienes tu visa estadounidense?"

"Sí, está todo arreglado."

Mientras con una mano empujaba la valija, pasó el otro brazo sobre los hombros de Zhi y ambos fueron a una cafetería del aeropuerto para poder conversar en soledad. Nick emitió un suspiro.

Con la llegada de la luz de la mañana que se filtraba por algunas rendijas en el techo de roca, Lakshmi se despertó y encontró su cuerpo entumecido y aún abrazado al de Jerome. Al moverse para tratar de flexionar sus piernas dormdas despertó al hombre, quien, al verse en la situación en que estaban, sonrió.

"¿Has tenido frío?"

La mujer se sonrojó y contestó sonriendo.

"No mucho. Has sido una buena fuente de calor...por momentos, demasiado."

Ambos se levantaron y Lakshmi dijo.

"No tenemos nada para desayunar, tengo hambre."

"Espera, creo que tengo unas barritas de cereal, podemos compartirlas."

Prosiguieron su camino y luego de unos quince minutos Jerome expersó con alivio.

"Allí adelante hay una luz diurna intensa, es evidente que hay una salida al exterior."

Cuando abandonaron el túnel y emergieron al aire fresco experimentaron un sentimiento de libertad, luego de la clautrofobia en la interminable caverna.

Lakshmi señaló un camino en la ladera de la montaña y a escasos pasos dela salida de la caverna una gastada señal del sendro, mostrando dos flechas en las direcciones opuestas, una hacia el ermita llamada Cova del salnire, y la otra hacia el Monasterio de Santa María.

Almuerzo en el monasterio.

Eran ya cerca de las once horas de la mañana cuando llegaron a la puerta del Monasterio. Ingresaron con el resto de los turistas como ya lo habían hecho el día anterior, pero en lugar de seguir al contingente y a los guías se dirigieron a una oficina oculta entre arcos y altares laterales. Tocaron un timbre y un monje abrió la puerta de la oficina.

"¿ Los puedo ayudar?"

"Necesitamos hablar con el Hermano Arnau Ripoll."

En realidad Lakshmi y Jerome no estaban seguros que Arnau viviera en el monasterio, ni siquiera de que estuviera vivo; preguntar por él era un intento que podía salir bien o no, por lo que ambos viajeros estaban pendientes de la respuesta.

"¿Quienes lo buscan?"

"Somos Lakshmi Dhawan y Jerome Watkins, de la Comunidad Bluthund?"

"¿Perdonen, que comunidad?"

"Bluthund."

"Puedo preguntar para que buscan al Prior?"

"Estamos realizando una búsqueda de reliquias sagradas." Jerome le dio una tarjeta de visita que acreditaba su pertenencia a la Comunidad.

"Entiendo, por favor tomen asiento y esperen unos instantes."

El monje se retiró al interior de la oficina, obviamente con el fin de hacer un llamado telefónico. Al cabo de unos minutos regresó y dijo a los visitantes.

"Por favor, acompáñenme a la sala de oración."

Cuando llegaron el monje abrió las puertas y le indicó que se sentaran próximos al altar.

Al cabo de un rato se volvió a abrir la puerta y un monje muy anciano y con hábitos que le quedaban grandes entró en la sala; Lakshmi y Jerome se pusieron de pie. Ambos se presentaron.

"Por favor sentémonos." Dijo el fraile, hablando en inglés.

"Y ahora, por favor, díganme a que se dedica la Comunidad Bluthund." Dijo mirando la tarjeta en su mano.

Jerome y Lakshmi explicaron las actividades de la Comunidad, mientras el monje los escuchaba atentamente. Al terminar la narración preguntó con aire astuto.

"Y cuales son las reliquias sagradas tras cuyas pistas está la Comunidad Bluthund?"

El Hermano Arnau no pareció muy sorprendido al oir que se trataba del Cáliz Sagrado.

"¿Qué les hace pensar que yo pueda tener alguna información sobre el tema?"

En lugar de responderle con palabras Jerome estiró su mano mostrando al monje la foto del libro de actas de la Noble Órden del Santo Grial. El monje asintió, entrecerró los ojos y añadió.

"Ya veo que han descubierto mi pequeño secreto. Espero que el mismo no se encuentre en peligro."

"Solamente hemos abierto el libro para orientarnos, hemos visto solo el último acta y no hemos cedido a la curiosidad de leer los contenidos. El libro está intacto." Repuso Lakshmi.

"También espero que no divulguen el secreto de la existencia de nuestra pequeña órden al mundo profano."

"Su secreto se halla seguro con nosotros."

Nuevamente Arnau cerró los ojos y los volvió a abrir, gesto que aparentemente le ayudaba a concentrarse. Luego comenzó a hablar en voz baja y tono monótono, Jerome lo interrumpió y preguntó.

"Perdoneme Fray Arnau. ¿Le molesta si grabo esta conversación?"

"No, pero espero que todo esto persiga un fin justo."

"No se preocupe. Nuestra Comunidad tiene una larga y limpia trayectoria, aunque también protejemos nuestra existencia con un manto de discreción."

Arnau comenzó a hablar.

"Para dar un marco a nuestra narración tenemos que transportarnos con la mente a fines del Siglo XIII y comienzos del XIV. En esa época terrible en que se había librado una Cruzada contra otros cristianos, y en la que tanto el poder terrenal como el espiritual persiguieron a los Caballeros templarios, a nuestro humilde Monasterio le tocó jugar un papel importante."

Capítulo 30

Lakshmi y Jerome se acercaron al Prior, con el objeto de no perder palabra de lo que decía, dado que hablaba en voz baja y con un fuerte acento.

"Doy por sentado que ustedes ya conocen la historia de la Órden del Temple y de su destrucción debida a la codicia y envidia del Rey Felipe IV de Francia y del Papa Clemente V. En efecto, el rey francés, muy endeudado con la Órden encontró que la forma más sencilla de salir de sus deudas era destruir a su acreedor, y el viernes 13 de octubre de 1304 el Gran Maestre Jacques de Molay junto con otos sesenta Templarios prominentes fueron arrestados y sometidos a una parodia de juicio que los condujo a la hoguera.

"Al pie de la hoguera el Maestre de Molay maldijo a sus captores, que murieeon en forma misteriosa poco después.

"Cuando los secuaces del rey se abalanzaron sobre la sede de la órden en París con la consigna de apoderarse del tesoro acumulado por los templarios durante sus siglos de existencia, se encontraron con la sorpresa de que había desaparecido, para desesperación del endeudado rey.

"Al saber del encarcelamiento de su 23ª Gran Gran Maestre, los templario actuaron rápidamente y llevaron el tesoro al puerto de La Rochelle, sobre el Atlántico. Allí fue embarcado subrepticiamente de noche. Una flota de doce naves partió antes del alba.

"No se sabe el destino de cada una de esas naves, pero nueve de ellas llegaron a Escocia, donde los templarios tenían amigos y aliados, y el tesoro fue distribuído en varias iglesias y conventos.

"Una parte del mismo fue enviado a la pequeña y remota Capilla de Rosslyn, donde la lejanía de la misma daba garantías de seguridad. Es en esa parte del tesoro en la cual los miembros de mi pequeña Noble Órden del Santo Grial actual creemos que el tesoro espiritual se encontraba.

"Allí permaneció durante un largo tiempo hasta que la violación del secreto de su ubicación exigió llevarlo a otro lugar. Luego de ser llevado por el Océano Atlántico hasta el Mar Mediterráneo arribó a tierra firme y fue traído al Monasterio de Montserrat y guardado en sus ermitas en la profundidad de la montaña.

"Pero ese período de la historia de Europa, entre los siglos XIII y XIV fue muy turbulento, ya que la destrucción de los templarios fue seguida por las persecuciones religiosas contra todos los movimientos cristianos que no se sometían a la autoridad del Papa y eran persguidos a sangre y fuego por la llamada Santa Inquisición, hasta culminar en la Cruzada contra los Cátaros o Albigenses, una masacre contra otros cristianos.

"La enorme volatilidad de la situación política y religiosa de ese momento hizo que una vez más la ubicación del Cáliz Sagrado no fuera segura, y por esa razón se lo moviera con cierta frecuencia de un sitio a otro para garantizar su seguridad."

En ese momento Jerome creyó oportuno hacer una pregunta.

"¿Los que buscaban a Grial eran la Iglesia y los reyes?"

"Sí."

"¿Con que propósito, adueñarse de la reliquia sagrada?"

"No. El fin era destruirlo, hacerlo desaparecer, pues sabían que si una reliquia de tanto valor espiritual caía en manos de algún sector poderoso, el mismo podría desafiar a los poderes eclesiático y terrenal, al mismo papa y al Rey."

Jerome se excusó.

"Perdone por la interrupción. Por favor continúe con su explicación."

Fray Arnau se percató que sus oyentes estaban cautivados por su historia.

"No tenemos seguridad de los distintos sitios donde el Santo Grial fue llevado en este proceso, pero sí sabemos que finalmente fue confiado a manos que en ese momento podían considerarse seguras."

"¿Otros grupos templarios diseminados por Europa?" Preguntó Lakshmi.

"No, porque si bien es cierto que numerosos caballeros templarios fueron aceptados por el Rey de Portugal y otros reyes cristianos, en todos esos casos permanecían a las órdenes de esos monarcas, ya que en ninguno de esos sitios gozaban de la independencia de la Órden del Temple en materia política ni financiera."

"¿No existían en aquella época las órdenes de los Caballeros Hospitalarios y la de los Caballeros Teutones?" Inquirió la mujer.

"Sí, los Caballeros Teutones habían guerreado en los países bálticos y en esa época tenían el control de Prusia, mientras que los Caballeros Hospitalarios a su retiro de Tierra Santa fueron a Chipre y luego conquistaron la isla de Roda, que estuvo bajo su dominio. Incluso muchas de las riquezas que habían pertenecido a los Templarios pasó a la Hermandad de los Hospitalarios, que luego cambiaron su nombre por el de Caballeros de Rodas. Tanto los Hospitalarios como los Teutones lograron adquirir territorios propios y erigir sus estados en ellos, lo que nunca pudieron conseguir los Templarios. Pero, respondiendo a tu pregunta, cada una de las órdenes era rival de las otras y estaban separadas por toda su historia, de modo que llevar el Cáliz Sagrado a Rodas o a Prusia no era una opción."

"¿Y qué fue lo que pasó con la reliquia, cuando fue sacada de Montserrat." Preguntó Jerome, que venía siguiendo el hilo de la historia.

"Como dije antes, no conocemos todos las etapas que pudieron seguir, pero tenemos una fuerte convicción de que finalmente fue llevado al Mediodía francés, a la región de Occitania, y particularmente al Languedoc."

"¿No estaba esa zona en problemas por la Cruzada contra los Albigenses?" Inquirió Lakshmi.

"Sí, pero precisamente los Cátaros en fuga por su vida eran por un lado enemigos jurados del Papa, de modo que eran aliados naturales de los poseedores del Grial. Además, aún conservaban propiedades y poder ocultos de la vista de sus enemigos, y a esos Cátaros fue confiado el Santo Grial."

"¿Conoce usted con más precisión el sitio donde fue llevado?"Preguntó Jerome.

"No, y prefiero no conocerlo, porque si en vez de ser ustedes los que me están preguntando fueran los enemigos del Grial, que después de siglos son los mismos que en el siglo XIV, me podrían torturar y aún así no me podrían sacar su ubicación."

"Veo que esos enemigos están decididos usar la violencia de cualquier forma." Afirmó Lakshmi.

"Ayer nosotros mismos tuvimos una prueba de eso. "Añadió reflexivamente Jerome.

"¿A qué se refiere?" Preguntó Arnau intrigado.

"Fuimos atacados con armas automáticas en la caverna que comienza en la ermita de la Vírgen Negra.¿Conoce el lago subterráneo?"

"Sí, por supuesto."

Estábamos bordeándolo cuando fuimos atacados con ametralladoras. Herimos a uno de los dos agresores."

Fray Arnau se veía agitado.

"Hacen bien en contarme eso. Ellos se hallan muy cerca. Debemos estar preparados." Susurró el Prior.

"¿Se refiere a los miembros de la Noble Órden del Santo Grial?" Preguntó la mujer.

"Sí y a todos nuestros amigos."

Capítulo 31

Era ya de noche cuando Lakshmi y Jerome arribaron a Barcelona. Cenaron rápidamente en un restaurante cercano al hotel y luego regresaron a sus habitaciones. Cuando bajaron del ascensor iban tomados de la mano; al caminar por el pasillo Jerome preguntó.

"¿Tú habitación o la mía?"

"Estaré más comoda en la mía."

Cuando ya se inclinaban uno sobre otro en el lecho el hombre preguntó.

"¿Tu romance con Jack ha terminado?"

"Nuestra unión es indestructible, pero no excluye tomarnos ciertas libertades cada tanto."

"Me gustaría haberlo sabido mucho antes. Hace tiempo que sueño contigo."

"Yo también te he estado esperando."

El Obispo Iñaki se sentía furioso por su impotencia. El sicario llamado Bernal se había instalado en una de las habitaciones que tenían en el Monasterio para huéspedes, había tomado una de las oficinas vacías para instalar su cuartel, y sus matones merodeaban alrededor del lugar, apenas ocultando sus armas. Cuando Iñaki había hablado con el Cardenal para protestar, este le había reiterado las órdenes de satisfacer todos los requerimientos de Bernal. Ahora, el asesino lo había citado en la oficina que estaba ocupando. ¡Su oficina!

El cura entró sin llamar para demostrar su mal humor; en ese momento el hombre hablaba por su celular.

"¿Qué dices? ¿Han herido a Gallardo?...escucha, vuelvan a esa ermita, recorran la caverna y el lago subterráneo hasta el final y fíjate si encuentran algo que les dé una pista de que es lo que ese hombre y esa mujer buscaban allí. Luego me informas de inmediato."

Al cortar con su secuaz, Bernal se dirigió a Iñaki, y sin saludarlo preguntó.

"Conoce el Monasterio de Montserrat y la montaña en que se halla?"
"Sí, he estado allí dos veces."
"Hay una ermita con un lago subterráneo?"
"Existe una gran cantidad de grutas y ermitas. He escuchado que la llamada Ermita de la Vírgen Negra tiene una lago."
"¿Cómo puedo llegar hasta allí?"
Ya había pasado el mediodía y Bernal se hallaba almorzando en el refectorio del monasterio cuando recibió un llamado en su celular.
"¿Qué dices?¿Encontraron unos libros de una Órden en la caverna?...¿Menciona a un Prior? ¿Es una anotación reciente?...Bien. Vayan al monasterio e investiguen si ese Prior se encuentra allí. Deben echarle mano y arrancarle la confesión de a que actividades se dedica esa Órden...y también averigua si lo han visitado ese hombre y esa mujer...luego, no dejen cabos sueltos ni testigos."
Jerome llamó a Richardson e hizo un breve resúmen de lo acontecido. El interlocutor se mostró sobresaltado por el peligro a que sus amigos habían estado expuestos.
"¿Quieres que Lakshmi y yo vayamos al Languedoc para seguir la pista que nos dio el Prior Arnau?"
"¡No! de ninguna manera. Esos asesinos ya los conocen y estarán tras la pista de ustedes. Deben volver de inmediato a Nueva York y la Asamblea de la Comunidad Bluthund decidirá que hacer. Regresen cuanto antes."
Ambos grupos habían regresado de la Patagonia Argentina y de Europa. Mientras la mayoría dedicaba su tiempo a ordenar sus vidas luego de la interrumpción de sus actividades durante tantos días, Richardson, Suzuki y Watkins se reunieron en las oficinas del primero. El ambiente era relajado y los viajeros explicaban a grandes rasgos lo ocurrido en sus experiencias, preparando el temario para la Asamblea de la Comunidad Bluthund.

En un momento la secretaria de Richardson golpeó la puerta, entró y dijo.

"Dr. lo llama el Almirante Donnelly."

"Pásame la llamada por favor."

"Hola Almirante..." Richradson permaneció en silencio escuchando durante un rato a su interlocutor. De pronto le dijo.

"Watkins está aquí conmigo, aguarde un momento."

"Jerome, ¿Cómo se llama el Prior con quien tú y Lakshmi se entrevistaron en Montserrat?"

"Ripoll, Arnau Ripoll."

"Almirante, envíeme las imágenes por favor a mi computadora por favor."

Ante la expectativa angustiosa de sus acompañantes Richardson aguardó unos instantes. Al recibir un beep de llegada de un archivo, su cara se transformó. Watkins se acercó y se colocó frente al dispositivo.

"¡Oh Dios!" Exclamó y cayó sentado en una silla.

Taro a su vez miró la pantalla y no pudo apartar los ojos de la misma.

El cuerpo ensangrentado de un monje yacía sobre un camino de lajas bordeado de arcos ojivales, su rostro era irreconocible por las laceraciones. Un texto a continuación informaba.

"Identificado como Arnau Ripoll, Prior del Monasterio de Monserrat. Fue sometido a prolongadas torturas antes de ser asesinado."

Jerome Watkins estaba completamente abatido y susurraba.

" Es nuestra culpa. Pagó el costo de haberse reunido con Lakshmi y conmigo. Lo expusimos a un peligro tremendo sin pensar en él."

Richardson se acercó a su amigo y puso una mano en su hombro. Pensando velozmente preguntó.

"Jerry, ¿Conociste a alguien más en ese Monasterio, alguien con quien puedas hablar?"

"Al secretario del Prior, un monje catalán llamado Jaume."

"Bien, voy a conseguir una llamada con el Monasterio y quiero que le preguntes a ese monje si alguien fue a ver al Prior después que fueran Lakshmi y tú."

"No quiero arriesgar también la vida de ese hombre."

Suzuki se acercó y en tono grave dijo.

"Jerome, tú sabes que no vamos a dejar esto así."

Watkins expresó sus condolencias al religioso, quien no cesaba de llorar hasta que finalmente hizo la pregunta pedida por Richardson.

"Sí, vinieron esos dos hombres de traje oscuro, uno de ellos con una herida en el brazo."

"Ustedes tienen cámaras filmadoras en el Monasterio."

"Si, en el pasillo de entrada, todos los que entran son filmados."

"Jaume, es necesario que me encuentras la parte donde están estos hombres y me la envíes."

"Eso no va a traer a nuestro Prior de regreso."

" Pero va a honrar su memoria."

Era ya cerca de la noche cuando nuevamente llamó el Almirante Donnelly. Dijo a Richardson.

"Bill, hemos analizado la filmación del Convento que me enviaste y reconocido a los dos hombres. Son dos matones asociados con Bernal llamados Juan Gallardo y Ramón Gómez. Hemos podido ubicarlos en este momento Barcelona. No se están ocultando. Han alquilado con sus nombresun BMW azul marino con estas placas que te envío ahora. Se disponen a salir de la ciudad. Te envío fotos de nuestros archivos."

"Gracias Almirante."

Taro Suzuki observaba todo esto desde una cierta distancia. Finalmente tomó su celular y se apartó un poco para hablar con privacidad, una precaución innecesaria porque lo hizo en japonés.

"Estás cerca de Barcelona?"

"Sí."

"Lamentablemente es necesario que entres en acción. Te voy a pasar fotos de un sacerdote torturado y asesinado, y también fotos de sus asesinos. Van en un BMW azul y están saliendo de la ciudad."

El BMW azul marino se detuvo en medio de la autopista desierta. Un grueso tronco obstruía el paso en ambas direcciones de circulación. Los dos hombres de traje oscuro descendieron del auto y se acercaron.

"Gallardo, tenemos que quitar ese tronco del camino."

"Pero Ramón, ¿Cómo crees que haya llegado allí...?"

La pregunta quedó inconclusa, un ruido sin duda producido por una motocicleta de gran cilindrada se acercó a ellos velozmente, ambos se dieron vuelta para ver al recién llegado y pedirle ayuda para eliminar el obstáculo.

La moto en efecto se detuvo a unos veinte pasos y de ella descendió un personaje absolutamente inesperado. Una figura de corta talla completamente vestida de negro, con su cabeza y rostro cubiertos por una capucha del mismo color que sólo dejaba ver sus ojos oscuros, se acercó a ellos. Ramón Gomez tuvo la intuición de que se trataba de una mujer joven, y una voz de alerta surgió en su cerebro.

Capítulo 32

Manuel Bernal se hallaba en su práctica matutina de Karate. El hombre era cinturón negro de la Escuela de Okinawa y había competido con éxito en Centro América, México y Estados Unidos.

Había dado órdenes estrictas de no ser molestado para poder concentrarse de modo que cuando el Obispo Iñaki entró en la sala se puso de mal humor, pero lo que más le preocupó fue el aire de triunfo que el religioso apenas podía esconder.

"Debes mirar el noticiero por la televisión." Dijo el sacerdote sin saludar antes; luego cerró la puerta y se fue.

Bernal encendió el televisor y buscó un noticiero que recién comenzaba.

"Preocupa el nivel de violencia en los alrededores de Barcelona. Tras el hallazgo de un monje torturado salvajemente y ascsinado en el día de ayer, esta mañana fueron encontrados los cadáveres de dos hombres decapitados en una autopista que había sido bloqueada por un tronco colocado a través. El médico forense informó que sua cabezas, halladas a varios pasos, habían sido cortadas con sendos golpes ejecutados con un sable muy filoso. Los Mozos de Escuadra- policía catalana- identificaron a los hombres como dos ciudadanos hondureños llamados Ramón Gomez y Juan Gallardo y no se descarta de que sea una venganza por el asesinato del monje...."

Bernal sintió un sudor frío corriendo por su espalda. Entendió de inmediato el mensaje.

"Sabemos quien eres, y devolveremos golpe por golpe. No tendrás dónde esconderte."

A continuación del miedo, Bernal sintió una ola de furia que subía a su cabeza, procedente de la indignación.

El gesto de suficiencia de Iñaki le había molestado más que la pérdida de sus dos hombres. Alzó la mano y descargó un tremendo golpe con el canto de la misma sobre una mesa que tenía un teléfono fijo. La mesa se quebró en dos partes, arrojando al teléfono al suelo. Con la mano dolorida el sicario levantó el artefacto y trató de discar un número, pero el mismo no funcionó por el golpe contra el suelo. Bernal fue hasta su chaqueta y tomó su celular; entonces marcó un número secreto.

"Hola."

"Su Eminencia Reverendísima, soy Bernal."

"¿Qué dices hijo mío, ya te pedí que no llames a este número si no es indispensable."

El hondureño narró lo sucedido en Barcelona, escondiendo las torturas infligidas al prior por sus hombres. Terminó diciendo.

"...Y les cortaron la cabeza como a ovejas."

"¿Será quizás en venganza por las torturas que hicieron al Prior del Monasterio?" Dijo Su Eminencia.

Bernal maldijo, ¡De modo que el cardenal estaba ya enterado de lo ocurrido! Debía ensayar una justificación.

Fue necesario para obtener información. El Prior había sido visitado el día anterior por dos personas en busca del Santo Grial y no quería revelar sus datos."

"Entiendo. ¿Y luego de...los procedimientos de tus hombres los reveló?"

"No, pero uno de mis subordinados encontró una tarjeta de visita entre las ropas del Prior."

"¿A nombre de quien estaba esa tarjeta?" Inquirió el Cardenal.

"No lo sé. Gallardo no me lo llegó a decir y ahora esa tarjeta está perdida, pero sí me dijo que se trataba de un directivo de una Comunidad...algo así como Comunidad *Vluglun*."

"¿Vluglun? No la conozco, pero voy a consultar con mi oficial de inteligencia y luego te llamo."

"Otra cosa, Su Eminencia Reverendísima."

"Dime hijo mío."

"En el tiempo que viene, necesito que usted avale las medidas que necesitaré tomar."

"Tienes las manos libres, hijo mío."

Dos horas más tarde fue el Cardenal quien llamó al teléfono celular de Bernal.

"Tenías razón con tus temores por la intromisión de los miembros de esa Comunidad. Su nombre correcto es Bluthund y aunque es altamente secreta está distribuida en todos los continentes, aunque tiene sedes en Londres y Nueva York. Son extremadamente peligrosos y han logrado derrotar a enemigos poderosos. Te reitero que debes proceder contra ellos con todos tus medios. ¿Tienes suficientes hombres?"

"En este momento tengo cinco en España y estoy haciendo venir a otros diez de mi país. Son todos hombres de acción."

"Bien, pero sólo con gatillo no se soluciona este problema. Te voy a enviar a mi jefe de inteligencia para guiar tus acciones."

"¿Quién es?"

"Se llama Hans Fischer, es uno de los jefes de la Guardia Suiza del Vaticano. Debes seguir sus instrucciones."

"¡Ah! Su Eminencia. Otro tema."

"Dime, hijo mío."

"No me gusta la actitud del Obispo Iñaki de Mendizabal. No es de confiar, no me siento cómodo con él."

"Hablaré con el Obispo y le pediré que te apoye en todo lo que pidas o lo trasladaré al África. Estamos necesitando un Obispo en Senegal."

El cardenal cortó la llamada, pues no le interesaba prolongar la posibilidad de su detección innecesariamente. Se hallaba satisfecho, su subordinado Bernal, a pesar de ser un hombre rústico y brutal, tenía al menos buena intuición para detectar los peligros.

El Dr. Richardson se hallaba en su despacho cuando Jerome Watkins golpeó discretamente la puerta y entró.

"William, tenemos a Corrado Gherardi y Wolfram von Eichenberg en una videoconferencia por Zoom."

"¿Estaba programada?"

"No, pero parece que es importante."

Ambos hombres se colocaron frente a la pantalla de la computadora y aceptaron la conferencia organizada por Eichenberg. Sin embargo el que habló en primer término fue Gherardi.

"William, Jerome, ¿Cómo están? Paso directamente a comentar el hallazgo de último momento en el caso que nos ocupa."

"Te escuchamos."

" Hurgando viejos papeles que habían desaparecido hace quizás un siglo y fueron ahora hallados en la Universidad de Boloña, he encontrado indicios que indicarían que el Santo Grial como objeto físico nunca salió de Medio Oriente."

"¿Qué quieres decir con " El Santo Grial como objeto físico?" Preguntó Richardson.

"Quiero decir el mismo Cáliz de la Última Cena y que luego contuvo la sangre de Cristo. Separado de la historia del viaje de José de Arimatea a Europa, que también puede ser real."

"Esta versión cambia toda nuestra búsqueda. Todo lo que hemos hecho sería inútil." Dijo Watkins.

"Recuerden que solamente se trata de una versión, que está apoyada sólo por un viejo documento perdido en una Universidad durante siglos. Tenemos otra versión que parece tener más fundamento que fue la que nos llevó a buscar la reliquia por medio mundo." Repuso cautamente Eichenberg.

"Creo que no podemos descartar ninguna de las dos pistas, lo que exigirá dividir nuestros esfuerzos." Añadió Richardson. "Dime Corrado, dónde se hallaría el Santo Grial, de acuerdo con esta nueva pista."

"Bien es bastante sorprendente, el sitio sería..."

Capítulo 33

"El sitio indicado es la ciudad de Acre, en el Estado de Israel."

Lo noticia fue recibida con sorpresa por Richardson y Watkins.

"¿Y como se generó la versión de que el Grial había sido llevado a Europa?" Inquirió el inglés.

"Por una distinta interpretación de lo que el Santo Grial es. Por eso insisto, la versión de Acre se refiere exclusivamente al Cáliz mismo."

"Bien, escuchen. Estamos planeando una Asamblea de la Comunidad Bluthund. Dada la importancia de lo que vamos a discutir estamos pensando en hacer una reunión presencial y no por Zoom. La fecha sería dentro de dos sábados. Es necesario que todos los que hayan participado en estudios en el terreno en América y Europa estén aquí. ¿Podemos contar con ustedes?"

Tanto Wolfram como Corrado asintieron con gusto, contentos de poder regresar a la acción.

Acre (Akko para los locales) es un puerto en el Distrito norte del Estado de Israel. Es un puerto natural en la bahía de Haifa, en la costa del Mar Mediterráneo.

En 1104, en el curso de la Primera Cruzada, el Rey cristiano Balduino de Jerusalén capturó la ciudad y la convirtió en el principal puerto del Reino, lo que la transformó en una ciudad próspera por el comercio activo marino y terrestre.

En 1187 la ciudad capituló al Sultán Saladino sin lucha, y permaneció en manos de los musulmanes hasta 1191 cuando fue reconquistada por las fuerzas de los Reyes Ricardo I Corazón de León y Felipe II de Francia en la Tercera Cruzada, luego de lo que se convirtió en la Capital del Reino Cruzado de Jerusalén, ya que la misma ciudad de jerusalen había caído en manos del Sultán. En ese período, un grupo de mercaderes alemanes fundó la Orden Teutónica y un hospital.

En el curso de la Sexta Cruzada la ciudad quedó bajo el gobierno de la Orden de los Caballeros Hospitalarios, aliados y al mismo tiempo adversarios de los Templarios.

En el período final de las Cruzadas Acre se convirtió en la principal fortaleza de los reinos cristianos en Tierra Santa, y en 1291 cayó en manos de los Mamelucos de Egipto, descendientes de esclavos de los musulmanes capturados en diversas parte del mundo, y convertidos en una poderosa fuerza militar se tornaron dueños de varias naciones islámicas, incluyendo precisamente Egipto.

Luego de un prolongado sitio los mamelucos tomaron la ciudad y con el propósito de evitar nuevas invasiones de los Cruzados procedentes de Europa, decidieron destruir todas las ciudades costeras sobre el Mar Mediterráneo, y Acre fue arrasado hasta los cimientos excepto unos pocos edificios religiosos musulmanes.

La caída de Acre marcó el fin del ciclo histórico de las Cruzadas.

El Obispo Iñaki de Mendizabal entró en la oficina ocupada por Bernal y dijo.

"Buenos días. Hay una persona esperando por usted en la entrada. Se llama Fischer y parece alemán."

Luego desapareció de la puerta, pero su actitud más condescendiente fue suficiente para que el hondureño percibiera que la amenaza de Senegal había dado resultado.

Hans Fischer era un hombre de unos cuarenta años de edad, alto, rubio y de contextura fuerte. Dio la mano a Bernal y le dijo.

"¿Su Eminencia le anunció mi venida?" La frase en realidad estaba formulada como pregunta pero era una afirmación.

"Así es."

"¿Hay algún sitio donde podamos hablar con privacidad?"

"Por supuesto, acompáñeme."

Bernal guió al recién llegado a su oficina, pidió a uno de sus hombres que les trajera dos cafés y luego se quedara delante de la puerta vigilando para que nadie los interrumpiese.

Fischer era un hombre educado; como todos los suizos hablaba inglés, y en realidad varios otros idiomas con acento muy ligero. Por la seguridad que emanaba de él, Bernal se dio cuenta que el suizo venía a hacerse cargo de la situación y que sería en realidad su jefe, aunque él quedara al mando directo de sus hombres. En realidad, la percepción lo tranquilizó, pues por momentos los hechos lo habían superado y no sabía muy bien como moverse.

"¿Su nombre es Manuel?" Preguntó el suizo.

"Sí, señor."

"Bien, Manuel, por favor cuénteme todo lo ocurrido, aquí y en Barcelona."

Una vez terminada la conversación con Bernal, Hans Fischer fue a la habitación para huéspedes que le habían preparado en el monasterio, y luego de ducharse tomó su celular y se comunicó con su asistente de la Guardia Suiza en el Vaticano.

"Hola Fritz. ¿Puedes hablar?"

"Sí, Coronel."

"¿Has podido averiguar algo de esta Comunidad Bluthund?"

"Sí, señor, aunque debo recibir más información. Es una organización informal pero muy estructurada. No tiene una única cabeza mundial sino que está descentralizada. Tienen especialistas en distintas ramas de la ciencia pero incluyen varios esoteristas de diversas disciplinas. Uno de sus ramas está en Nueva York, hay otro en Londres, y la dirección en cada ubicación es colegiada. Uno de sus éxitos más notables fue su actuación en la búsqueda del tesoro Imperial Ruso, en Siberia."

"Recuerdo el caso, se trataba de un tren con un cargamento de oro de los Zares, en la zona de Irkutsk. (1)"

(1) Cf "The Romanov Diadem- Bluthund Community 4" del mismo autor, en esta colección.

Richardson y Watkins estaban desde temprano organizando el evento que iba a tener lugar en las oficinas ese sábado a la mañana. La secretaria del primero había también llegado antes y estaba disponiendo las sillas y el equipo de proyección en la amplia sala de reuniones.

Poco a poco fueron llegando los participantes, y los que eran miembros del Comité Ejecutivo también comenzaron a preparar la información que se iba a distribuir entre los participantes. Taro Suzuki y Jack Berglund arreglaron el material que ellos habían filmado en la Patagonia Argentina, pues eran los primeros que iban a exponer. Hasta Madame Swarowska llegó antes de la hora de comienzo, y finalmente a las nueve horas, el encargado de seguridad Lou anunció desde el lobby de recepción que habían llegado los restantes invitados.

Lakshmi Dhawan, Chandice Williams, Nick Lafleur, Jiang Zhi Ruo y Mikhail Turgenev llegaron juntos y se ocuparon asientos contiguos; el embarazo de Chandice comenzaba a ser perceptible y fue objeto de algunas felicitaciones, particularmente por parte de Lakshmi.

Watkins, en su calidad de Maestro de Ceremonias anunció.

"Corrado Gherardi y Wolfram von Eichenberg ya han arribado en sus viajes de Europa. Llamaron desde el Aeropuerto JFK y piden que comencemos sin ellos, ya que no son los primeros que van a exponer."

"De ninguna manera, no queremos que ellos se pierdan las explicaciones del grupo patagónico. Vamos a adelantar la ronda de café mientras los esperamos." Dictaminó el Dr.Richardson.

Efectivamente, los viajeros de Europa llegaron una media hora más tarde, y luego de sus saludos todos tomaron asiento, algunos con la taza de café aún en sus manos.

Jerome Watkins encendió el equipo de proyección, que mostraba una filmina con el texto "La Búsqueda del Santo Grial." Luego expresó.

"Vamos a comenzar la XXV Asamblea de la Comunidad Bluthund, la cual desde ya anticipo que será histórica por la naturaleza del tema que vamos a tratar."

Capítulo 34

"Coronel, tengo noticias sobre la Comunidad Bluthund."

"Te escucho Fritz."

"Como ya sabe, el primer contacto que hemos detectado de su involucramiento en el tema del Santo Grial tuvo lugar en la Capilla Rosslyn. Allí el gerente de la agencia de renta de autos, un hombre llamado Fletcher, informó a nuestra gente que los que habían rentado para supuestamente ir a la Capilla son un alemán llamado Wolfram von Eichenberg y un italiano de nombre Corrado Gherardi."

"Esa información ya la teníamos. Su Eminencia conoce el caso de Gherardi, un ex jesuita que abandonó la Órden y ya teníamos datos del alemán."

"Pero ahora se suma la infomación del hombre y la mujer que estuvieron en Montserrat. Aunque la tarjeta de visita que dejaron al Prior Arnau Ripoll se ha perdido, con una averiguación de las parejas de extranjeros en Barcelona en ese período hemos restringido las posibilidades a una mujer india llamada Lakshmi Dhawan, que tiene la cudadanía americana, y a un hombre, también americano, llamado Jerome Watkins, ambos de la Ciudad de Nueva York. Watkins supuestamente trabaja en una empresa financiera o de seguros."

"Bien hecho Fritz. Continúa con la búsqueda de datos de estos dos personas, tratando de aclarar con que otras se relacionan, de modo de ir estrechando el cerco en torno a esta Comuniadad Bluthund."

Watkins invitó a los miembros del grupo que habían estado en la Patagonia a comunicar sus hallazgos.

Jack tomó la palabra mientras Nick manejaba el proyector de diapositivos y exibía las fotos y videos a medida de que Berglund los iba mencionando.

La narración comenzó en el momento de la salida de Nueva York, el arribo a Buenos Aires, el nuevo viaje por avión hasta Trelew, ya en territorio patagónico, y los viajes por tierra al Fuerte Argentino, y el hallazgo del trozo de espada de indiscutible orígen templario.

"Se ha confirmado que el trozo de escritura grabado en la espada corresponde a ese período." Aclaró Taro Suzuki.

La narrativa prosiguió con los hallazgos más al sur, cerca del pueblo de Telsen, incluyendo la tumba del templario Thibaud de Montbard y del templo subterráneo con un altar de piedra.

"La presencia de los caballeros templarios en la Patagonia Argentina siglos antes del descubrimiento de América queda probada sin duda." Concluyó Berglund.

"Lo cual no implica que el Santo Grial haya estado allí."

La frase de Richardson quedó interrumpida por un llamado de Lou desde la guardia de seguridad del edificio, informando de la llegada del Almirante Donnelly.

Momentáneamente suspendieron la reunión hasta que el marino pudiera incorporarse a la misma.

"Disculpe Almirante, no sabíamos si usted podía unirse a nosotros de modo que ya comenzamos la exposición." Dijo Watkins.

"No estaba seguro de poder encontrarme en Nueva York hoy, de modo que no pude anunciar mi venida. Por favor, prosigan."

El siguiente turno para exponer, de acuerdo con lo decidido por Jack y Taro, lo tendría a su cargo el joven Aulric, quien aunque comenzó tímidamente su exposición, fue afirmándose progresivamente mientras explicaba la existencia de su propia comunidad en la Comarca Andina dentro del Parque Nacional Nahuel Huapi, en la Provincia de Río Negro.

"Si entiendo bien, esta comunidad está integrada por descendientes de un grupo de Caballeros Templarios que habían arribado desde el Océano Atlántico y presumiblemente habían pasado antes por EL fuerte y Telsen." Concluyó Donnelly.

"Así es, Almirante."

"Y dime Aulric, dentro de las tradiciones de siete siglos de tu comunidad andina, hay alguna referencia al Santo Grial."

"Las referencia más insistentes eran respecto al arribo del tesoro de los templarios, que consistía en oro y otros bienes materiales, pero también en bienes espirituales."

"¿Pero ninguna mención específica concreta al Grial?"

"No, Almirante."

"Bien, creo que la posibilidad de la Patagonia como sede del Santo Grial ha quedado explorada a fondo. Aunque no puede excluirse del todo esta posibilidad, no constituye un curso de acción prioritario. ¿Que opinan los demás?"

Richardson, Gherardi y Eicheberg asintieron.

Watkins retomó su papel de Maestro de Ceremonias.

"Pido a Wolfram von Eichenberg y Corrado Gherardi que nos narren su experiencia en Escocia."

El italiano tomó la palabra e hizo un resúmen de los datos obtenidos de diversas fuentes, en particular el experto en historia local, el escocés Angus.

"De modo que la hipótesis más probable es que parte del tesoro templario fue llevado de La Rochelle a Escocia, allí dividido para su seguridad en varias ubicaciones. El Cáliz con bastante probabilidad fue consignado a la Capilla Rosslyn, de la cual fue removido en el curso de los siglos para ponerlo a salvo de los monarcas y la Iglesia."

Luego fue el turno de Lakshmi y Jerome. Este último repitió las palabras del Prior Arnau Ripoll sobre la estadía del Grial en Montserrat y su posterior envío al Languedoc francés, en la zona entonces poblada de cátaros en fuga por la Inquisición y la Cruzada contra los Albigenses. La exposición terminaba con la ubicación presunta del Cáliz en la zona de Carcassone y de las ruinas de Montsegur.

Como militar, Donnelly estuvo particularmente interesado en la salvaje agresión física sufrida por la pareja en la caverna en la orilla del lago subterráneo.

"Es el primer caso de violencia abierta en el curso de esta búsqueda. Me interesa el uso de armas automáticas de gran poder de fuego, lo que habla de medios bélicos importantes."

Richardson se puso de pie y tomó la palabra.

"Hemos tenido delante nuestro una exposición sobre el destino del Santo Grial a lo largo del tiempo, de siglos quizás. Hemos comenzado en el Continente Americano y nos hemos desplazado en la narración hacia el Este todo el tiempo, hasta llegar al Mediodía francés. Pero ocurre que de pronto surge una versión totalmente distinta, según la cual el Cáliz Sagrado jamás salió de Tierra Santa, y se hallaría dentro de las ruinas de la ciudad de Acre, la última fortaleza cristiana de las Cruzadas."

"La pregunta, señora y señores, es simple: ¿Qué camino seguir?"
El Profesor Suzuki alzó la mano solicitando la palabra.
"Sí, Taro te escuchamos."
Richardson siempre tenía mucho interés en las conclusiones del japonés, muchas veces divergentes del curso de razonamiento lineal de los occidentales.
"No creo que después de los enormes esfuerzos desplegados hasta ahora en nuestra búsqueda, podamos excluir a priori una posibilidad importante, que pudiera ser la correcta."
"¿Que propones entonces?"
"No nos queda más alternativa que dividir los esfuerzos y cubrir ambas posibilidades…simultáneamente."

Capítulo 35

William Richardson se puso de pie y dijo.

"Tenemos una moción concreta del profesor Taro Suzuki que propone cubrir al mismo tiempo los dos frentes que se han abierto para nuestra investigación. Convoco al Comité Ejecutivo de la Comunidad a una reunión de inmediato para decidir el camino a seguir. Solicito al Almirante Donnelly que se una a dicho Comité."

Acto seguido Richardson, Watkins, Madame Swarowska, Suzuki, Berglund y Donnelly se dirigieron a otra sala del piso y se sentaron en torno a la mesa ovalada de la misma en la que se realizaban las sesiones de la Dirección de la Compañía donde Richardson trabajaba. Mientras tanto, los restantes concurrentes se servían otra ronda de café.

Richardson abrió el debate.

"Creo que la propuesta de Taro es acertada, el tema es si podremos llevar a cabo dos expediciones al mismo tiempo. La primera pregunta es de orden financiero. Jerome, ¿Cómo están nuestras cuentas?"

"Bastante exhaustas luego de los viajes que ya hemos realizado. Veremos si puedo lograr créditos bancarios para financiar las actividades de dos grupos en el exterior."

Donnelly agregó.

"Si tienen dificultades económicas me lo hacen saber. Veré si consigo que algún ente privado o público haga una inversión en éste proyecto."

Richardson prosiguió.

"Gracias Almirante.

"El segundo interrogante es si los miembros de nuestros equipos, que han estado en actividad constante durante un largo tiempo y expuestos a diversos peligros, están dispuestos a proseguir acompañando nuestro plan de acción."

Jack contestó.

" Chandice Williams está embarazada, y aunque quizás ella estuviera dispuesta a seguir, como su tutor no lo permitiré. Aulric debe regresar a su país. El resto pienso que estarán dispuestos a aceptar el desafío."

Con su habitual sentido común Taro agregó.

"Eso sólo cada uno de ellos lo puede definir. Creo que al salir de esta reunión del Comité Ejecutivo debemos hacerles la propuesta."

"Estoy de acuerdo. Si hay consenso sobre éste punto entre nosotros, creo que Jack debe hacerles la consulta."

"Cuenten conmigo."

Richardson continuó.

"Entonces preparemos un plan de acción incluyendo a los restantes colegas para cubrir las necesidades de las acciones que debemos realizar en paralelo."

Al cabo de media hora terminó la reunión del Comité Ejecutivo y Watkins convocó al resto del grupo a continuar con la Asamblea.

Jack Berglund se puso de pie y fue directamente al grano.

"El Comité Ejecutivo ha decidido continuar con los dos proyectos de investigación, y ha confeccionado una lista propuesta de integrantes para cada uno de los dos grupos. Madame Swarowska, en su calidad de Secretaria del Comité, elaborará un acta donde cada miembro que acepte firmará su conformidad.

"El grupo que actuará en Acre, si es que aceptan la invitación, estará formado por Lakshmi Dhawan, Wolfram von Eichenberg y Corrado Gherardi y será dirigido por Jerome Watkins. Verán que se trata de todos los integrantes que estuvieron ya trabajando en Europa, y son posibilmente conocidos allí por nuestros oponentes, por esa razón se les invita a trabajar en Tierra Santa."

Un murmullo de aprobación corrió por la sala. Jack continuó.

"El grupo que trabajará en el Languedoc estará integrado por Jiang Zhi Ruo, Taro Suzuki, Mike Turgenev y Nick Lafleur, y estará bajo la dirección de Taro y la mía."

Nuevamente una aprobación generalizada. Una vez más Jack retomó su alocución.

"Chandice quizás esté interesada en integrar alguno de los grupos, pero por su estado de embarazo no lo puedo permitir. Estará trabajando en Nueva York junto con el Dr. Richardson y Madame Swarowska dando apoyo a ambos grupos, en el terreno logístico, financiero y de informaciones, incluyendo las vitales comunicaciones con el Almirante Donnelly."

Chandice asintió con la cabeza. Jack terminó su alocución diciendo.

"Sé que quizás Aulric quisiera unirsenos, pero nuestro compromiso con el líder de su Comunidad Andina incluye su retorno a la Patagonia Argentina."

Minutos depués Madame Swarowska, quien había estado trabajando en un escritorio con un libro de actas, se levantó y dijo.

"Ya he redactado los ofrecimientos a los miembros de los dos grupos. Por favor, los que acepten vengan a firmar el consentimiento. Por lo demás, les recuerdo que los grupos estarán actuando en Francia y en el Estado de Israel. Las expediciones partirán en dos semanas, tienen ese plazo para obtener sus visas, aquellos que las necesiten, así como actualizar el calendario de vacunas, que se ha hecho más estricto."

El Almirante Donelly aprovechó un instante en que se hallaba cerca de Suzuki y asegurándose de que los demás no lo pudieran oir, le susurró.

"Profesor, he recibido informaciones de que en una carretera cerca de Barcelona dos conocidos sicarios centroamericanos fueron hallados decapitados por certeros golpes de sable. ¿Estuvo su hija Matsuko en las cercanías de esa zona?"

Con su habitual gesto gélido el japonés contestó.

"Sin comentarios."

Antes de que los miembros se levantaran, el Dr. Richardson dijo.

"Querría refrescarles lo esencial de la leyenda del Santo Grial de acuerdo con la tradición de la literatura occidental. Puede ocurrir que nos encontremos con elementos de esa leyenda en nuestra búsqueda. ¿Corrado querrías hacer tú un resúmen?"

El italiano respondió.

"La leyenda fue recogida por dos narradores. El francés Chrètien de Troyes en 1180 en su poema Perceval, y el alemán Wolfram von Eschenbach en su obra Parsival. Para comentar la obra de estos poetas creo que el más indicado es nuestro camarada Wolfram von Eichenberg."

El aludido hizo un gesto de falso enojo con su amigo y comenzó.

"Los poemas sobre el Santo Grial hay que ponerlos en el contexto de las leyendas del Rey Arturo y sus Caballeros de la Tabla Redonda, en la corte de la ignota ciudad de Avalon. Por órden del rey, los doce caballeros emprendieron la búsqueda del Cáliz Sagrado por toda su región. Entre ellos estaba el campeón Sir Lancelot, el más famoso de los caballeros andantes y amante secreto de la Reina Guinevere o Ginebra, esposa de Arturo; también se hallaba el no menos famoso Sir Gawain, Sir Perceval y otros reputados campeones.

"Hay diversas versiones sobre el hallazgo del Santo Grial por parte de uno de los caballeros de Arturo. El poema de Chrètien se lo adjudica a Sir Perceval, en la corte del Rey Pescador. Pero la versión que nos interesa es posterior a las de Troyes y Eschenbach y atribuye el hallazgo a Sir Galahad, hijo de Sir Lancelot y una doncella que este confundió con su amante la Reina Guinevere.

"Galahad aparece como un caballero imbatible y ademásv puro y casto, muy del agrado de los monjes medievales. Luego de innumerables aventuras en las que derrota a su padre Lancelot, a numerosos enemigos malvados, mata a fieras fantásticas y cura enfermos, sin embargo no consigue encontrar el Grial y ya desalentado y cansado suelta las riendas de su caballo y lo deja seguir a su voluntad, guiado por el destino, y es precisamente en ese momento que halla el sitio donde se encuentra el Cáliz Sagrado."

Capítulo 36

Esa noche había tenido algunos problemas estomacales, de modo que en primer lugar atribuyó la pesadilla a esa causa.

William Richardson había estado dando vueltas en la cama, en medio de un sueño profundo e inquieto, plagado de amenazas y peligros irreales. De repente una idea fuerte apareció como un flash en medio de todos las otras luces. De alguna forma Richardson sabía que se encontraba en Avalon, en medio de la Corte del Rey Arturo y rodeado de sus doce caballeros. Su cerebro, alucinado y funcionando a velocidad vertiginosa comenzó a sacar cuentas.

Jack, Lakshmi, Taro, Jerome, Corrado, Wolfram, Zhi, Chandice, Mike, Nick, Aulric y...Matsuko. Doce en total. Doce caballeros en torno a una mesa redonda. Pero la pesadilla recién empezaba. ¿Quién era quién en esa reunión?

En el sueño se levantó de su silla y comenzó a deambular alrededor de la mesa. Excitado, comenzó a observarlos de cerca a la cara, y bajo las cotas de malla pudo reconocer los rostros.

Sir Lancelot era Jack Berglund, no demasiado sorprendente.

Sir Gawain era Jerome Watkins.

Sir Perceval era Taro Suzuki, en una versión oriental de la leyenda.

¿Quien era la casquivana Reina Guenevere, que engañaba al rey con Lancelot? ¿Nadia Swaroska? No, de ninguna manera...¡Sí, claro! Guenevere era Lakshmi Dhawan, que compartía su cama con Jack y con Jerome. El hecho de que ya hubiera contadoa la mujer india como caballero no era una contradicción dentro del sueño.

¿Quien era Sir Galahad? Richardson en sus sueños intentó aproximarse a la cara del caballero casto y puro pero a pesar de sus esfuerzos no lo puedo reconocer.

De pronto, en medio de la agitación de sueño, Richardson pudo ver la cara del Rey Arturo en una bandeja de superficie brillante.

La visión lo hizo gritar en medio de la noche. ¡Arturo era el mismo Richardson!

De un salto se incorporó en la cama, en medio de una situación de semi-ensoñación. Su respiración era jadeante y transpiraba profusamente.

Bernal y sus hombres habían salido en tres autos del Monasterio de Santa María con rumbo al Languedoc francés. Habían considerado la posibilidad de viajar en avión o en bus, pero el tener que llevar consigo armamento, medios de comunicación, botiquines de primeros auxilios y otros elementos descartaron esas posibilidades.

Hans Fischer quedaba en el monasterio encargándose de todas las tareas de logística e inteligencia. En realidad, tanto para él como para el Obispo Iñaki ver alejarse a esa gentuza era un alivio inmenso.

El suizo se sentó en una reposera ubicada frente al jardín y cerró los ojos para permitir que lo venciera el cansancio y dormir entre el canto de los pájaros.

El sonido del celular le llegó como de un mundo lejano. Resignado sacó el dispositivo de su bolsillo, miró la pantalla y dijo

"Hola Fritz, te escucho."

"Coronel, lamento molestarlo, pero hay noticias que pueden ser importantes."

"Te escucho." Repitió.

"Hemos recibido noticias de Nueva York que desde el Aeropuerto JFK se han embarcado Corrado Gherardi y Wolfram von Eichenberg."

"Supongo que rumbo a Francia, ya sea París o Marsella."

"No Coronel. Van rumbo a Tel Aviv."

"¿Tel Aviv?" Nuevamente Fischer repitió una frase. Estaba realmente sorprendido.

"Bien Fritz, siempre me pasas información útil. Trata de que nuestra gente en Israel les siga los pasos e infórmame."

A Fischer le agradaba su subordinado. Fritz era un joven católico de buena familia, recién llegado a la Guardia Suiza para hacer carrera. Lo mismo que el mismo Fischer veinte años antes.

Eran ya las cuatro de la tarde en el norte de España cuando el celular de Fischer volvió a sonar; aunque esperaba un llamado de Bernal, se trataba nuevamente de Fritz.

"Coronel. Eichenberg y Gherardi han tomado el tren a Acre."

¿Acre? La veloz inteligencia de Fischer rápidamente ató cabos. Recordó los rumores de búsqueda del Santo Grial entre las ruinas y en los túneles de la antigua fortalezas Templarias y Hospitalarias de la ciudad y en su mente se hizo la luz.

"Esto es parte de la misma búsqueda que están llevando a cabo en el sur de Francia. O bien se trata de una acción de diversión para alejar a presuntos rivales." Sin embargo de imediato descartó esta posibilidad. "No saben que los estamos buscando en Francia."

Hizo un rápido analísis de la situación. Todos los recursos humanos con que contaba, es decir Bernal y sus bandoleros, habían sido enviados a Francia, y no tenía más hombres para despachar a Acre. Debía ir él mismo, y no le quedaba más alternativa que ir sólo.

El Coronel pensó que debía informar a Su Eminencia de su decisión y justificarla ante él. Fischer era un hombre de coraje pero antes que nada era suizo, estrictamente respetuoso de los protocolos. Además en el viaje incurriría en gastos que debía tener autorizados, otro requisito suizo.

El Cardenal lo escuchó atentamente; no le gustaban las decisiones imprevistas pero tenía gran confianza en el criterio de su jefe de inteligencia. Finalmente dijo.

"Bien, de acuerdo, pero no me gusta que vayas solo. Dile a Fritz o a algún otro de tus Guardias que viaje hacia allá."

"Gracias Su Eminencia. No hace falta. Me puedo cuidar sólo. Además, tanto Eichenberg como Gherardi son intelectuales, no gente de armas."

"Pero podrían no estar solos. Recuerda a esos dos que se balearon con tus hombres en la ermita de la Vírgen Negra. Esa mujer era sumamente peligrosa."

Fischer quiso cortar la discusión sin desairar al Cardenal. Cambió el tema.

"Su Eminencia.¿Autoriza el gasto de mi viaje a Acre?"

"Si, Hans, pero insisto en que te cuides." Esta era una frase retórica; raramente el cardenal se oponía a un pedido de Fischer.

Wolfram von Eichenberg y Corrado Gherardi viajaban en el veloz tren a Acre con vestimentas y equipo que los harian pasar fácilmente como arqueólogos, un disfraz muy aduado para su tarea. Al día siguiente se unirían a ellos Lakhsmi Dhawan y Jerome Watkins. No querían ir todos juntos para no alertar sospechas.

"¿Cuanto dura el viaje a Acre.?" Preguntó Wolfram.

"Una hora y media."

"Trataré de dormir un poco. En el vuelo de venida de Nueva York a tel Aviv me costó dormir, y cuando lo hice, ya el avión estaba llegando a su destino."

Cuando su compañero de viaje se durmió, Corrado Gherardi sacó de su mochila un libro de historia sobre las Cruzadas, y también un folleto turistico sobre Acre. Quería informarse todo lo posible sobre las ruinas del temible castillo Templario que había sido arrasado por los mamalucos y sobre la intrincada red de túneles que interconectaban todas las instalaciones de los Cruzados, parte de las cuales no habían sido descubiertas por los invasores musulmanes.

Acre templarios
Hans Fischer va a Acre. Prisionero de Jrome. Corrado le muestra PC con deep internet. Pedofilia. Prsonaje "Cazador": Su Eminencia, pero no se dice
Carcassone Montsegur
Antiguos creyentes rusos
Taiga Siberia
Nick suelta reindas del caballo y....¿?
Travel far and wide

Capítulo 37

Cuando en 1187 los musulmanes comandados por Salah Al-Din conquistaron la ciudad de Jerusalén arrebatándosela a los Cruzados, los Templarios, que habían perdido su central en el Monte del Templo de la ciudad santa, construyeron su nuevo cuartel general en Acre, en el sector sudoeste de la ciudad.

Aquí edificaron la fortaleza templaria, la más importante del Reino y que llegaba hasta la línea del Mar Mediterráneo. Esta fortaleza tuvo un rol esencial durante la Tercera Cruzada.

La entrada del castillo estaba protegida por dos poderosas torres de 28 pies de grosor. Otras dos torres menores completaban la muralla, y cada torre estaba coronada por un león dorado.

Las torres fueron destruídas cuando la ciudad de Acre cayó también en menos de los mamelucos de Egipto.

Un túnel subterráneo de considerable longitud conectaba el puerto, situado en el este de la ciudad, con con la fortaleza templaria, que como se explicó se hallaba en el oeste, pasando por debajo del barrio de los comerciantes de la ciudad italiana de Pisa, establecidos en Acre. El propósito del túnel era poder llevar en forma segura y sigilosa elementos valiosos desembarcados en el puerto al centro de comando de la Órden, sin pasar por las callejuelas de la ciudad y sin ser vista por potenciales saqueadores. La parte inferior del túnel estaba excavada en la roca, y la parte superior estaba cubierta por rocas talladas cubiertas de una cúpula.

El túnel fue descubierto en 1994 por los israelíes, y la Agencia de Desarrollo de Acre lo limpió de escombros y tierra y lo abrió al público en dos tramos finalizando en 2007.

Lo que se ha podido determinar el que dicha construcción subterránea tenía un fin estratégico permitiendo circular a través de ella a las mercancías más valiosas de los templarios.

La leyenda siempre insistió que el túnel era en realidad parte de una red bajo tierra, que se extendía por todo el barrio templario y que incluía el centro de comando de la Órden en Tierra Santa, donde se escondía el tesoro de la misma, consistente en oro...y el Cáliz Sagrado. Esta leyenda pues, compite con otras versiones que insisten en ubicar la reliquia en Europa y aún en América.

Según la leyenda, la mayor parte de las instalaciones del mencionado centro de comando aún no fueron halladas. En particular seguiría aún oculta la Torre del Tesoro, sepultada por toneladas de tierra y rocas. No se sabe si el oro de los templarios y las reliquias sagradas fueron evacuadas al huir de Acre o si se hallan aún en su refugio subterráneo.

En su deseo de no llamar la atención Lakshmi, Jerome, Corrado y Wolfram se habían alojado en un hotel sencillo de la ciudad, y estaban preparando su primera salida con el objeto de encontrarse con el Dr. Jacob Efron, un arqueólogo israelí, a quien habían pedido que fuera su guía.

Alquilaron un viejo auto para poder movilizarse libremente por la ciudad a toda hora. Guiados por el GPS llegaron al sitio indicado por Efron que resultó hallarse en medio de un depósito de objetos abandonados, de salubridad bastante dudosa. Allí, parado en el medio de la calle desierta, vieron a un hombre de unos 55 años que les hizo señales.

"¿El Dr. Efron?" Preguntó innecesariamente Jerome.

Ante la respuesta afirmativa el americano procedió a realizar las presentaciones; cuando llegó el turno de presentar a Wolfram, el israelí se vió sorprendido.

"¡Ah.Dr. von Eichenberg! He leído sus trabajos sobre la ciudad perdida de Angkor Vat, en Camboya."

Los dos eruditos se trabaron en una discusión en la cual perdieron la noción del tiempo, por lo cual Watkins tosió ligeramente para traerlos nuevamente a la realidad, justo antes de que Corrado se sumara a la discusión.

"¡Ah, sí! Perdón. Lo que pasa es que no nos encontramos con mucha frecuencia con gente con quienes compartimos tantos intereses." Dijo Efron. "Por favor, síganme."

El hombre se dirigió al muro que se hallaba detrás de la pila de basura y llegó hasta un portón que apenas se distinguía del resto de la pared; extrajo un manojo de llaves de su bolsillo y abrió una antigua cerradura. Los goznes oxidados de la puerta, que era metálica, chirriaron al abrirse.

El hombre avanzó y los cuatro viajeros se asomaron a un sitio cuya total oscuridad apenas estaba iluminada por la linterna de Efron. A poca distancia se hallaba una escalera de madera de muchos peldaños, y más allá el haz de luz reveló un espacio de grandes dimensiones y considerable altura. Todos encendieron sus lámparas y comenzaron a avanzar tras los pasos de Jacob.

"¿Puedo sacar fotos y filmar aquí adentro?" Preguntó Wolfram al guía.

"Por supuesto."

El camino avanzaba entre grandes arcos de mampostería y robustas columnas, todas construídas con ladrillos de piedra mucho más grandes que los usados en la actualidad. Por todos lados se abrían caminos laterales y salas, todos de gran tamaño y mucha altura, y todos completamente vacíos. Al iluminar de cerca los muros se podían notar incisiones hechas con cinceles en forma de cruces, triángulos invertidos y otras figuras geométricas enigmáticas.

"¿Qué representan estas marcas en los muros?" Preguntó Lakshmi.

"Nadie lo sabe con exactitud. Supongo que dependía de la voluntad de quien las hacía."

"¿Cuánto tiempo estuvieron los templarios en este sitio antes de que los expulsaran los Mamelucos." Preguntó Jerome. La respuesta vino de Corrado.

"Doscientos años."

"¿Qué hay arriba de esta construcción?" Inquirió Lakshmi.

"Otra iglesia actual, construída sobre estas ruinas." Respondió Jacob.

Los pasillos comenzaron a volverse más pequeños, al ir pasando de las salas principales del centro de comando de los templarios a otras habitaciones más reducidas.

"Algunas de estas habitaciones eran dormitorios individuales para los caballeros, o colectivas para los sargentos y otros miembros de tropa." Informó el israelí.

De pronto accedieron a unos enormes espacios conectados entre si.

"Estos eran tanques de agua, imprescindibles para beber, lavarse y otros usos."

El aire se tornaba un poco enrarecido a medida que se internaban en el laberinto de pasillos, y la temperatura era muy elevada lo que les hacía sudar copiosamente. En un momento Lakshmi sugirió.

"¿Podemos descansar un momento? Me gustaría sacarme alguna ropa."

Todos se quitaron prendas de abrigo y aprovecharon para beber agua.

"Es increíble que estos caballeros templarios, algunos de los cuales eran nobles en Europa y habían nacido en castillos y palacios, hayan venido a vivir en este sitio en medio de un desierto, con un clima al que no estaban acostumbrados, con tan pocas comodidades y rodeados de enemigos." Exclamó asombrada la mujer.

"No olvides que eran por un lado monjes, que habían hecho votos de pobreza y castidad. Por otro lado eran guerreros, que habían jurado morir por la fe." Respondió Corrado.

"Hoy los consideraríamos unos fanáticos religiosos." Añadió Jerome.

"Es imposible juzgarlos con los valores éticos y culturales de hoy. Es difícil entender cual era la perspectiva de la vida hace 800 años." Contestó Efron. Luego agregó.

"¿Ustedes no son verdaderamente arqueólogos? ¿No es verdad?"

Wolfram asintió en silencio.

"Pero tampoco parecen ser buscadores del oro templario, como ha habido tantos." Volvió a preguntar.

Un nuevo silencio que confirmaba las sospechas del israelí.

"¿Puedo suponer que están en busca del Santo Grial?"

Jerome tuvo a su cargo la respuesta.

"Sí así fuera, ¿Que podría usted informarnos al respecto?"

Capítulo 38

Ante la pregunta de Jerome, Efron se rascó la barba de varios días que usaba y contestó.

"¿Qué es lo que quisieran saber?"

"Si tiene usted idea si el Santo Grial se encuentra o se ha encontrado en Acre, más precisamente en estas ruinas subterráneas."

Nuevamente el israelí tomó una postura medidativa y luego, como decidiéndose a confiar en sus interlocutores, dijo.

"Todo arqueólogo que trabaje en Israel y en Medio Oriente en general se ha preguntado sobre el destino de la más famosa reliquia del planeta. Lo he consultado con numerosos colegas y la mayoría compartimos la opinión que les voy a explicar ahora.

"Es un hecho generalmente aceptado que los templarios conservaban en su cuartel del Templo el Monte en Jerusalén un objeto que ellos consideraban como el auténtico Cáliz en que Cristo dio de beber a sus discípulos en la Última Cena, y en el que se recogió su sangre en la Cruz.

"Cuando los sarracenos tomaron Jerusalén, los Cruzados tenían dos opciones. Una era enviar el Grial a Europa y alejarlo de los combates en Palestina. Sin embargo no es seguro que los templarios tuviesen ya listo en ese momento un refugio suficientemente seguro en Francia o en otro sitio en Europa para guardarlo, y apartarlo de la codicia de los reyes cristianos y de la misma Iglesia.

"La otra posibilidad era precisamente traerlo a Acre, donde habían construido una fortaleza formidable a que debían considerar adecuada para la reliquia. Casi todos mis colegas creen que fue esto lo que hicieron, y que entonces el Grial fue depositado en el centro de comando templario en esta ciudad. De modo que la respuesta es: lomás probable es que el Santo Grial se haya encontrado en aquella época en Acre, y precisamente en estas salas, que por aquel entonces no eran subterráneas, ya que fueron tapadas luego con tierra de siglos y las nuevas construcciones. Otra posibilidad es que lo hubieran guardado en la red de túneles que recorría el barrio templario, que en aquella época sí era subterránea.

"Lo que es una incógnita es lo que ocurrió tras la caída de Acre en manos de los mamelucos de Egipto. ¿Pudieron los templarios en fuga rescatar su mayor reliquia y ponerla a salvo en Europa? ¿O se halla aún en las ruinas que ahora son subterráneas?"

"Cuál es su opinión?" Preguntó ansioso Wolfram.

"La verdad es que no lo sé. En las partes de la fortaleza y de los túneles que se han excavado en los siglos XX y XXI no se ha hallado indicios del Grial. Yo los he recorrido muchas veces y no los he visto. Pero quedan muchas partes de la red de túneles que aún no han sido descubiertas ni excavadas."

"¿Jacob, sería posible que nosotros cuatro recorriéramos las ruina conocidas y hacer nuestra propia búsqueda?" Preguntó Corrado.

Nuevamente Efron dudó y se rascó su barba como interrogándola sobre la decisión a tomar.

"Pienso que puedo confiarles una copia de la llave para que ustedes puedan regresar mañana y hacer su búsqueda. Por supuesto se hacen responsables de la llave y de la seguridad y privacidad de estas ruinas, que son Partimonio de la Humanidad."

Una vez arribado al aeropuerto de Tel Aviv, Hans Fischer tomó contacto con miembros de la Órden de Acción Divina en la ciudad, que le explicaron los pasos que debería dar en Acre, le proporcionaron la dirección de los agentes en esa ciudad, y ante una pregunta del suizo le respondieron.

"Esta gente le dará el arma que necesite."

Fischer era básicamente un hombre del área de inteligencia y no gustaba mucho de las armas, pero era un militar y sabía usarlas.

Inmediatamente tomó el tren para Acre, aprovechando el corto trecho para dormir antes de ponerse en acción.

Una vez llegado a Are, buscó inmediatamente la dirección que le habían dado sus contactos en Jerusalén. Se trataba de un negocio de venta de libros usados en diferentes idiomas, y la persona que le atendió al trasponer la puerta era el agente al que debía buscar. El hombre lo hizo pasar a la parte posterior de la tienda y allí tuvieron una breve conversación. El librero le entregó una pistola Sig Sauer de alto calibre y una cantidad de munición.

"Supongo que va a necesitar que lo acompañe hasta la entrada a los túneles." Le preguntó.

"Sí, no conozco la ciudad y no estaré aquí mucho tiempo." Respondió Fischer.

"Bien. Vuelva a este sitio después de las 7 p.m. Lo llevaré hasta una entrada que se halla no muy lejos de aquí. Quiero ir cuando no haya mucha gente en las calles para no llamar la atención."

Fischer se retiró con una sensación desagradable en el estómago. En sus actividades relacionadas con la inteligencia del Vaticano tenía habitualmente tratos con personajes poco recomendables, pero desde que se había hecho cargo de esta tarea a pedido del Cardenal, sólo se conectaba con elementos indesebles, como era el caso de Bernal y de este librero.

Se duchó y se acostó un rato a descansar, aunque cayó profundamente dormido hasta que la alarma de su celular lo despertó.

Se acercó nuevamente a la librería y desde afuera vio que el dueño estaba próximo a cerrar el negocio. El hombre le hizo una seña indicándole un automóvil estacionado en le vereda de enfrente y ambos entraron en él.

Tal como el librero había afirmado, el trayecto fue corto, y pronto se detuvo frente a un negocio con aspecto de haber estado abandonado por años.

"Sìgame." Dijo el contacto, y se dirigió directamente a la desvencijada puerta de la tienda, sacó un manojo de llaves y procedió a abrirla. Fischer se sorprendió al ver que la puerta era de gruesa chapa metálica, y que las llaves eran de precisión, signo evidente que la tienda presumiblemente abandonada no lo era en realidad.

Ambos caminaron a través de habitaciones semi-derruídas hasta llegar al fondo del predio. Allí, cubierta por muebles abandonados había una nueva puerta que el librero abrió también. Luego le dijo.

"Esta es la puerta a un mundo desconocido para la mayor parte de la gente, y aún por las autoridades de Acre."

"¿Esta puerta lleva a la red de túneles debajo de la ciudad moderna?" Inquirió Fischer.

"Así es."

"¿Usted me va a acompañar a entrar?"

"No, no quiero mezclarme en sus asuntos. Le entregaré copia de las llaves de la tienda y de esta puerta, y unos planos dibujados a mano mostrando los túneles, al menos los que conozco yo. Le recomiendo que vuelva mañana con ropa adecuada y traiga lintrnas y abundante agua pues en los túnles hace calor."

De esta manera, el destino iba haciendo converger a sus criaturas en un tejido cada vez más compacto.

Capítulo 39

Se habían despertado temprano y desayunado rápidamente en la cafetería del hotel. Luego se montaron en el automóvil alquilado, y guiados por el GPS se dirigieron al depósito de chatarra donde Jacob Efron les había mostrado la puerta que conducía al universo subterráneo de Acre.

Jerome abrió la puerta de metal, todos encendieon sus antorchas y penetraron en el misterioso submundo que se abría frente a ellos. Como el israelí les había dado un plano dibujado a mano indicando las habitaciones y salas cubiertas por escombros y los segmentos de pasillos conocidos por él. Ya habían convenido que recorrerían la red en un cierto sentido antihorario para no perderse e irían tachando en el plano los sectores visitados. Mientras avanzaban iban examinando prolijamente las paredes en busca de posibles señales que les dieran pistas, pero los trazados geométricos hechos a punta de cincel en épocas pasadas eran difíciles de interpretar. Las horas transcurrieron y a menudo debían hacer un alto para rehidratarse y descansar. Al menos los espacios eran amplios, no faltaba aire y podían desplazarse con comodidad.

"Me parece que nos estamos acercando a las ruinas de las torres principales de la fortaleza, que se encuentran a orillas del mar." Dijo Wolfram.

"En ese caso es posible que haya una interrupción en el camino, de lo contrario el agua de mar entraría con las mareas altas." Contestó Corrado.

Efectivamente en un momento determinado la sucesión de salas y habitaciones estaba cerrada al paso. Jerome, que tenía buen oído dijo.

"Del otro lado creo oir un sonido rítmico, algo así como el batido de las olas del mar contra la costa."

"En ese caso conviene regresar sobre nuestros pasos, pues significa que hemos llegado al final de este camino." Argumentó Lakshmi.

Llevando una antorcha en una mano y el plano en la otra Hans Fischer avanzaba con precisión suiza. No prestaba especial atención a las señales que pudieran hallarse en los desiertos pasillos, porque él en realidad no estaba tras la pista del Santo Grial, sino sobre la de sus buscadores. La suya no era en verdad la búsqueda de un tesoro sino una cacería humana. En realidad deseaba hallar a los miembros de esa Comunidad Bluthund pero al mismo tiempo tenía temor de hacerlo, pues no sabría como proceder para frenarlos... el Coronel Hans Fischer, jefe de inteligencia de la Guardia Suiza, no era Bernal, no iba a disparar sobre unos intrusos desprevenidos.

En el aeropuerto JFK de Nueva York, Zhi, Taro Suzuki, Jack Berglund, Mike Turgenev y Nick Lafleur estaban esperando para abordar el vuelo de United con conexión a Marsella, con un tiempo de vuelo de más de 10 horas. Taro y Zhi se habían ido a un sitio apartado del ajetreo y se hallaban realizando ejercicios Zen de respiración y concentración guiados por el maestro, y pronto Nick se sumó a ellos.

Mientras tanto Jack y Mike habían descubierto intereses comunes en una serie de temas tales como la cartografía, las motocicletas y las armas de fuego.

Bernal y sus hombres llegaron a Carcassone, una antigua ciudad medieval situada en medio de lo que fue la zona de influencia de los cátaros hasta su desaparición de la escena, al menos pública, por la persecución de la Inquisición durante y después de la Cruzada contra los Albigenses o cátaros.

Como eran diez en total venían en tres autos, y para tratar de minimizar su visibilidad en una ciudad pequeña, se alojaron en tres hoteles distintos. Con sus trajes oscuros, su aspecto físico y sus semblantes temibles, no podían evitar llamar la atención de la gente con que se cruzaban, de modo que decidieron reunirse en un región de campo algo alejada de la ciudad. Bernal los hizo esperar mientras el iba a la zona urbana a reunirse con el contacto que el Cardenal le había proporcionado en Carcassone. Regresó una hora más tarde.

"Y bien, jefe ¿que novedades nos trae?"

"Hay que recoger datos en tres ciudades, Carcassone, Albi y Montsegur, que fueron los centros del movimiento cátaro. Vamos a dividirnos para no llamar tanto la atención. Además debemos vestirnos como turistas, mezclarnos con el medio ambiente y sobre todo disimular las armas."

A continuación dividió a sus hombres, y tomó la decisión de que otros dos lo acompañaran a Montsegur. Los tres grupos se mantendrían en contacto constante y se reunirían a más tardar en diez días para compartir sus informaciones.

A continuación Bernal se apartó para hacer una llamada para informar sus planes.

"Hola, Su Eminencia Reverendísima, soy Bernal. Ahora estoy en Carcassone..."

Al llegar cerca del mar, retomaron su recorrido en sentido inverso, explorando espacios no vistos antes. En un momento se encontraron en una zona donde no era fácil determinar si se trataba de partes situadas debajo del antiguo castillo que habían sido cubiertas en tiempos posteriores a la destrucción del mismo por escombros, o si eran segmentos de la antigua red de pasadizos subterráneos que habían sido excavadas en la profundidad de la tierra por los templarios.

Tras andar un trecho en esa zona Corrado observó.

"Allí, en esa zona de pared. ¿No notan algo raro, distinto?"

En efecto, aunque había continuidad en el muro, parecía que hubiera una costura rectangular, con un cordón que separaba lo que estaba dentro del rectángulo de lo externo; había continuidad en el muro, pero no en los ladrillos de piedra de adentro y afuera de la figura.

"Parece que hubiera habido una abertura allí, que luego fue sellada con ladrillos y tierra." Dijo Jerome.

A continuación dejó su mochila en el piso y extrajo de ella una barreta de hierro aguzada en sus extremos, luego tomó una maza.

"Veo que has venido preparado." Dijo Wolfram.

"Sí, y he tenido que cargar este peso todo el tiempo."Contestó el americano.

Los golpes de maza sobre la barreta repercutieron por los túneles repetidos por el eco. La cuña de metal se introdujo en la costura de la pared, haciendo una hendedura que se fue ampliando con el tiempo. Al cabo de veinte minutos Corrado reemplazó al americano exhibiendo una gran fuerza en su brazo diestro y haciendo saltar partículas de roca mientras evitaba que las proyecciones le impactaran en sus ojos.

El entusiasmo de los exploradores iba en aumento al evidenciarse que estaban frente a una antigua abertura no explorada previamente por los arqueólogos. Wolfram reemplazó a su vez a Nick evidenciando una fuerza inesperada.

"Mientras ustedes exploran ese sitio yo me aparto y regreso en unos momentos."Dijo Lakshmi.

Wolfram miró interrogativamente a Jerome, quien sonrió y dijo.

"Razones biológicas."

Al cabo de un rato Jerome debió volver al trabajo de picapiedras mientras los demás se hidrataban luego del esfuerzo.

En un momento Jerome dejó de percutir para limpiarse el sudor del rostro. Iba a hacer algún comentario cuando una voz imperativa tronó de entre las sombras.

"¡Suelte la maza y la barra de hierro y déjelos en el suelo! Todos con las manos en alto! No hagan ningún movimiento sospechoso porque tengo una pistola Sig Sauer en la mano y a esta distancia no puedo fallar."

Capítulo 40

Hans Fischer había estado vagando sin rumbo por la red de pasillos subterráneos de Acre, confiando en encontrar alguna pista que lo llevara hasta los miembros de la Comunidad Bluthund, si es que ellos se encontraban en ese laberinto. Conocía las personalidades de Corrado Gherardi y de Wolfran von Eichenberg porque se hallaban en los archivos de inteligencia del Vaticano, a los que tenía acceso.

Ya había estado horas vagando sin cesar por los pasadizos y estaba desesperando de hallar algún vestigio de sus presas; además el encierro y el aire viciado, acompañados de la soledad, estaban ocasionándole un estado de agitación producto de la ansiedad. Por otro lado, en el fondo no deseaba verse en la situación de enfrentar a los perseguidos con las armas.

En ese estado se hallaba cuando el sistema de túneles llevó a sus oídos el eco de los golpes de maza aplicados por Jerome sobre la pared del pasillo. Guiándose por el ruido se acercó a su fuente y luego de unos diez minutos tuvo delante de él un espacio iluminado por varias antorchas eléctricas y visualizó a los hombres trabajando en el muro. Creyó reconocer, a pesar de la distancia, a Corrado Gherardi y Wolfram von Eichenberg, a quienes conocía por las fotos incluidas en el legajo de inteligencia.

Sigilosamente extrajo su pistola de la cartuchera y hallándose aún en las sombras pronunció su frase.

" Todos con las manos en alto! No hagan ningún movimiento sospechoso."

Sorprendidos, los hombres alzaron sus manos mientras Jerome dejaba caer al suelo las herramientas. No podían aun ver al que los amenazaba, pero no tenían razón para dudar del hecho que se hallara armado.

"Hagan lo que dice." Susurró Watkins.

"Pónganse de rodillas con los brazos en alto." Ordenó el recién llegado.

Una vez que lo hubieron obedecido dio un paso al frente quedando iluminado por las antorchas.

"¿Quién es usted?" Preguntó Wolfram en tono imperioso.

"Si me permite, Dr. Eichenberg, las preguntas las hago yo." Respondió el hombre armado.

"¿Cómo sabe mi nombre? ¿De dónde nos conocemos?"

"Nunca nos hemos visto." Reconoció Fischer. Luego, decidió dar un giro a la conversación y preguntó en tono firme.

"¿Qué es ese sitio que están excavando? ¿De dónde obtuvieron la información de su ubicación?"

"No hay ninguna información, no sabemos que hay en ese lugar. Solo vimos que los ladrillos de la pared presentan una discontinuidad y decidimos investigar que hay detrás."

Fischer evaluó la respuesta del italiano y le pareció congruente con lo que veía. Dijo.

"Usted es Corrado Gherardi, el ex sacerdote jesuita. ¿No es verdad?"

"Parece que tiene mucha información sobre nosotros, lo que le da una ventaja. ¿Porque no se presenta?" Dijo Jerome.

"La ventaja me la da esta pistola en mi mano." Replicó el recién llegado, y agregó.

"Hasta qué punto han llegado en la búsqueda del Santo Grial?"

En ese momento se desencadenaron las acciones. Hans Fischer oyó un click proveniente de detrás de su cabeza y de pronto sintió un objeto duro apoyado en su nuca, en lo que inmediatamente reconoció era el cañón de una pistola. Luego oyó una voz femenina pero imperiosa.

"Suelte su pistola ya. No voy a repetirlo."

Lakshmi Dhawan se había retirado un rato antes del lugar donde estaban trabajando su camaradas en el muro para satisfacer ciertas necesidades, y luego se había distraído con ciertas marcas cinceladas en la pared que había visualizado. De repente oyó una conversación proveniente del sitio donde había dejado a los compañeros, y dedujo que su tono no era amistoso.

"Es su turno de ponerse de rodillas." Gritó Lakshmi.

Jerome se puso de pie, dio un paso y de un puntapié alejó el arma del recién llegado, luego en un gesto de alivio besó a la mujer en la mejilla ante las miradas sorprendidas de sus compañeros. Luego se dirigió al hombre y le ordenó.

"Déme su chaqueta."

Al recibirla la extendió a Corrado que comenzó a revisar sus bolsillos. El italiano extrajo algo y exclamó con sorpresa.

"¿Qué ocurre?" Inquirió Wolfram.

" Este sujeto se llama Hans Fischer. Según el pasaporte suizo es un Coronel del Ejército de ese país. Según este otro documento del Vaticano se trata de un oficial de alto rango de la Guardia Suiza?"

Wolfram quedó asombrado por la revelación y preguntó casi gritando.

"¿Qué está haciendo un jefe de la Guardia Suiza en esta caverna?"

Luego de conversarlo en voz baja con Corrado, Jerome pidió a Lakshmi y Wolfram.

"Por favor déjennos solos a Corrado y a mí con este Coronel suizo. Vamos a interrogarlo."

La mujer reaccionó vivamente.

"¿No pensarás en torturarlo?"

"¿Quién crees que soy?"

"Déjame que al menos voy a esposarlo."

"¿Tienes un par de esposas?" Preguntó Jerome asombrado.

"Solo un precinto plástico, muy efectivo aunque un tanto doloroso."

La reunión a solas de los tres hombres duró más de una hora. Jerome había estado en Irak y era un experto en interrogatorios usando herramientas psicológicas, tratando de quebrantar la voluntad del prisionero. Encontró que el Coronel Fischer era un hueso duro de roer. Finalmente le narró el episodio ocurrido en la Ermita de la Vírgen Negra, cerca del Monasterio de Montserrat, en Cataluña.

"...esos criminales nos ametrallaron sin piedad. La mujer que hoy usted ve aquí y yo salvamos la vida de milagro. Y esos sicarios responden al mismo jefe que hoy lo ha enviado a usted a Acre."

Fischer lucía agotado y desfalleciente, Watkins sabía que debía apretar las clavijas en ese momento.

"¿Cómo es que un Coronel del Ejército suizo y un jefe de la Guardia del Vaticano está trabajando para un verdadero mafioso que ordena asesinatos por encargo?"

Fischer gimió.

"¡No puede ser! Su Eminencia jamás habría..."

Al oir esas palabras Watkins y Gherardi se miraron. El último susurró al oído de su camarada.

"Déjame seguir esto a mí. Este es territorio que yo conozco mejor."

Una hora más tarde Jerome y Corrado llamaron a los otros dos colegas. Fischer lucía abatido pero no herido ni golpeado.

"¿Han obtenido alguna confesión de quien ha enviado a este hombre tras nuestros pasos?" Preguntó Lakshmi.

"Así es. Y debo confesar que no salgo de mi asombro." Respondió el italiano.

"¿Entonces ahora sabemos contra quien nos estamos enfrentando?" Inquirió Wolfram.

"Eso es precisamente lo que hemos aprendido en la ciudad subterránea de Acre."

Capítulo 41

Capítulo 41 Mientras Lakshmi controlaba a Fischer, quien estaba sentado en el suelo con las manos esposadas detrás de su cuerpo, Jerome, Wolfram y Corrado se encontraban por separado planificando los pasos a dar con la nueva situación que había surgido con la aparición de la Guardia Suiza. Particularmente problemática fue la cuestión de qué hacer con el prisionero. Habiendo descartado las posibilidades de abandonarlo a su suerte, amarrado en los túneles o peor aún, quedaba la pregunta de cómo llevarlo a la superficie y luego qué hacer con él. Finalmente dijo Corrado. "Tengo un plan concreto, pero debes confiar en mí". Y luego explicó de qué se trataba su idea. Estaba oscureciendo cuando Lakshmi, Jerome, Wolfram, Corrado y Fischer, este último esposado, regresaron a la superficie. Nadie pasaba por el lugar, por lo que podían estar seguros de que no serían vistos. El auto que habían alquilado estaba cerca de la puerta detrás del depósito de chatarra, y todos se subieron a él, bastante incómodos con el espacio limitado para cinco adultos. Antes de subir al vehículo, Corrado marcó el número de teléfono celular de Jacob Efron y comenzó preguntándole. "¿Tienes Internet en tu casa?" "¿Sí, por supuesto?" "¿También wifi?" "Sí." "Está bien, ahora escucha con atención." El italiano luego explicó cuidadosamente el plan propuesto. Ante la previsible reacción negativa del israelí, basada en no tener el deseo de involucrarse en espinosos asuntos extranjeros, el ex jesuita desplegó todo su poder de convicción, que estaba relacionado con su anterior condición eclesiástica, hasta que logró una reacia aprobación por parte de Efron. Gherardi finalmente le preguntó por la dirección de su casa en Acre. Ya estaba bastante oscuro cuando cinco figuras salieron de un automóvil estacionado frente a una casa de clase media en la nueva ciudad. La puerta se abrió antes de que sonara el timbre, mostrando que los estaban esperando. La falta de luz externa hizo imposible ver que una de las figuras tenía las manos esposadas y los ojos vendados. El dueño de la casa condujo al contingente de recién llegados a una gran sala que sin duda alguna funcionaba como oficina, con un importante equipo de comunicación. No intercambiaron una palabra hasta que el anfitrión se retiró y cerró la puerta de la oficina. En ese momento Jerome procedió a cortar el plástico que ataba las manos del prisionero con una navaja, y Lakshmi le quitó la venda de los ojos. Fischer se frotó los ojos, deslumbrado por la luz del salón después de haber estado vendado durante varias horas; luego se frotó las muñecas, doloridas y marcadas por las esposas. Corrado Gherardi abrió una computadora portátil que había traído y se conectó a Internet usando el Wi-Fi del sitio. Estuvo buscando direcciones durante mucho tiempo hasta que dijo. "¡Aquí lo tienes!" "¿De qué se trata?" Preguntó Jerome. "Estoy navegando por la deep web, la deep internet". La llamada Deep Web, la web invisible u oculta, es la parte de la World Wide Web (WWW) a la que no pueden acceder los motores de búsqueda estándar. Solo se puede acceder a su contenido conociendo la URL o la dirección IP del sitio que se busca y ...

...
generalmente requiere contraseñas y otras medidas de seguridad adicionales. En 2009 comenzó a denominarse la web oscura o red oscura por su uso en actividades ilegales o directamente delictivas, incluido el tráfico de drogas, armas y personas, documentos de identidad falsos y pornografía infantil. Al escuchar la frase de Corrado, Hans Fischer frunció el ceño y dijo. "¿Red profunda? ¿Qué tiene eso que ver conmigo?" Era la primera vez que hablaba desde que lo llevaron a este lugar. "Pronto lo verás." respondió Gherardi mientras continuaba su búsqueda. Por fin exclamó. "¡Aquí está! Acérquese coronel." "¿Qué quieres mostrarme?" El tono de Fischer era incómodo y molesto. "Mirar de cerca." "¿Qué demonios es eso?" "Es un sitio utilizado por pedófilos para compartir, comprar y vender pornografía infantil". Lakshmi, que también estaba contemplando,

dijo. "¡Maldita sea! Es repugnante." El suizo finalmente estalló. "¿Por qué diablos me estás mostrando toda esta mierda?" Corrado se centró en las fotos de niños compartidas por un pedófilo llamado Joker. "¿Quién es este Joker?" Gritó Fischer. Alguien a quien usted, coronel, conoce muy bien. El gesto del suizo demostró que estaba completamente fuera de control. "¿Cómo te atreves? ¿A quién te refieres?" "¿Al hombre que hizo que estuvieras aquí hoy?" Aunque todavía estaba en la etapa de negación, Hans Fisher fue golpeado con toda su fuerza; sujetándose la cabeza, se dejó caer en una silla. "Eso no puede ser cierto. Su Eminencia ..." "Lamento decepcionarlo, coronel, pero su jefe es conocido por todos los investigadores europeos que están tras la pista de los pedófilos más influyentes. No han podido ponerle las manos encima porque está protegido detrás de la frontera del Vaticano, custodiado y protegido por la Gendarmería del Vaticano y por la Guardia Suiza ... protegido por usted, Coronel Fischer. " El militar estaba en shock. Jerome se acercó a Gherardi y le apretó el brazo como recomendación para aliviar la presión sobre el prisionero. Empáticamente, Lakshmi se acercó y puso una mano sobre el hombro del prisionero. Gherardi se apartó del portátil y luego le dijo en voz baja a Fischer. "Lamento mi rudeza, no había otra forma de abrir los ojos". Von Eichenberg miró a sus compañeros y, ante su asentimiento, procedió a contárselo a Fischer. "Coronel, nos damos cuenta de que en el fondo ha sido una víctima más de las maquinaciones de su jefe, el Cardenal. ¿Jura por su honor que nunca tomará las armas contra la comunidad de Bluthund?" Fischer asintió en silencio. "En ese caso, te dejaremos ir en libertad". Todos suspiraron aliviados al sentir que una situación que se había vuelto dramática unas horas antes podía terminar sin derramamiento de sangre. Corrado fue a buscar a Jacob Efron, quien al entrar en la habitación y ver al preso libre y con los ojos sin venda se alarmó. "No se preocupe profesor." Jerome Watkins le dijo. "Hoy más de una venda ha caído de los ojos del coronel Fischer". Añadió Wolfram.

"Cuando esta noche trajimos a nuestro prisionero a tu casa, todavía era un oponente peligroso. Ahora es hombre derrotado y destruido ". En el aeropuerto de Tel Aviv, cuatro cansados pasajeros alternaron momentos de sueño con paseos para estirar las piernas. Lakshmi se acercó a Wolfram y Corrado Gherardi con una mirada de intriga en su rostro. "El día ha terminado bien en comparación con el día en que Jerónimo y yo estábamos en el Monasterio de Montserrat, pero ¿qué conclusión podemos sacar de la búsqueda del Santo Grial en los túneles de Acre?"

Wolfram se rascó la barbilla en un gesto meditativo, luego expresó. "No hemos encontrado pistas de ello, pero no podemos asegurar que el Cáliz no se encuentre en algún lugar de la antigua fortaleza templaria de San Juan de Acre. Solo podemos decir con certeza que no es accesible, y que solo las generaciones futuras, cuando el resto de túneles sean excavados mediante grandes obras de ingeniería, podrán dar una respuesta definitiva a esa pregunta. "

Capítulo 42

Habían volado a Toulouse, en el sur de Francia. Como se trataba de un grupo de cinco personas, decidieron alquilar una camioneta espaciosa que les permitiría llevar todo su equipaje.

Un contacto de la Comunidad Bluthund en Toulouse les proporcionó armas de fuego y les dio instrucciones sobre sus objetivos. Jack condujo por la autopista A61 hacia la ciudad medieval de Carcassonne. Llegaron a las 7 de la tarde. y el estadounidense comprobó que Zhi, Nick y Mike se habían quedado dormidos, de modo que solo Taro estaba despierto. Se alojaron en un hotel que les recomendaron ya que estaban en Toulouse, e inmediatamente fueron a cenar a un bistrot que aún estaba abierto. Cuando Jack regresó, telefoneó a Richardson, calculando que debido a la diferencia horaria todavía lo encontraría en la oficina. En la charla el inglés lo puso al día de las novedades del grupo que trabaja en Acre. Cuando dejó su maleta en la habitación, Nick bajó las escaleras al vestíbulo del hotel y comenzó a hojear distraídamente los folletos turísticos colgados en un mostrador, sobre todo uno del aeropuerto local. El joven se sorprendió por el nombre que se le dio a la estación aérea: Carcassone en Pays Cathare, ya que la última parte del mismo se refería al motivo de su estadía en la ciudad. Tomó de la exhibición varios folletos sobre recorridos por la ciudad medieval de Carcasona y el centro histórico, y en particular un folleto intrigante sobre la tradición cátara en la región. Se llevó todo esto a su habitación y comenzó a leer con avidez. El material de lectura recordó las enseñanzas de su abuelo en Quebec quince años antes. En el siglo XIX, los Lafleurs habían emigrado a Quebec, Canadá francófono. El abuelo Pierre Lafleur estaba muy apegado a las tradiciones históricas y lingüísticas del Languedoc de donde procedían sus antepasados. Nick era su nieto favorito y el abuelo le había transmitido no solo anécdotas familiares, sino también la remota historia de la familia desde el siglo XIII en adelante, y también le había enseñado algo del dialecto occitano que se habla en la zona. Fue Pierre quien le contó la terrible historia de esa parte del Midi francés. Esas historias se remontan a la época de la llamada Santa Inquisición. El pueblo cátaro era una rama disidente del cristianismo que profesaba una versión de la religión perteneciente a la filosofía dualista; es decir, creían en la existencia de un Bien absoluto y un Mal absoluto. Estas creencias vinieron de los cruzados que regresaron de Tierra Santa y al cruzar los Balcanes entraron en contacto con los bogomilos, una secta herética que había desarrollado estas ideas. A su regreso a Francia, estos cruzados, muchos de ellos nobles, fundaron un movimiento religioso y político que pronto entró en conflicto con la Iglesia y el Rey, quienes exigieron obediencia absoluta y no toleraron la disidencia, a lo que llamaron herejías. Estos cátaros se hicieron poderosos en las regiones del sur de Francia, sellando su destino. Los líderes cátaros, llamados "perfectos", vivían una vida en lo que consideraban un estado de pureza, lejos de la corrupción de la nobleza y el clero común. Desde principios del siglo XIII, el movimiento cátaro fue declarado herético por los sucesivos Papas, quienes finalmente organizaron la cruzada contra los Albigenses (después de la ciudad de Albi, uno de los baluartes de ese movimiento), encabezada por el sanguinario Simón de Montfort en el que se libraron innumerables batallas y que culminó en 1244 con la quema de más de doscientos cátaros al pie de la fortaleza de Montsegur, no lejos de Carcasona. De hecho, de conformidad con una orden del Papa Inocencio III, en

…

Mayo de 1243 el arzobispo de Narbonne y un noble llamado Hughes de Arcis al mando de un ejército de seis mil hombres sitiaron el castillo de Montsegur, último refugio de los cátaros que en ese momento albergaba a unos quinientos refugiados de la persecución religiosa. Tras diez meses de asedio, los defensores se rindieron y se les ordenó renunciar al catarismo, al que se opusieron doscientos diez, generalmente los llamados "perfectos", tanto hombres como mujeres. En marzo de 1244 los cátaros que decidieron permanecer fieles a sus convicciones fueron quemados vivos en una gran hoguera en lo que constituyó una de las más tremendas manifestaciones de intolerancia religiosa que ha producido la cristiandad y el mundo en general. Al recordar la forma emocional en la que el abuelo Pierre solía contarle estas aterradoras historias, los ojos de Nick se llenaron de lágrimas. Aún le dolía el pecho y estaba a punto de quitarse la ropa y acostarse desnudo, como solía hacer, cuando escuchó un suave golpe en la puerta de su dormitorio. El estado de ánimo de Nick cambió de repente, su mente había reaccionado rápidamente y supo de inmediato que solo una persona podía tocar con tanta cortesía. La sangre del niño se le subió a la cabeza y corrió hacia la puerta, abriéndola de inmediato. La gentil figura de Zhi estaba en la oscuridad del pasillo; la niña, estaba vestida con un paño transparente deshabillé. Nick se hizo a un lado, dejando la puerta libre y dijo. "Venga." Cuando la joven entró, inmediatamente cerró la puerta, el corazón le palpitaba en el pecho. Esa noche ambos cuerpos dieron rienda suelta a sus instintos; las pieles de los amantes se frotaron hasta ponerse rojas. Las caricias y besos cubrieron todo el cuerpo de la joven, preparando lo que fue la consumación final de la noche. Cuando ambos yacían exhaustos uno al lado del otro, Nick levantó su tronco apoyándose en un codo y mirando fijamente el dulce rostro de la niña dijo. "Pensé que estabas enamorado de Aulric." Inmediatamente se arrepintió de sus palabras, temiendo que ese momento de plena felicidad pudiera verse frustrado por el arrepentimiento de Zhi, pensando en una posible traición al argentino ausente. Sin embargo, la mujer le dio una respuesta para la que Nick no estaba preparado. "Amo locamente a Aulric. Él es para mí una especie de ideal de hombre. Pero no creas que venir a tu habitación esta noche es un acto impulsivo del que luego me arrepentiré. Llevo mucho tiempo deseando hacerlo. Yo también te amo, aunque no puedo explicarme cómo puedo tener ambos sentimientos al mismo tiempo. No quiero perder a ninguno de los dos, no me resigno a tener que elegir a uno de ustedes. ¿Crees que esto me convierte en una mala persona? ¿Crees que tengo que superar mis sentimientos profundos y dejar de ser totalmente feliz?"

...

Capitulo 43

A la mañana siguiente, los cinco viajeros se hallaban desayunando en la cafetería del hotel.Taro expresó, mientras introducía la punta de su croissant en el café con leche.

"Nick, tus antepasados migraron a Canadá desde esta zona, ¿no es verdad?"

"Sí."

"Tienen tradiciones familiares que se remonten al pasado en Carcasona?"

"El Abuelo Pierre sin dudas debe tener conocimientos. Recuerdo que cuando yo era niño me contaba historias de las persecuciones religiosas. Aparentemente mis antepasados remotos eran cátaros. Había narraciones de tesoros de los cátaros, pero nunca oí una mención al Santo Grial en ese contexto."

"¿Crees que el abuelo de Pierre nos podrá guiar en nuestros pasos aquí?" Preguntó Jack.

"Precisamente, pensaba llamarlo para pedirle consejos. Sé que él ha estado en Francia y en esta zona varias veces. Es muy posible que conozca gente y mantenga contactos por correo común o por Internet. Mi idea es llamarlo en unas cuatro horas, por la diferencia horaria."

"Bien. ¿Qué te pasa? ¿Estás inquieto?" Volvió a preguntar Taro disimulando una sonrisa.

"No, no, No es nada:" Respondió nerviosamente el joven mientras los pies descalzos de Zhi buscaban los de él debajo de la mesa.

Durante la mañana recorrieron el centro histórico de la ciudad usando los folletos turísticos recogidos en el hotel, al que finalmente volvieron para dejar en las habitaciones los *souvenirs* comprados e ir luego del *bistrot* donde habían cenado la noche anterior.

"¿Dónde está Nick?" Preguntó Mike.

"Por lo visto está retrasado… Mira allí viene."Contestó Zhi.

"Disculpen por la demora, pero estaba hablando por teléfono con el Abuelo Pierre." Dijo el muchacho.

"Y bien.¿Qué novedades tienes?" Preguntó ansioso Jack.

"Es cierto que cuando el abuelo vino a Carcasona oyó habladurías sobre el Santo Grial en la zona, pero a él le resultaron más interesantes los cuentos sobre el tesoro cátaro."

"No dio muchos dato de interés entonces."

"Por el contrario, me dio el nombre y la dirección de un amigo con quien se mantiene en contacto, y que es una especie de historiador no oficial de Carcasona y de la región. El abuelo me aseguró que él debe tener información ya sea en forma de datos concretos o de leyendas del período cátaro. Es una especie de referente para los decendientes de cátaros que están dispersos en esta zona y en el mundo."

"¿De quien se trata?"

"Es un pequeño comerciante, dueño de una tabaquería y pequeña tienda. Se llama Bertran Rostanh, aquí anoté la dirección que me dio el Abuelo Pierre."

A continuación sacó de su bolsillo un trozo de tissue paper con una escritura desprolija. Se sonrojó al exhibir el papel.

"Perdón, es el único papel que tenía a mano para anotar."

Taro esbozó una sonrisa y sacó de su mochila un anotador y una lapicera, dándosela a Nick.

"Toma, copia prolijamente la dirección aquí para que no se pierda y tengas que molestar a tu abuelo nuevamente.¿ No te dio el teléfono de este Bertrán?"

"No, pero supongo que podremos conseguirlo de la Guía Telefónica de la ciudad. Mi abuelo me previno que el Sr. Rostanh sólo habla francés y por supuesto el dialecto occitano. "

"Yo hablo francés. Si quieres te puedo acompañar." Dijo Jack.

Encontraron rápidamente el negocio que estaban buscando ya que tenía un cartel claramente visible desde mitad de cuadra. Como vieron a través de la vidriera y de la puerta de cristal que había clientes dentro del comercio, antes de entrar Jack y Nick permanecieron un rato afuera esperando que los mismos se retiraran y mientras tanto observaron el sitio. Además de las habituales cajillas de cigarrillos y de tabaco para pipas pudieron ver que había otros materiales que no tenían nada que ver con esa actividad, y pronto discernieron que el local tenía como segunda actividad la numismática. En efecto, una pequeña parte de la vidriera exhibía monedas y catálogos relacionados con la misma.

<< Buen complemento para un experto en temas medievales e históricos en general.>> Reflexionó Jack.

Cuando salieron los clientes decidieron entrar en el negocio haciendo sonar los cascabeles de la puerta al hacerlo. Un hombre mayor y una mujer más joven de aspecto moro lo contemplaron desde el mostrador. Los viajeros se presentaron de inmediato.

"Buenos días. Me llamo Nicholas Lafleur y..."

El dueño del local reaccionó de inmediato y salió a recibirlo con la mano extendida.

"¡Ah, sí! El nieto de Pierre Lafleur. Soy Bertrán Rostanh y te presento a mi esposa Latifa. Bienvenido muchacho."

"Me acompaña el Señor Jack Berglund, que es quien está dirigiendo esta búsqueda en Francia."

"También es bienvenido, Señor Berglund."

Los visitantes no esperaban una recepción tan entusiasta y estrecharon la mano del anfitrión, quien tomó a Nick del brazo y los llevó hacia una puerta trasera diciendo a su mujer.

"Por favor atiende a los clientes. Yo voy a hablar con el nieto de mi buen amigo y su acompañante."

Bertrán los guió hasta una sala con una mesa y varias sillas, en la que los visitantes tomaron asiento. El dueño de casa fue hasta un aparador y regresó con un botellón de vino y tres vasos.

Luego de un brindis conjunto, Bertrán dijo.

"Estoy encantado no sólo de conocer al nieto de Pierre, sino también de que te intereses en la historia de esta parte de Francia." Luego hizo un momento de silenció y preguntó.

"Dime Nicholas, ¿Qué sabes de tus antepasados Lafleur?"

" Sólo alguna referencia hecha por mi abuelo en mi niñez. Sé que procedían de esta zona y es por eso que aproveché la posibilidad de venir aquí en el curso de esta investigación."

"Y has hecho muy bien. Ahora escucha, todo lo que te voy a decir es absolutamente confidencial y tu abuelo lo sabe."

Bertran escanció un poco más de vino en su copa y preguntó.

"Díganme la verdad. La búsqueda de ustedes está relacionada con el tesoro de los cátaros."

En ese punto, Jack dio la respuesta.

"Nuestra investigación se refiere al destino del artefacto llamado Santo Grial. No sé si es a eso que se refiere como el tesoro de los cátaros."

"No realmente, aunque el Cáliz está incluído según algunas versiones. Pero lo que denominamos con ese nombre es un verdadero tesoro constituído por oro y plata."

Bertrán se acomodó en la silla, bebió otro sorbo de vino y dijo.

"Bien, escuchen ahora."

Capítulo 44

Bertran comenzó su explicación.

"En toda la zona de Languedoc, y en realidad en todo el Mediodía francés se extendió a partir del siglo X una doctrina gnóstica procedente de Oriente, en la que los así llamados bogomilos, tras ser expulsados por Bizancio habían establecido comunidades en territorio búlgaro.

"Esta gente tenía una versión del cristianismo totalmente distinta a la de la Santa Sede, ya que creían que el Universo estaba en permanente conflicto interno entre dos mundos formados, uno por Dios y otro por Satán. Con esta doctrina dualista pretendían explicar la existencia del bien y del mal en el mundo y la lucha entre ellos. El resto de su teología era de claro origen gnóstico y en particular creían en la reencarnación.

"Sus miembros se consideraban puros y despreciaban a las autoridades eclesiásticas oficiales por su corrupción. Los jerarcas de este movimiento religioso vivían en un total ascetismo y se denominaban Perfectos. Tuvieron desde el principio una amplia difusión es la zona que antes les mencioné y contaban con la protección de una parte de la nobleza local, incluyendo los duques de Aquitania y quizás del Rey de Aragón."

Bertrán hizo una pausa y bebió vino, mientras contemplaba a sus interlocutores que lo escuchaban atentamente. Luego prosiguió.

"Como se podrán imaginar esta doctrina provocó una viva reacción hostil de la Iglesia y en particular de la Inquisición, la que comenzó a ejecutar a los cátaros desde los comienzos del siglo XI. Luego el clero oficial buscó el apoyo del Rey de Francia y el Duque de Borgoña y en 1209 fue lanzada la así llamada Cruzada contra los Albigenses o Cátaros con fines explícitos de exterminio. Como declararon que el que los combatiera podía quedarse con sus propiedades atrajeron a multitud de nobles ávidos de tierras y vasallos del norte de Francia.

" Luego de innumerables batallas el catarismo fue languideciendo y desapareció a finales del siglo XIII... al menos en la superficie. Dejaré detalles importantes para contarles en otro momento y en otro contexto."

Nick lucía perplejo.

" Lo que todavía no alcanzo a comprender es como es que entonces que los miembros de mi familia descendemos de esos Cátaros."

"Es lógico que te plantees esa pregunta. Te contaré otra parte de esta historia." Bertran se acomodó en su silla y prosiguió.

"Antes de los sucesos más funestos llevados a cabo por los cruzados en Montsegur, una gran cantidad de familias cátaras cargó a sus hijos pequeños, que aún no podían tomar parte en los combates, en pesadas carretas guiadas por algunos Perfectos seleccionados, que condujeron a los niños y niñas fuera de la zona de conflicto en un intento desesperado de ponerlos a salvo. Algunos fueron capturados por los cruzados, pero la mayoría emigró a Aragón, a otras zonas del sur de lo que es hoy Francia y más lejos todavía. Para escapar de las feroces garras de la Inquisición debieron cambiar sus nombres y apellidos, pero de alguna manera los que trabajamos en la reconstrucción de este período histórico y la fe de nuestros antepasados, sabemos cuáles son esos nombres y apellidos. Tanto los Lafleur como los Rostanh estamos entre los descendientes de esos niños."

Jack se rascó la barbilla en un gesto de perplejidad, y preguntó.

"¿Dónde entra el tema del tesoro de los cátaros en esa historia?"

Bertran evidentemente estaba preparado para esa pregunta.

"Se decía que los cátaros tenían un tesoro que valoraban mucho y que lo habían llevado consigo en su retirada a Montsegur."

"¿Y como es que no cayó en manos de los Cruzados cuando arrasaron la fortaleza?" Inquirió Jack.

" Los prófugos de la ciudad sitiada habrían llevado ese tesoro juntos con los niños...es decir buscaron poner a salvo a todo lo que más valuaban. Se dice que las ultimas tres carretas que integraban la caravana que salió de Montsegur no llevaba niños."

Nick evaluó la respuesta del anfitrión y preguntó.

"Dígame ¿Ha oído alguna vez en qué consistía ese tesoro cátaro?"

"Solo quedan versiones confusas y contradictorias, en realidad algunas de ellas son verdaderos disparates."

"¿Por ejemplo?"

"Tesoros en oro y plata, antiguos documentos en algún idioma olvidado, los evangelios de los Cátaros heredados de los bogomilos...hasta el Santo Grial, sea este lo que fuera."

"¿Y cuál sería el rol de los descendientes de los niños escapadas en relación a ese tesoro?"

"Ellos serían los custodios del mismo por toda la eternidad. También para ese propósito fueron salvados."

"Ya veo." Repuso Nick.

Jack Berglund había quedado meditabundo, luego reflexionó.

"Entonces, dichos descendienets actuales de los Cátaros, incluyendo a las familias de ustedes dos, tienen una vinculación especial y una misión a cumplir con relación al tesoro…incluyendo el Santo Grial si es que se hallaba en Montsegur."

Bertrán contestó dirigiéndose a Nick.

"Esto es lo que dicen las tradiciones de esas familias, de las que en nuestra pequeña organización en Carcasona tenemos un registro minucioso, donde sea que se encuentren en el mundo. Por eso te dije al principio que todo lo que íbamos a hablar es altamente confidencial. Y sin duda es por esa razón que tu Abuelo Pierre te ha ido revelando paulatinamente estas cosas desde que eras niño."

Nick se veía un tanto abrumado por esas afirmaciones y permanecía en silencio.

Jack expresó.

"¿Y cuales son los deberes de esos descendientes en la actualidad?"

Bertran respondió de inmediato.

"En primer lugar mantener toda esta tradición a lo largo de los siglos. Pero también proteger el tesoro Cátaro de los peligros que lo acechan."

"¿Qué peligros? ¿Quiénes lo acechan?" Musitó Jack.

"Hoy, como hace ocho siglos, hay sectores de la Iglesia para los cuales la Cruzada del siglo XIII no ha terminado, y no terminará hasta que se extermine la simiente de los herejes cátaros en la Tierra, y hasta que se recupere y se haga desaparecer su tesoro."

"Esto significa que dichos descendientes están en peligro." Concluyó el americano.

"Y es por esa razón que mantenemos esta red de conexión entre ellos."

"Pero hablar de herejías en el siglo XXI no tiene sentido." La voz de Nick sonaba temblorosa por los nervios.

"Lo cierto es que hay dos delgados hilos rojos que se continúan a lo largo de la historia, que tú eres parte de uno de esos hilos, y que por lo tanto debes tomar tu puesto. Es por eso que tu Abuelo Pierre me pidió que te explicara tu misión."

Capítulo 45

Guiado por Bertran, Jack conducía por rutas secundarias en dirección sudoeste, con frecuentes cambios de camino. El viejo Toyota alquilado en Carcasona parecía adaptado para la tarea. Junto con el tabaquero de Carcasona y Jack viajaban Mike y Nick.

"¿Vamos lejos?" Preguntó el joven.

"Nunca he medido la distancia por los caminos que debemos tomar. Si te fijas en el mapa en línea recta no hay mucho más de cincuenta kilómetros."Replicó Bertrán.

"¿No me quieres anticipar hacia donde vamos?"

"Donde todo comenzó. Ya lo verás."

Luego de dos horas de viaje arribaron a un pequeño pueblo de aproximadamente un centenar de casas. Un cartel informó a los visitantes que se hallaban en Montsegur, departamento de Ariege, en la Región de Mediodía-Pirineos de Francia.

"El villorrio no tiene ahora mucho más de cien habitantes. La frontera con España está muy cerca." Expresó Bertrán. " Ahora miren hacia la cima de esa montaña."

En un risco escarpado se veía, muy alejado, lo que parecía un castillo en ruinas.

"Ese es el monte Pog y en la cima está lo que queda del castillo de Montsegur." Informó el francés.

"¿Es allí donde masacraron a los últimos cátaros?"

"No, el castillo original ya no existe. Este fue construido más tarde."

"¿Hacia dónde vamos entonces?"

"Hacia ese prado que está al pie del castillo."

Los viajeros debieron moderar la ansiedad por conocer las características del lugar indicado como el origen de toda la historia que los había llevado a Francia.

Los cuatro hombres caminaron durante una media hora hasta llegar a un campo a una cierta altura donde se veía un extraño objeto que se elevaba al cielo. Al llegar Mike, Nick y Jack constataron que se trataba de un monolito con forma de pirámide truncada con un círculo en el tope. Se acercaron y el joven leyó:

"Als catars, als martirs del pur amor crestian. 16 mars 1244"

(A los cátaros, a los mártires del puro amor cristiano. 16 de marzo de 1244)

"Como verán, el monolito es posterior a la historia que narra." Dijo Bertrán en voz baja que delataba su emoción. Todo el lugar inducía un sentimiento de tristeza y melancolía, incrementada por la leyenda esculpida en el monolito.

"Estamos en el *Camp des Cremats*." Agregó resignadamente el hombre mayor. "Es aquí donde se alzó la hoguera donde fueron quemados más de 240 Perfectos Cátaros." La última frase la dijo en medio de un suspiro.

"Ya está cayendo la noche." Dijo Mike. "Es mejor que volvamos mañana por la mañana para recorrer este sitio en busca de pistas."

"Es demasiado lejos para regresar a Carcasona hoy." Reflexionó Jack. "¿Bertrán, dónde podemos llevarlo?"

"A casa de mi amigo André Trencavel, que vive en el pueblo de Montsegur. Es otro de los descendiente de los niños Cátaros, y es el referente de los sobrevivientes aquí en esta ciudad. Ya me ofreció quedarme esta noche con él y su familia. También les ha hecho una invitación a ustedes tres para cenar esta noche."

Luego de la cena en casa de André Trencavel, Mike, Jack y Nick subieron a la camioneta Toyota y se dirigieron a la zona rural aunque aún a mitad de distancia del prado llamado Camp de Cremats.

En una zona vecina al camino estacionaron el vehículo, armaron las tres tiendas individuales y encendieron un fuego que les daba un cierto confort psicológico, y quedaron charlando hasta cerca de la medianoche, bajo el vasto firmamento cubierto literalmente de estrellas, que debido a la lejanía de ciudades y centros habitados de importancia, lucían más brillantes en la noche sin luna. Antes de irse a dormir extinguieron el fuego para evitar que pudiese delatar su posición ante posibles ojos hostiles.

En la mañana siguiente se conformaron con un desayuno frugal consistente en unas *croissants* que habían comprado la tarde anterior, y que ya estaban un poco secas, las que los obligó a remojarlas en el té caliente.

Luego cargaron sus mochilas y se encaminaron a pie al sitio central del valle, donde se elevaba el triste monolito conmemorativo de los Perfectos de ambos sexos que habían sido víctimas de la intolerancia religiosa casi ochocientos años antes.

Una vez en el sitio Mike descargó el pesado detector de metales que habían alquilado en Carcasona, provisto de un plato grande y un sistema que trabajaba con una frecuencis de 18 KHZ, lo que les permitiría detectar diversos metales, pero especialmente oro y plata, hasta una profundidad que según sus fabricantes podía llegar a los treinta pies.

Bertran les había narrado que según algunas leyendas, al escapar las carretas con los niños y el tesoro, los jefes Perfectos que las conducían las llevaron lo más lejos posible para evitar su captura por los soldados cruzados, pero luego decidieron dividir sus fuerzas. Las carretas con los niños continuaron su lento viaje llevándolos a sitios muy apartados del Languedoc en llamas por la Inquisición, pero las tres carretas con el tesoro habrían permanecido en la región, y una vez retirados los diez mil cruzados, habrían regresado a los alrededores de Montsegur, y el tesoro habría sido enterrado cerca del lugar de la hoguera, donde siglos más tarde se alzó el monolito recordatorio.

A pesar de que no estaban seguros de esto, era posible que el Cáliz Sagrado se hubiera enterrado junto con el oro.

Aunque esa era solo una versión, los tres hombres decidieron que lo más lógico era comenzar la búsqueda en esa zona, aunque sólo fuera para excuirla como posible sitio del Santo Grial.

"Aun cuando hubieran enterrado el tesoro aquí, es muy probable que una vez calmadas las cosas y restaurada la paz, lo vinieran a buscar. No olvidar que el fin del tesoro era permitir que la causa de los Cátaros reviviera y se mantuviera en el tiempo, para lo que hacía falta dinero." Concluyó Jack.

Las tareas consistían en desplazar el pesado detector por el suelo formando círculos es forma de espiral con centro en el monolito, y cavar cuando el instrumento revelaba un objeto metálico enterrado, cosa que ocurría con una cierta frecuencia; sin embargo, en general solo se trataba de herramientas abandonadas y otros viejos objetos de hierro, aunque la frecuencia del detector estaba calibrado para la búsqueda prioritaria de metales nobles.

Habían transcurrido ya casi tres horas del agotador esfuerzo y los hombres se detuvieron a descansar y beber agua de sus cantimploras. Mike, completamente sudado, se había quitado hasta la camisa y se hallaba con el torso desnudo. Nick, no acostumbrado al trabajo duro se había acostado en la hierba bajo el sol, y Jack se había quitado las gafas oscuras para el sol y se estaba secando la frente transpirada con un pañuelo de cuello. En ese momento sus ojos se vieron atraídos por un fugaz destello procedente de unos lejanos riscos, ubicado a unos novecientos pies de distancia. Su experiencia previa le recordó el brillo del sol sobre una lente de binoculares o aún sobre una mira telescópica de un fusil.

Sin vacilar se arrojó sobre Mike que estaba elevando su cantimplora casi vacía al aire y fue tanto el ímpetu del americano que ambos hombres rodaron por el suelo.

En ese momento y luego del retraso debido a la velocidad del sonido, una detonación sonó repicando por el eco en el amplio valle.

Capítulo 46

Mike supo que la bala había pasado muy cerca de su cabeza porque oyó el silbido al caer derribado por su amigo; de no haber sido empujado por Jack el proyectil hubiera dado en la mitad de su pecho.

Ambos hombres se arrastraron hasta sus mochilas y de ellas extrajeron dos pistolas, mientras Berglund gritaba.

"Nick, quédate detrás de esa roca, no asomes tu cabeza."

Sucesivas detonaciones dieron cuenta de balas que cayeron alrededor de los tres hombres levantando chorros de tierra. Mike exclamó.

"Son dos, y están en esos riscos a unos trescientos metros, solo con miras telescópicas pueden ser tan precisos."

"Desde esta distancia no tenemos chance con nuestras pistolas. Es cuestión de tiempo que nos acierten."

"No podemos quedarnos quietos aquí. Tenemos que estar en movimiento." Respondió Mike, y de inmediato se puso de pie y comenzó a correr en forma zigzagueante mientras que las balas desde lo lejos trataban sin éxito de acertar al blanco móvil.

Sin embargo, Jack se dio cuenta del peligro corrido por el ruso, ya que no podría esquivar eternamente los disparos mientras se acercaba a los agresores, la distancia era demasiado grande, y cuanto más se acercara a ellos, más fácil les sería a los criminales alcanzarlo con sus disparos. En vista de su evaluación, Jack también decidió ponerse de pie y comenzar a correr en la misma forma en que lo hacía Mike, de manera de la menos dividir los disparos y marear a los sicarios. El americano había tomado dos pistolas, una en cada mano, pero al comienzo se abstuvo de disparar por la excesiva distancia.

Los dos atacantes se estaban evidentemente poniendo nerviosos por el ritmo de acercamiento de Mike y Jack, y su puntería se volvía más errática por momentos. Finalmente Jack, que era un tirador con mucha experiencia en situaciones de peligro inminente por sus actuaciones previas con la Comunidad Bluthund, juzgó que ya se hallaba a una distancia suficiente para que sus disparos llegaran hasta los atacantes y no se desviaran demasiado, y se arrojó tras una roca solitaria que emergía en la llanura. Una vez a cubierto, asomó su cara y al tomar puntería rápidamente, comenzó a disparar con ambas manos en forma furiosa. Como los atacantes hasta ese momento no habían sido respondidos, no se habían cubierto adecuadamente y uno de ellos exponía parte de su torso visiblemente. Cerrando un ojo para aguzar su puntería, Jack decargó una de sus pistolas sobre el blanco estático. El atacante abrió sus brazos al cielo y cayó hacia atrás indudablemente herido.

Mientras Mike seguía avanzando con su veloz movimiento en zigzag, Jack mantuvo el fuego con su otra pistola sobre el agresor restante, obligándolo a cubrirse y dando una momentánea protección al ruso.

Mike cambió de curso desviándose hacia el costado izquierdo y su colega entendió la maniobra. El ruso intentaría sorprender al atacante por detrás, para lo cual se requería que Jack atrajera hacia si mismo el fuego del sicario para cubrir a su amigo. A riesgo de perder la protección que le brindaba la roca se levantó y volvió a acercarse corriendo en forma serpenteante sin dejar de disparar.

El atacante, obviamente asustado por el curso que habían tomado los acontecimientos, no atinaba a cubrir sus dos flancos y disparaba, ya no con su fusil sino con una pistola, intentando al menos de eliminar a uno de sus oponentes.

Dándose cuenta que Mike se hallaba en posición vulnerable, Jack emitió un fuerte grito de forma de atraer la atención de sicario sobre sí. El hombre se levantó para apuntarle mejor y su siguiente tiro rozó a Berglund en la pierna haciéndole caer. El asesino tomó el arma con ambas manos para efectuar el disparo final sobre la figura caída. Jack cerró los ojos y no pudo ver los acontecimientos inmediatos.

Un cuerpo semidesnudo se abalanzó sobre el atacante desde unas rocas situadas detrás de él. Mike ya no llevaba la pistala en sus manos sino solamente un puñal de grandes dimensiones. Cayó con su voluminoso cuerpo sobre el hombre armado y hundió el cuchillo reiteramente sobre el cuerpo del mismo hasta que ya no se movía.

La vertiginosa acción culminó y por unos instantes el sielncio se impuso en el *Camp de Cremats*. Mike se alzó y cuando Jack abrió sus ojos vio el torso y los pantalones de su amigo cubiertos de sangre, así como el puñal que aún llevaba en sus manos.

"¿Estás herido?" Preguntó el americano aún bajo estado de shock.

"No, no es mi sangre."

Mike se acercó a su colega caído y obervó su herida.

"Es superficial, la bala solamente te rozó la pantorrilla. Voy a hacerte un vendaje para evitar pérdida de sangre y cubrir la herida."

Luego ayudó al americano a ponerse de pie y ante un pedido de este, lo llevó hasta el risco desde donde los habían atacado. Los cuerpos de los dos sicarios yacían a unos veinte pies de distancia uno del otro; uno de ellos estaba horriblemente destripado por la heridas de arma blanca de Mike.

"Recuérdame de no hacerte enojar." Dijo Jack con una ironía fuera de lugar.

El ruso se acercó al otro asesino abatido y notó su herida de bala en medio del pecho.

"Y recuerdame a mí no situarme delante de ti cuando tienes una pistola en tus manos."

El intercambio de amargas ironías se interrumpió cuando llegó corriendo Nick, que había permanecido a cubierto al principio.

"No mires hacia allí." Gritó Jack, pero ya era tarde.

Al contemplar el espectáculo que se hallaba delante de él, el muchacho no pudo evitar vomitar el contenido de su estómago.

Los tres se sentaron en la hierba para tranquilizar sus espíritus, alterados por la dosis de adrenalina que había durado demasiado tiempo. Finalmente Mike sacó el pañuelo del cuello de Nick y procedió a envolverlo sobre la herida de la pierna del americano.

"Cuando volvamos al pueblo vas a necesitar unos puntos de sutura, creo que no menos de siete u ocho. También una vacuna antitetánica."

En ese momento sonó un teléfono en el bolsillo de uno de los muertos. Mike se acercó y lo tomó, y luego se lo dio a Berglund, quien tomó la llamada.

"Francisco, Antonio.¿Como están? ¿Por qué no atendieron mis otras llamadas?" El tono del interlocutor que se expresaba en español era furioso.

La respuesta no fue la que el esperaba.

"Lo siento, señor Bertrán. Francisco y Antonio han tenido un contratiempo y no podrán atender su llamada."

Jack cortó la llamada. Bertrán tiró su teléfono al suelo haciéndolo añicos. Entendió el mensaje en inglés y su bronca llegó al paroxismo.¿Quienes eran los que estaban eliminando a sus hombres, soldados experimentados en luchas en Centro América, Irak y Afganistán, como si fueran moscas? ¿Cómo era que sabían su nombre? Se culpó a si mismo por no haber estado acompañando a los dos caídos en Monstsegur, pero había permanecido con otro de sus hombres en Carcasona, donde había creído que la acción se iba a desarrollar. La furia lo dominaba y no razonaba cuerdamente. Tomó sus armas, llamó al sicario que había permanecido con el y se colocó la chaqueta.

"Franciso y Antonio están muertos. Toma tus cosas y vamos a Montsegur."

En el momento en que estaban saliendo sonó el celular de Beltrán. Al ver quien lo llamaba trató de serenarse antes de responder.

"Hola, sí Su Eminencia Reverendísima...sí, estamos trabajando en el tema...no, aún no tenemos resultados concreto, pero los tendremos en muy poco tiempo."

A pesar de sus problemas, el sicario no podía demostrar dudas al hablar con el Cardenal, y además su natural fanfarronería lo impulsaba a tomar compromisos que no sabía si podría cumplir.

Capítulo 47

Montaron en el viejo Toyota y emprendieron el regreso al villorrio de Montsegur. Iba manejando Nick, ya que Jack estaba dolorido por la herida en la pierna y no debía movilizarla mucho para evitar el sangrado. En un momento determinado oyeron unas sirenas acercándose.

Jack dijo al conductor.

"Dobla en esta esquina y estaciona sobre la otra calle."

El joven lo hizo así y pocos momentos más tarde vieron pasar a un patrullero de la Gendarmería francesa circulando a toda velocidad por el camino por el que venían pero en sentido contrario, mientras hacía sonar su sirena.

"Van hacia el *Camp des Cremats*, sin duda por haber sido alertados sobre el tiroteo." Dijo Mike.

"Se va a armar un gran revuelo cuando hallen los cadáveres despanzurrados." Agregó Nick. "¿No querías que nos vieran circulando por ese camino?" Preguntó a Jack.

"No nos conviene quedar asociados con este episodio sangriento." Respondió el americano.

"Tenemos las pistolas que intervinieron en el tiroteo.Nos pueden acusar al hallarlas." Añadió Mike.

"Es cierto. Nick, para el auto en aquella alcantarilla, vamos a deshacernos de las armas. Saca el chip del teléfono celular de los asesinos y guárdalo, pero tira el artefacto junto con las armas. Antes de tirarlas borra las impresiones dactilares con un trapo."

Cuando se estaban acercando a Montserrat, Jack tomó su celular y se comnicó con Taro. Entonces le narró lo sucedido; el japonés le repuso.

"En este momento estamos en casa del Señor Trencavel. Todo el pueblo está alterado por el ruido del combate en el Camp des Cremats. ¿Dices que estás herido?"

"Sí, es una herida superficial en la pantorrilla, pero requerirá puntos de sutura."

"Déjame consultar con Bertran y Trencavel."

Suzuki demoró unos instantes y luego retomó la conversación.

"Dice el señor Trencavel que vengas a su casa."

"Pero no querrá comprometerse en este tiroteo."

"Insiste en que vengas a su casa. Además el dueño de casa ha sido paramédico en el tiempo en que sirvió en la Legión Extranjera. En la casa hay insumos hospitalarios para hacerte una sutura."

En el garaje de su casa André Trencavel tenía montado un pequeño puesto sanitario, y procedió a desinfectar, suturar y vendar la herida en la pierna de Berglund. A continuación les ofreció un café en el comedor de la amplia casa. Mike ayudó al herido a desplazarse sin mover mucho la pierna.

A los pocos momentos apareció la Señora Trencavel; de inmediato todos notaron un gran parecido con la esposa de Rostanh.

"Fatima y Latifa son hermanas. Todos nos conocimos en Chad, cuando Bertran y yo estábamos en la Legión Extranjera, que tuvo que intervenir en un conflicto armado entre las etnias musulmanas y los animistas africanos. André era paramédico en nuestra unidad y yo era fusilero. Cuando se terminó nuestro período en la Legión nos casamos y venimos a vivir todos a Francia. Todos nuestros hijos son franceses."

"Ahora cuéntanos en detalle todo este tema de la Comunidad Bluthund, y la búsqueda del Grial en Francia."

La explicación fue compartida por Jack y Nick, mientras que Taro y Zhi agregaron otras cosas hablando en inglés, que los dos interlocutores locales entendían a medias.

Una vez que terminaron André y Bertran se miraron; el primero dijo.

"Ya sabíamos que en el Vaticano actúa una célula que desea proseguir la Cruzada contra los Cátaros lanzada hace 700 años, pero no creíamos que podían llegar a tales niveles de violencia."

"¿Qué otra información tienen de estos asesinos?" Inquirió Bertran.

"Este grupo está integrado por matones centroamericanos dirigidos por una tal Bernal, que recibe instrucciones de un alto prelado en el Vaticano. Sabemos que también tienen un miembro importante en un Monasterio del País Vasco, cerca de la frontera con Francia."

Mientras uno de sus hombres conducía el auto hacia Montsegur, Bernal se fue calmando y diseñando un plan de acción. Era evidente que sus enemigos se hallaban en la pequeña ciudad y pensó que si tenían aliados en la misma no le iba a ser posible averiguar su ubicación, porque los estarían cubriendo. De todas maneras, los buscadores del Grial necesariamente irían al prado donde sus hombres los habían interceptado, aunque con poca suerte, y probablemente también al castillo que, según las fotos que había visto, se hallaba en la cima de una elevada montaña, desde la cual con sus poderosos binoculares podría dominar visualmente todo el área. Ubicaría a sus dos hombres en la ladera de la montaña y él iría a la torre más alta del castillo.

Con ese plan elaborado se terminó de serenar. Sabía que no podía fallarle a Su Eminencia, quien no tendría escrúpulos en deshacerse de él si no satisfacía su pedido.

Luego de la cena en casa de André Trencavel, los miembros del grupo ya reunido, que incluía a Zhi, Taro, Jack, Mike y Nick, quedaron a tomar un café con los dueños de casa y Bertran Rostanh; Fatima, la esposa de Trecavel, fue parte de la reunión, ya que también ella ayudaba a su esposo en los esfuerzos para mantener en contacto a la dispersa comunidad de origen cátaro.

El tema de la conversación finalmente decantó en el Santo Grial.

"¿Así que aun con el detector no han hallado rastros de metales compatibles con el tesoro Cátaro cerca del monolito del *Camp des Cremats*?" Preguntó Fátima.

"Es imposible rastrear un área tan grande en su totalidad, pero en un círculo con radio de alrededor de doscientos metros con centro en el monolito, y hasta una profundidad de doce metros, no hay metales." Respondió Jack.

"Lo que no significa que no lo haya habido antes y lo hayan sacado durante los 700 años transcurridos." Añadió Bertran.

"Sin embargo, no creo que lo hubieran dejado allí, en medio del campo." Dijo meditativamente André.

Como les interesaba la opinión del hombre local, conocedor de las tradiciones de la zona, todos prestaron atención.

"¿Qué piensa entonces?" Preguntó Nick.

"Que una vez que el ejército de diez mil cruzados se retiró luego de arrasar el castillo, si es cierto que las carretas con el tesoro retornaron a Montsegur, lo más probable es que hubieran guardado su valiosa carga en la montaña llamada Pog, y más precisamente, en el interior del castillo que se halla en su cumbre."

"Seguramente los cazadores de tesoros habrán buscado en sus ruinas." Afirmó Taro.

"Sí, la historia remota e incluso la más reciente narra de esas búsquedas, pero no hay noticias que nunca hayan hallado nada." La frase de André era terminante.

"Pero lo cierto es que no sabemos si alguna vez buscaron con instrumental preciso, como ese detector que ustedes poseen." Insistió Bertran.

"La montaña es una masa inmensa de roca, no podemos rastrearla toda." Replicó Jack.

"No hace falta rastrear en las laderas. Si lo han escondido habrá sido en el interior de las murallas del castillo."

"¿Qué piensas?" Preguntó Mike al americano.

"Ya que hemos viajado tanto para llegar aquí, no tendría sentido que dejáramos una alterntiva razonable sin explorar."

"Podemos salir mañana temprano, y prepararnos para pasar una noche en la montaña." Concluyó Taro.

Una vez más, el destino hacía converger a sus criaturas hacia un mismo sitio.

Capítulo 48

Antes de salir, Jack habló telefónicamente con el Dr. Richardson, con el fin de explicarle lo ocurrido y pedir su autorización para llevar a cabo lo que pensaba sería la última etapa de la búsqueda en Languedoc.

El inglés le respondió.

"Creo que la situación se ha tornado demasiado peligrosa, y recomendaría que regresaran a Nueva York para analizar los pasos a dar en una Asamblea de la Comunidad Bluthund."

"William, no podemos haber llegado hasta aquí y retroceder ante los obstáculos sin haber agotado las posibilidades. Todos conocemos los riesgos."

La discusión prosiguió hasta que el inglés accedió a regañadientes pero con una condición.

"No voy a permitir que pongan en peligro a Zhi y a Nick. Ellos deben qudarse en Montesgur sin acceder al castillo."

Una vez comunicada la decisión, Taro, Jack y Mike se comenzaron a preparar para su incursión. Bertran Rostanh, ex fusilero de la Legión Extranjera, insisitió en que deseaba participar y finalmente debieron aceptarlo con la aclaración que lo hacía a su propio riesgo.

Suzuki se apartó del resto del grupo por un momento y efectuó una llamada telefónica en japonés, de la que no informó al resto de los viajeros .

Las cartas estaban echadas.

Al día siguiente a las 7:00 a.m., aun oscuro, Taro, Jack, Bertran y Mike cargaron sus mochilas y las tiendas y bolsas de dormir en previsión de que debieran pasar la noche al aire libre, y cargaron todo en la vieja camioneta Toyota.

Una vez que se hallaban en camino Mike dijo.

"Podemos necesitar armas. La última vez nos salvaron la vida."

"Yo traje mi vieja pistola de mis tiempos de la Legión Extranjera." Repuso Bertran exhibiendo una cartuchera en su cinto.

"Podemos intentar recuperar las que dejamos en la alcantarilla ayer." Añadió el ruso.

"¿Estarán en buen estado?" Se preguntó Jack.

"Ayer no ha llovido, y cuando las dejamos la alcantarilla estaba seca. No creo que les haya pasado nada." Declaró convencido Taro.

"¿Recuerdas donde estaba ese lugar?"

Mike que estaba conduciendo replicó.

"Sí, sin duda."

Bertran los fue guiando hasta que pronto tuvieron la mole granitica de la montaña llamada Pog delante de ellos, y su imágen se fue agrandando a medida que se acercaban.

Situada en una zona montañosa, la montaña donde se halla el castillo se alza por encima de la alturas vecinas en un cono muy alto con la base superior aplanada, con una pequeña llanura donde fue construída la fortaleza, con un diseño en planta irregular, adaptado al espacio disponible en la cima.

Las vistas del castillo desde abajo son distintas según la dirección desde la que se aproxime el viajero.La parte inferior de las laderas están cubiertas de una vegetación abundante, que se va haciendo más escasa a medida que se asciende.

La parte principal de la construcción se eleva sobre la línea contínua de la muralla que la rodea, y los restos de una torre semi-derruída se ven en el extremo opuesto de la fortificación. Desde lejos se puede ver el estado de destrucción de los edificios. Como se ha dicho, las ruinas no corresponden al castillo Cátaro original sino al que fue construído más tarde.

Los viajeros dieron vueltas alrededor de la montaña hasta que encontraron un costado que ofrecía una pista serpenteante que conducía a la cumbre de la montaña, en medio de una pendiente muy abrupta y a través de un camino zigzagueante que se abría paso por la ladera, el que ascendía en forma paralela a un acantilado rocoso que ascendía casi en forma perpendicular al suelo. El sendero tenía una pendiente de más de 60º y desde ya auguraba un ascenso muy cansador.

Señalando al acantilado Bertran explicó.

"Aunque nos resulte difícil de creer, ése fue el risco que los mercenarios cruzados ascendieron cuando conquistaron el castillo en el siglo XIII."

"¿Como harían los Perfectos Cátaros que vivían en el castillo original para subir y bajar estas pendientes? ¿Como subirían las mujeres, los niños y ancianos." Se maravilló Jack.

"Los cátaros salían de su refugio en el castillo muy pocas veces, y sin dudas les llevaría jornadas enteras acceder a su casa en las nubes." Narró el francés.

"Una vida muy desolada."Comentó el americano.

"Sólo sostenida por sus profundas convicciones religiosas."

"No olvidemos que la vida hace siete siglos era muy dura y sacrificada en cualquier lugar de la Tierra." Concluyó Taro.

El hombre situado en un punto de observación en la ladera de la montaña, situado por encima del acantilado de acceso al castillo tomó su equipo de radio y al ser atendida su llamada susurró.

"Señor Bertran, hay movimiento en la ladera sur, alguien está subiendo por el sendero."

"Bien, ¿Cuantas personas ves?"

"Están todavía recorriendo la zona arbolada, de modo que la vegetación no permite ver el camino con claridad desde aquí arriba, pero creo que son tres o cuatro."

"Bien. Le diré a Manuel que se desplace hasta tu posición. Los barren con fuego tan pronto aparezcan."

"Entendido, Señor Bertran. Desde aquí no podemos fallar. El sendero pasa a unas treinta yardas de nuestra posición."

Ignorantes de la emboscada, los cuatro viajeros proseguían su esforzado ascenso.

El llamado Manuel llegó luego de unos quince minutos al puesto de su camarada. Como se hallaba antes vigilando una ladera opuesta había tenido que recorrer un trecho rocoso endiablado y laberíntico y estaba fatigado.

"Hola Eustacio. ¿Dónde es que están los caminantes?" Preguntó el recién llegado.

Por toda respuesta el sicario llamado Eustacio le indicó un punto en el serpenteante camino aún la bajo fronda de los árboles y arbustos altos.

"Tardarán una media hora en pasar por aquí. ¿Ves ese sendero? Les podremos disparar casi a quemarropa."

De pronto Manuel, quien se estaba acomodando en su posición de tiro en la saliente rocosa, dio vuelta rápidamente la cabeza y miró hacia atrás.

"¿Qué pasa? ¿Que has visto?" Preguntó Eustacio.

"No sé...me pareció ver un reflejo detrás nuestro, pero ahora no veo nada."

"Bien, quédate tranquilo; son tus nervios."

"Todavía tengo tiempo, prefiero ir a mirar en esas rocas que están detrás de nuestra posición. Volveré de inmediato."

"Si eso te tranquiliza, ve a cerciorarte."

Al cabo de unos minutos Manuel regresó. El otro emboscado le preguntó.

"¿Has visto algo?"

"No, deben haber sido mis nervios, como dices tú."

"Cuidado, ya están acercándose los cuatro escaladores. Prepara tu arma."

Unos instantes después Manuel vio moverse las ramas que estaban caminando por la senda directamente delante de él. Colocó un ojo en la mira telescópica y su dedo se posicionó sobre el gatillo de su fusil y comenzó el recorrido de disparo tantas veces realizado.

Capítulo 49

Un silbido cortó el aire con una frecuencia cada vez más aguda a medida que el objeto se aproximaba, debido al efecto Doppler-Fizeau.

El sicario llamado Manuel quizás llegó a percibirla cuando ya estaba sobre él y quizás por eso aflojó momentáneamente la presión sobre el gatillo. Nunca supo lo que ocurría y cuando la mortífera estrella Ninja llamada Shuriken le cortó la yugular entrando por un costado, exhaló y dejó caer su fusil por el borde del risco detrás del cual estaba escondido. El arma cayó sobre el sendero por el cual venían los caminantes encabezados por Bertran, los que al oir el estrépito apenas atinaron a refugiarse entre la fronda de la cual estaban por surgir al alarmarse por el hecho inesperado.

El otro asesino llamado Eustacio también fue tomado completamente desprevenido, y no sabiendo de dónde procedía el peligro se dió vuelta enfrentando la cima de la montaña, a la cual había estado dando la espalda. Al mirar hacia arriba lo deslumbró primero la luz del sol surgiendo tras la cumbre de la montaña. Vió una sombra que en su mente se asemejó a un gigantesco pájaro negro que se abalanzaba sobre él desde las rocas más altas. Como él también era un hombre de acción rápidamente y sin tiempo a apuntar apretó el gatillo emitiendo una ráfaga de disparos con el solo objeto de alejar el peligro. La sombra negra cayó delante de él y pudo vislumbrar un objeto metálico brillante en su mano. Rápidamente Eustacio se puso de pie y sacó de su cintura un revólver, más adecuado que el voluminoso fusil para la lucha a corta distancia. Al sicario le faltó medio segundo para poder abrir fuego sobre la sombra que se proyectaba sobre él; de un salto su atacante se puso frente a él y revoleó el objeto brillante haciéndolo girar por sobre su propio cuerpo, para darle al golpe la energía que hacía falta para cumplir su propósito.

La pesada y filosa katana cercenó de un solo tajo la cabeza de Eustacio, que voló por encima del borde del risco, yendo a caer en el sendero cerca del fusil del otro asesino, a no más de dos pasos del aterrado Bertran, que vivía todo el drama que se desarrollaba frente a sus ojos como una pesadilla, con una fuerte sensación de irrealidad.

Dándose cuenta de la situación de shock del francés, Jack que venía detrás de él, apartó a su amigo del sendero haciendolo caer al suelo con el fin de preservarlo de los peligros que venían de adelante y de arriba. El americano miró hacia arriba y en el borde de la roca en que habían estado emboscados los dos secuaces vio una figura totalmente vestida de negro, con una capucha del mismo color que solamente dejaba al descubierto sus ojos, blandiendo una espada ensangrentada en la mano. Mirándola fijamente, la figura era pequeña, aunque la perspectiva de mirarla desde abajo la agigantaba. Al distinguir a Jack entre la fronda, la espadachina hizo un amplio arco de saludo con su sable.

"Matsuko."

El grito salió al mismo tiempo de la garganta de Jack Berglund y de Taro, que había salido de la vegetación y estaba parado al lado del americano.

Suzuki se adelantó y se dirigió en voz alta a la combatiente con unas frases que los demás no pudieron comprender, tras lo cual la figura negra desapareció de la vista al retroceder y escalar la montaña por sendas que desde abajo no eran visibles.

Mike, que había venido cerrando la marcha por el camino de la montaña llegó por fin al sitio donde se hallaban sus compañeros y ayudó a Bertran a ponerse de pie; el francés que aún no se reponía de la descarga de adrenalina que los eventos le había ocasionado le preguntó.

"¿Entiendes lo que está pasando?"

"Por lo que pude ver y oír, quien estaba en la roca allá arriba era Matsuko."

Ante la cara de confusión de Bertran, el ruso agregó.
"Es la hija Ninja de Taro Suzuki y su discípula predilecta."
Los cuatro hombres siguieron avanzando en el camino de cornisa hasta llegar al sitio donde habían estado acechándolos sus enemigos. Jack dijo.
"No hay dudas de que estaban esperándonos para eliminarnos. Desde este sitio podían disparar a corta distancia a cualquiera que subiera por el sendero."
"Que es la única forma de escalar esta montaña. " Añadió Mike.
"¿Pero cómo sabían que ibamos a venir en éste momento?" Inquirió Bertran.
"No están siguiendo los pasos de cerca. Si no hubiera sido por la oportuna aparición de Matsuko allá arriba, éste hubiera sido el final de la búsqueda del Grial. ¿Fuiste tú que la previno?" Preguntó Jack dirigiéndose a Taro Suzuki. Sin abrir la boca el japonés hizo un gesto que los demás interpretaron como una afirmación.
"¿Qué fue lo que le preguntaste, y qué fue lo que te contestó?" Preguntó Jack a su amigo.
"Me contestó que los peligros acechan más arriba."
"¿Dónde?"
"En las ruinas del castillo."
Desde su puesto de observación en la torre más alta del castillo, en las troneras del la fortificación semiderruída, Manuel Bernal, el llamado "preboste" contratado para eliminar a los enemigos de Su Eminencia Reverendísima, había vislumbrado desde lejos los reflejos del brillo de sables allá abajo. Le sorprendió la falta de ruidos de disparos que el eco hubiera llevado a la cima de la montaña. Llamó por radio a Eustacio y a Manuel y la ausencia de respuesta le permitió imaginar lo acontecido en el camino de acceso al castillo. Un destello de furia le acosó fugazmente al entender que había perdido otros dos hombres, que lo habían acompañado por años, y que habían dependido de él, de su sagacidad y dotes de mando, y a los que en

definitiva les había fallado. Pero la cólera no le duró mucho; sabía que no tenía sentido y se sobrepuso a sus emociones como lo había hecho siempre.

Bernal era un hombre de coraje y en sus acciones en Irak y Afganistan se había visto rodeado de enemigos antes, y había podido salir de situaciones desesperadas con anterioridad. Serenamente aceptó sus armas, ajustó la mira telescópica, y se sentó a esperar su destino rodeado por las águilas que hacía nido en esa torre, y que intentaban vanamente espantarlo revoloteando en torno a él.

Bernal sabía que aún le restaba una hora de espera mientras sus enemigos llegaran hasta las ruinas y ubicaran su posición.

Su pasado violento lo había convertido en un fatalista. Lo que debiera ocurrir, ocurriría; él era solo un juguete en manos de poderosos como el Cardenal, y en definitiva, de su propio destino.

Capítulo 50

Los cuatro viajeros se miraron entre sí. Todos entendían los riesgos a que se hallarían expuestos al continuar su búsqueda del Santo Grial montaña arriba, particularmente cuando se aproximasen al tenebroso castillo, del cual ya Matsuko les había explicado las amenazas. Jack preguntó.

"¿Todos están dispuestos a seguir?"

El asentimiento fue general.

"Marchemos pues, hacia la cumbre y hacia el destino. El Grial nos espera." Berglund revisó su arma, la colgó en la cintura y encabezó la marcha ascendente.

Bertran era presa de fuerte emociones; además de los duros sucesos ocurridos ese día, sabía que lo esperaban pruebas mayores, como si fuera una revancha de lo acontecido a sus antepasados siete siglos atrás en ese mismo sitio.

Mike miró hacia la cima de la montaña; las ruinas del castillo se asomaban dentro de unas nubes bajas que las cubrían parcialmente por momentos. Relámpagos aclaraban fugazmente un cielo que se estaba oscureciendo por la proximidad de una tormenta que se acercaba por el norte, y vio rayos que comenzaban a caer por la comarca, sin duda impactando en árboles viejos que quedaban fulminados por la electricidad. El ruso, valiente pero influenciable por el contexto, luchaba por conjurar oscuros augurios que la misión, el sitio y la tarea que debían llevar a cabo le inspiraban.

En un momento determinado Taro Suzuki se dirigió a sus compañeros y les dijo.

"Ahora voy a separarme de ustedes, sigan su camino, nos encontraremos en la cumbre."

Bertran estaba por quejarse porque le parecía suicida separarse en ese ambiente y en esas circunstancias, pero Jack, adivinando lo que iba a decir el francés, lo atajó diciendo.

"Taro jamás nos va abandonar. Él y su hija son nuestros ángeles guardianes en todas las situaciones de peligro. Ya hoy Matsuko nos salvó de caer en una emboscada muy bien montada por esos asesinos. Ten confianza en él."

Un trueno formidable cubrió sus ultimas palabras y una fina lluvia comenzó a caer sobre los viajeros, los que se cubrieron con sus capotas impermeables.

A partir de ese punto el camino se tornaba más dificil. Para evitar las rocas duras, los constructores de la senda habían debido hacer un trazado serpenteante y cada vez más empinado. El abrigo del follaje vegetal había desaparecido al crecer la altitud, y la tierra que se hallaba entre las piedras del camino se convertía en un lodo resbalazadizo que obstaculizaba el caminar de los tres viajeros. Cada tanto un rayo suspendía el transcurso del tiempo psicológico y se descargaba en el paisaje abatiendo a un tronco antiguo; con demora de segundos por la menor velocidad del sonido que de la luz, un trueno ensordecía a los caminantes luego de cada relámpago.

A pesar de que había refrescado rápidamente, los tres buscadores del Grial sudaban copiosamente por el esfuerzo físico del ascenso, y debían parar cada tanto para reponer líquido con sus cantimploras. Taro Suzuki avanzaba por la cuesta apartándose de todo camino o huella.el ascenso se hacía más cansador pero era más rápido y directo; además, sabía que lo pondría más a reparo de cualquier tirador que estuviera acechando en la cima de la montaña, y que no esperaría que sus blancos aparecieran en esa dirección. Aunque Taro practicaba gimnasia y artes marciales todos los días, no esperaba que su cuerpo pequeño soportase tanta fatiga, por lo que exito le resultó gratificante. Necesitaba llegar a la cima antes que sus compañeros para cerciorarse de los peligros que los acechaban y sobre los que Matsuko les había prevenido, y para buscar la forma de neutralizarlos si era posible. Estaba sumido en sus pensamientos cuando un relámpago fenomenal y un trueno estruendoso lo hicieron rodar por el suelo dejándolo parcialmente atontado.

El formidable relámpago también afectó a Jack y sus dos compañeros, que debieron sentarse en el suelo empapado para mantener el equilibrio, mientras ríos de lluvia rodaban hacia abajo por las laderas, tornando más lúgubre aún el paisaje.

Jack pensó en la imágen mitológica de Ragnarok, esa batalla del fin del mundo de la mitología escandinava en la que los dioses y héroes guiados por Odin se enfrentan en una lucha final contra Loki y todas los gigantes y monstruos que representan a las fuerzas de la oscuridad y del infierno; en efecto, Ragnarok era la conflagración final en la cual todos los dioses del Aesir, y todos los monstruos y demonios eran aniquilados, asi como también el resto del mundo.

En esa lucha, mientras Odín combate contra el lobo Fenrir, Thor a su lado no puede auxiliarlo con su martillo, pues está peleando a su vez contra la serpiente Jörmundgander.

Jack Berglund, un especialista en alfabeto rúnico y en mitología nórdica, siempre se había considerado a si mismo, en forma metafórica, por supuesto, como una reencarnación del noble Thor, un guerrero fuerte y grande, que combatía con su martillo contra las fuerzas de la oscuridad y del caos. En esa figuración Taro era Odin.

Sin duda, las circunstancias de su ascenso al monte Pog, pero también la tempestad desatada por la Naturaleza, que había elegido exactamente ese día para desatar su furia, había creado en todos los buscadores del Santo Grial siniestros presagios propios de la lucha del fin del mundo.

Cubierto por su capota militar que había traído de su época en el Ejército de los Estado Unidos, y sin despegarse de su fusil de francotirador provisto de una mira telescópica de alto poder, Manuel Bernal miraba permanentemente la ladera de la montaña, por la cual sabía que en un momento u otro surgirían los enemigos a los que debía combatir hasta el final. Aunque no los había visto nunca, ya conocia su resiliencia y testarudez, y no se hacía ilusiones de que la tormenta desatada en la montaña y sus alrededores les haría desistir de venir. Aunque no tenía el marco de una mitología como contexto, Bernal sí participaba de la filosofía del guerrero que combatía hasta el final.

La lluvia torrencial acortaba su rango de visión, y debía aguzar sus ojos al extremo para poder distinguir algun objeto moviéndose en la ladera hacia arriba, en medio de un conjunto de arroyos de agua de lluvia que rodaban hacia abajo arrastrándo ramas, piedras y otros objetos.

De pronto Bernal distinguió por fin, aún a considerable distancia, tres puntos oscuros que se desplazaban lentamente hacia arriba. Parecían tres hormigas lejanas trepando obcecadamente hacia el castillo y hacia el peligro. Bernal no pudo menos que admirar el empeño y la valentía de sus enemigos, lo que daba más valor a su lucha contra ellos.

No sabía cual era el número de sus oponentes, pero se dispuso a eliminarlos. Sin embargo aún debía dejar que se acercaran un poco más para poder disparar sobre ellos en forma sucesiva con posibilidades de exito en sus tiros.

Ya estaban entrando en su radio de acción. Bernal ajustó la mira sobre el blanco que venía al frente, y frunció un ojo para asegurar su puntería.

Capítulo 51

El dedo índice de Bernal comenzó el recorrido de retroceso sobre el gatillo. La mira estaba centrada en un hombre de gran altura que guiaba al trio que avanzaba en medio de la persistente lluvia; los hilos de la cruz de la mira se hallaban en el pecho, cubierto como todo el cuerpo por un capote impermeable.

El sicario emboscado en lo alto de la torre de las ruinas del castillo de Montsegur contuvo la respiración y apretó finalmente el gatillo.

El relámpago y el trueno llegaron casi al mismo tiempo, debido quizás al hecho de que el fenómeno meteorológico se había desatado cerca de la montaña llamada Pog. Quizás por la misma razón el ruido fue ensordecedor y una onda de aire electrificado recorrió la atmósfera y el resplandor quitó toda posibilidad de visualizar el entorno.

Por la acción de meteoro el cuerpo de Bernal sufrió un espasmo nervioso del cual tardó unos segundos en reponerse y que lo sacó de su equilibrio en el momento en que accionaba su arma. Su pulso se alteró justo cuando accionó el gatillo.

El refusilo también sacudió a los tres hombres que avanzaban y Jack trastabilló mientras Mike y Bertran cayeron directamente al suelo.

Por el ruido de los elementos naturales no pudieron oir el sonido de la lejana detonación ni el silbido del proyectil llegando. Sólo se percataron del impacto de la bala en la roca que se hallaba justo detrás del lugar en que se había hallado el torso de Berglund, quien, atontado no atinaba a reaccionar. Trozos de mineral saltaron por el aire confirmando la llegada del disparo.

Mike, más joven que el americano y con reflejos más rápidos, y debido a su experiencia en combate, se arrojó sobre su compañero y lo tiró detrá de unos escasos matorrales y unas piedras, cayendo sobre él.

Bertrán, quien a pesar de su edad conservaba aún los reflejos adquiridos en su epoca en la Legión Extranjera francesa, también buscó refugio entre unas peñas situadas más atrás.

Bernal, tan pronto como volvió a adquirir el control de sus actos, buscó desesperado con la mira de su fusil para comprobar si su disparo había sido efectivo o había sido malogrado por el relámpago. Pronto divisó unos bultos desplazándose por el suelo en el lugar en que había estado su blanco; no sabía si había herido o no al hombre al que había disparado, pero estaba seguro de que no lo había matado. Furioso por la intervención del azar en el momento justo del disparo se puso de pie sobre el piso de piedra de la torre con el objeto de ganar perspectiva y volver a disparar sobre sus enemigos.

Taro Suzuki había sido también sacudido por el relámpago justo en el momento en que estaba ascendiendo a la torre del castillo, sobre la cual ya había visto a un hombre armado moverse y finalmente agazaparse tras las troneras derruídas. También él cayó por el suelo por la vibración atmosférica; sin embargo, lo que caracterizaba al profesor de artes marciales era su férrea determinación y su sentido del deber. De un salto se puso de pie y luego de echar un vistazo a la torre desde abajo vio que el tirador volvía a colocarse en posición de combate, esta vez de pie.

Empapado, Bernal pasó su mano por su cara quitando todo el agua que nublaba su visión, se quitó la capucha que cubría su cabeza, que aunque la protegía de la lluvia, goteaba sobre sus ojos y le impedía concentrar bien su puntería; a continuación pasó un pañuelo empapado por la mira telescópica buscando secar el exceso de agua que la cubría y retomó su posición de disparo, firmemente parado en el suelo de la torre.

Por fin pudo nuevamente visualizar su blanco, uno de los objetos que se deslizaban allá abajo y a la distancia, buscando la protección de rocas más altas contra los tiros que ya sabían que provenían del castillo.

Bernal sabía que no debía fallar esta vez, ya que sus enemigos estaban alertados de su presencia en las ruinas. Nuevamente contuvo la respiración y comenzó el recorrido del gatillo.

Esta vez el golpe no fue dado por elementos naturales. El asesino sintió un dolor intenso en su lado derecho y vio con deseperación como el fusil escapaba de sus manos e iba cayendo por las paredes de la torre, los muros del castillo más abajo, para luego perderse por el acantilado que caía a pique en el abismo y finalmente desaparecer en el follaje de los árboles de la ladera, mucho más abajo.

Como también él era un guerrero nato, Bernal no perdió tiempo en lamentar la pérdida de su arma, y se dio vuelta para determinar que era lo que lo había agredido. En medio de la lluvia distinguió a un pequeño hombre avanzando hacia él a unos quince pasos de su posición. Dispuesto a enfrentar el nuevo desafío, Bernal sacó un gran cuchillo de su cinto y avanzó en posición sigilosa hacia el contricante.

Ante el espectáculo del tirador listo a hacer fuego sobre sus amigos, Taro Suzuki había entendido que no tenía muchas alternativas a disposición. No llevaba armas de ninguna clase, fiel a su propia tradición de valerse exclusivamente de su cuerpo para la defensa personal, hizo lo único que podía hacer, recogió una piedra aguzada caída de las troneras rotas y la arrojó sobre la espalda del tirador, confiando en la suerte más que en su puntería para que diera en el blanco. De inmediato, y sin esperar a ver el resultado de su acción, el japonés dio varios saltos en dirección al hombre que ahora blandía un cuchillo de grandes dimensiones.

Los dos hombres se enfrentaron sobre la desolada torre, en medio de los rayos que caían sobre la montaña y los truenos que tapaban cualquier otro sonido.

Mucho más abajo, Jack Berglund y sus dos compañeros alzaron la vista y distinguieron las dos figuras, una girando en torno a la otra, a la luz vacilante de los relámpagos y en medio de la caída torrencial de agua. A pesar de la distancia pudieron ver la situación y entender todo su dramatismo.

"¡Oh, no! Es Taro." Gimió Jack, mientras extraía de su mochila los binoculares para seguir con detalle las acciones.

"¡El otro hombre está armado!" Agregó con un hilo de voz Mike aguzando la vista.

Bertran Rostanh emitió una vieja plegaria cátara en el dialecto provenzal.

Los tres hombres estaban congelados siguiendo las agónicas circunstancias que una vez más se desarrollaban en el antiguo castillo de los cátaros.

Capítulo 52

Los dos contricantes se enfrentaron durante un tiempo psicológicamente infinito, cada uno buscando en vano detectar fallas en la guardia de su oponente; pronto ambos comprendieron que estaban frente a un luchador avezado, con más técnica en el caso de Taro, y con más impulsos salvajes por parte del hondureño.

Bernal sabía que contaba con una ventaja importante al tener el gran cuchillo en sus manos, las que estaban adiestradas a usarlo sin contemplaciones; también sabía que eso le daba la iniciativa para el ataque, ya que el japonés que se hallaba adelante debía precaverse de sus peligrosos golpes que desgarrarían la carne del rival. Por eso sólo debía esperar su oportunidad y confiar en sus reflejos.

Taro lucía imperturbable y esa actitud realmente evidenciaba su estado interior, de absoluto control de modo de evitar la ansiedad que solo le haría dar un paso en falso. El permanente autoadiestramiento de su cuerpo, de su respiración y de su mente en técnicas zen le permitía ahorrar energías que se debían desatar en el momento justo, ni un instante antes.

Visto desde lejos, desde donde los tres compañeros del japonés se hallaban, los acontecimientos que transcurrían en la torre del castillo semejaban una danza ritual en ritmo lento, con Taro Suzuki ocupando el centro de la escena y su enemigo rondando en torno a él, semiagachado y con la navaja delante, buscando el momento y el lugar en el que entrar en la defensa del impertubable profesor de artes marciales.

Jack Berglund sabía perfectamente que el combate sería breve y a fondo, que los lances serían pocos y de resolución rápida y mortal. Con congoja en el pecho el americano también sabía que solo uno de los dos combatientes saldría de esa torre con vida, y el hecho de que su amigo tuviera la desventaja de estar desarmado le oprimía la respiración.

Los rayos continuaban cayendo en el campo circundante y el escenario de la lucha se iluminaba con los relámpagos contínuos, mientras los truenos ponían una música de fondo al fatal duelo.

De pronto Bernal acometió en profundidad y de un salto llegó hasta el punto donde se hallaba Suzuki, portando siempre su arma delante y estirando el brazo. Con una reacción instantánea el profesor pudo esquivar la cuchillada que apuntaba a su vientre, pero al hacerse a un lado no consiguió evitar que el filo cortara su flanco izquierdo, que comenzó a manar sangre. El dolor de la herida era punzante pero el japonés logró controlar las lágrimas que brotaban de sus ojos y amenazaban con turbar su vista.

Jack y sus compañeros pudieron percatarse de que su amigo estaba herido, pero ardían de impotencia al no poder auxiliarlo.

Como un tiburón en aguas profundas, Bernal se excitó al ver la sangre de su rival; por experiencia de heridas propias pasadas sabía la agonía que el mismo estaba experimentando, y decidió que era tiempo de poner fin al combate. Con un rugido lanzó su cuerpo, corto y compacto, con toda fuerza hacia adelante haciendo retroceder a Suzuki, quien trastabilló y rodó por el suelo debido a la embestida, cayendo de espaldas cerca del borde de la torre, tras el cual quedaba solo el precipicio vacío.

Jack Berglund no pudo contener sus ansias. Se paró en una roca y con una voz potente rugió el grito de guerra samurai de todos los tiempos. En ese momento los truenos se callaron y los relámpagos cesaron por un instante, permitiendo que el eco de la montaña propagara el sonido.

En cámara lenta Mike y Bertrán vieron como el sicario se lanzaba con el acero hacia adelante sobre el camarada caído, como éste elevaba sus piernas acompasadamente hasta que tomaron contacto con el pecho del atacante.

Jack Berglund repitió el grito samurai y una vez más los elementos se acallaron para respetar el sagrado grito ritual. Un relámpago formidable iluminó la cima de la montaña por un momento.

En medio de la claridad brillante y espectral, los tres espectadores vieron como el cuerpo del asesino atacante era levantado en vilo por las piernas de Suzuki y merced al ímpetu de su propio ataque reproducía el circulo que la espalda del hombre caído describía sobre el suelo y describía otro círculo mas amplio por el aire para ser arrojado por encima de las troneras semiderruídas de la torre al vacío, rodando por los costados de la misma y por el muro inferior , destrozándose sobre las rocas en las que estaba elevado el castillo y siendo tragado por la arboleda que nacía más abajo.

Otro grito surgió del grupo de caminantes que habían estado contemplando el dramático desenlace del combate. El formidable

Hurra de los cosacos rusos salió de la garganta de Mike y se unió al grito de Bertran, mientras Jack caía al suelo en estado de shock como consecuencia de su descarga adrenalínica.

Lo primero que el americano vió al salir de su letargo fue el rostro desencajado del ruso que lo palmeaba en el rostro para hacerlo salir de su estado.

Bertran , con su habitual sentido práctico había comenzado a ascender el trecho de sendero abrupto que conducía al castillo.

"¿Dónde vas?" Preguntó Mike desconcertado.

"Suzuki está herido." Fue la tajante respuesta.

La lluvia afuera no cesaba de caer. Los tres hombres habían subido a la torre ´habían cargado el cuerpo desvanecido de Taro en las amplias espaldas de Mike y lo habían conducido al derruido edificio principal del castillo, en lo que había sido una amplia sala en sus momentos de esplendor y que por lo menos tenía un sector protegido de la tormenta..

Betran Rostanh había descubierto la herida en el flanco del japonés, y luego de lavarla y desinfectarla con los elementos que traía en su botiquín, había podido parar la pérdida de sangre.

Suzuki seguía inconsciente y cada tanto balbuceaba alguna palabra en japonés y Jack aún se hallaba nervioso al ver el estado de su amigo.

El francés le dijo.

"Saldrá de esta bien. No ha perdido tanta sangre y confió en el torniquete que le he practicado y en la desinfección precaria, pero debemos llevarlo a un hospital. Vayan pensando en que explicación daremos a los doctores sobre el origen de la herida."

Mike agregó.

"Debemos improvisar algun tipo de camilla o angarilla para sacarlo de este castillo y llevarlo hasta el auto y de allí a la ciudad."

En ese momento, para inmenso alivio de sus compañeros Taro abrió los ojos y parpadeó. Sus pupilas buscaron las de Jack, y al hallarlas le dijo.

"Oí tus gritos de guerra samurais."

Capítulo 53

Dos días más tarde, Jack y Mike llevaron a Taro, aún convaleciente de sus heridas, a casa de Trencavel. El francés había ofrecido al herido un dormitorio que su hijo había dejado libre al mudarse a Carcasona, con el objeto que pudiera pasar allí tres o cuatro días hasta su restablecimiento.

Los cuerpos de los dos sicarios caídos en la lucha con Matsuko habíen sido convenientemente enterrados por Mike y Jack en la arboleda que rodeaba a la montaña Pog, y el de Bernal había caído en una zona impenetrable donde jamás sería hallado antes de que las alimañas del bosque lo consumieran.

Por todo ello, los médicos del puesto sanitario que habían curado a Taro aceptaron sin muchas preguntas la versión de que el japones se había accidentado al caer de una cierta altura sobre una roca filosa.

La mochila del hondureño había sido llevada por los viajeros y su contenido examinado, los documentos scaneados con uno de los celulares que tenía la aplicación para hacerlo, y los archivos así procesados enviados al Dr. Richardson para que este lo reenviara a su vez al Almirante Donelly, quien compararía esa información con la base de datos de los servicios de inteligencia de los Estados Unidos.

Al enterarse de los sucesos ocurridos en el castillo, los combates acaecidos y la herida de Taro Suzuki, Richardson había tenido una fuerte discusión con Jack Berglund, exigiéndole el inmediato regreso del grupo a Nueva York, aunque al final había aceptado la explicación de que los peligros habían cesado y que los miembros del grupo sólo iban a completar algunas tareas para las cuales habían ido a Francia, sin exponerse a mayores riesgos.

En casa de Trencavel se encontraban entonces además de los dueños de casa, Taro, Jack y Mike, y Zhi y Nick habían viajado nuevamente desde Carcasona, donde se habían alojado en ese tiempo. A todos se les hizo evidente que los dos muchachos habían en ese tiempo consolidado una relación afectiva.

Luego del almuerzo, aprovechando el clima favorable del mediodía, todos los asistentes se reunieron en el jardín de Trencavel, no demasiado grande, pero a cubierto de las miradas del exterior por un abundante cerco vegetal.

Taro y Jack habían narrado lo acontecido en el siniestro castillo, aunque ocultando parcialmente algunos detalles que hubieran aterrorizado a Zhi.

"¿De modo que entonces podemos esperar que los peligros hayan desaparecido?" Preguntó aún un poco incrédula Zhi.

"Si, al menos por el momento. No creo que les queden a nuestros perseguidores hombres de acción que puedan representar un peligro inmediato." Fue la sobria respuesta de Jack.

"¿Cual es el próximo paso? ¿Cuál es el propósito de quedarnos en Montsegur?" Insistió la joven mujer. Taro tomó su cargo la respuesta.

"Llevar a cabo la tarea que vinimos a hacer en esta parte del mundo?"

"Explícate."

"Buscar el Caliz Sagrado en el interior del castillo y sus alrededores, usando el detector de metales y otros métodos electrónicos de búsqueda." Respondió el japonés.

Al oir hablar de regresar al castillo, un escalofrío recorrió la espina dorsal de la joven.

"Por supuesto no tienes obligación de participar en esta tarea." Dijo firmemente Jack.

"He venido con ustedes con ese fin y haré mi parte como corresponde." Fue la resuelta respuesta.

El resto de la velada fue dedicada a hacer los preparativos para salir al día siguiente a la mañana temprano rumbo al Monte Pog.

En un momento determinado Bertran Rostanh habló en voz baja con Nick diciéndole.

"¿Me acompañas un momento por favor."
Al hacerlo, caminaron hacia un rincón del jardín donde se hallaban André Trencavel y su mujer Fátima. El joven se percató de que era una reunión independiente del resto del grupo.
Trencavel tomó la palabra.
"Nosotros cuatro somos los que pertenecemos al conjunto de descendientes de los cátaros dispersos por el mundo."
"Yo, aunque no lo soy por via sanguínea, represento a mis hijos que sí lo son."Añadió Fatima.
Trencavel retomó la palabra.
"Bertran y nosotros hemos decidido aprovechar la aparición de esta expedición de la Comunidad Bluthund para cumplir con un proyecto que hemos tenido por décadas, y que creemos que está maduro para ser llevado a cabo ahora, teniendo en cuenta las exploraciones ya llevadas a cabo por los miembros de Bluthund, que permiten descartar una cantidad de posibles ubicaciones del Santo Grial, y en general del tesoro de los Cátaros, y dedicarnos a lo que creemos que es la última posibilidad de determinar su ubicación. Creemos que esta es la misión histórica de los descendientes de aquellos niños que fueron evacuados de la fortaleza de Montsegur, con el objeto de ponerlos a salvo de la matanza y de precisamente cerrar este capítulo."
"Queremos proponerte que te unas a nosotros, ya que también tu compartes este vínculo de sangre."
Al oir estas palabras una ola de fervor invadió el joven corazón de Nick.
Al día siguiente el cielo amaneció despejado y cuando salieron en la camioneta Toyota los viajeros no estaban bajo los angustiantes presagios de la vez anterior, solo cuatro días antes, sino con la decisión de llevar a cabo la misión que habían emprendido. Mientras Taro permeneció con los Trencavel para terminar de reponerse de

su herida, los restantes miembros ascendieron la dura cuesta hasta la entrada de la fortaleza e ingresaron en su interior.

Una vez que se hallaban dentro de las ruinas, decidieron almorzar para reponer energías.

Luego de pasar todo el día y la noche en la búsqueda electrónica y visual, armaron sus tiendas bajo la protección del edificio principal del castillo que aún conservaba un trozo de techo, para seguir la inspección al día siguiente. La primera jornada no había dado resultados de la presencia de metales que pudieran ser considerados parte del tesoro en las proximidades del castillo.

"No olvidemos que éste en el que nos encontramos ahora, no era el mismo castillo original de los Cátaros, el que había sido arrasado por los mercenarios cruzados, y que si los sobrevivientes realmente trajeron el tesoro para enterrarlo aquí, el nuevo castillo quizás aún no había sido construido." Explicó Bertran.

"Bien, de una manera u otra, mañana terminaremos nuestra labor aquí y regresaremos a Montsegur. Debo cumplir con la palabra de dí a Richardson." Dijo Jack, en su carácter de jefe responsable de la expedición.

Capítulo 54

Al amanecer del siguiente día, y antes de que sus compañeros de viaje se despertaran, Jack Berglund tomó su abrigo y su mochila, las llaves de la camioneta y se subió a la misma. Una nota de tres líneas había aparecido en un pequeño papel prendido con un alfiler a su mochila y reconoció la escritura pequeña y prolija. No estaba firmada pero sabía quien la había escrito.

Puso en marcha el vehículo y se dirigió directamente a la montaña donde tanto eventos habín acontecido en los días anteriores. Estacionó la camioneta más o menos en el mismo sitio en que la habían dejado las veces previas y se encaminó el castillo. Ya a mitad de camino vislumbró una figura parada en el sitio donde los sicarios se habían emboscado el día del primer combate.

Reconoció a la persona que se hallaba bajo la túnica negra, pero siguió avanzando sin saludar ni demorarse.

Cuando llegó al risco donde la figura se había hallado ya no había nadie. Miró hacia la aun distante cima con las ruinas del castillo, y vio una ligerísima columna de humo que salía del edificio principal que ya conocía or haber pasado allí una noche con sus compañeros. Desde la prespectiva en que se hallaba jack, el humo contrastaba con la atmósfera diáfana de la mañana.

Siempre sin dudar retomó es esfuerzo para llegar a la cumbre donde tantos eventos habían acontecido últimamente y finalmente llegó a la planicie irregular donde se hallaban las ruinas. Entró en el castillo y se dirigió guiado por la memoria hacia el edificio el cual brotaba el hilo de humo. Con el corazón latiendo rápidamente por el esfuerzo y la expectativa caminó hacia la entrada de la imponente pero derruida construcción.

Una vez dentro sus ojos buscaron la amada figura vestida de negro, pero encontraron la silueta del hermoso y menudo cuerpo de una mujer joven totalmente desnudo, mirándolo fijamente mientras un fuego de maderas secas crepitante entibiaba el gélido ambiente de la cumbre del Monte Pog. Un uniforme negro de Ninja estaba cuidadosamente doblado cerca del fuego mientras una bolsa de dormir vacía se ubicaba más allá.

"Hola Matsuko."

"Hola Jack." La voz de la doncella sonaba casi infantil. "Has llegado temprano."

"Anoche vi tu nota."

La joven se introdujo en la bolsa de dormir e indicó el espacio vacío que aún quedaba en ella.

El siguiente en despertarse esa mañana fue Taro. Al dirigirse a la cafetería del albergue para desyunar pasó por la habitación que ocupaba Jack Berglund. Le sorprendió ver la puerta mal cerrada y se acercó para trabarla, cuando vio en el piso del interior del cuarto un pequeño papel doblado. Insitintivamente lo levantó y contra su voluntad no pudo evitar abrirlo y leerlo. También Taro reconoció le menuda escritura y una sonrisa apareció en su rostro. Depositó el papel sobre una mesita, cerró la puerta bien y se dirigió a la cafetería.

Mientras descendía la escalera de madera aún con dificultad por el dolor de la herida, pensó en la situación y se agradeció una vez más, y por otros motivos, haber salvado la vida de su amigo y de sus compañeros.

Esa tarde la dedicaron al descanso y a visitar la ciudad de Montsegur, cosa que hicieron en un recorrido breve. A las 7 p.m. decidieron cenar y mientras lo estaban haciendo entró Jack en el bistrot con aspecto cansado. Saludó y dijo.

"Estoy cubierto de polvo. Voy a la habitación del hotel a lavarme y regreso. No me esperen para cenar, luego me uno a ustedes."

Cuando el americano regresó y se sentó junto a sus compañeros nadie le preguntó donde había estado. Mientras esperaba que lo atendieran comentó.

"Tengo un mensaje de Richardson en la casilla. Me pide que lo llame mañana. Su voz sonaba inquieta."

Mientras todos estaban aguardando el postre, le tocó a Nick recibir una llamada. Luego de mirar la pantalla se levantó de la mesa para poder tomarla con privacidad. Al regresar Zhi le preguntó.

"¿Quien te llamó?"

"Corrado Gherardi. Se hallaba con Wolfram von Eichenberg."

"¿Qué deseaba?"

"Verme en Roma en dos días."

"¿Para qué?"

"No lo sé."

"¿Vas a ir?" La voz de Zhi sonaba ansiosa.

"Sí, prometí hacerlo."

"Nosotros vamos a regresar a Nueva York mañana, si es que conseguimos pasajes." Informó Jack.

"Me uniré a ustedes en Nueva York cuando termine esta reunión."

El tono del muchacho le sonó a Zhi como elusivo y tuvo la impresión de que no había dicho toda la verdad. Emitió un suspiro. Mas tarde o más temprano sus dos amores se separaban de ella.

Jack logró contacto con el Dr. Richardson. Brevemente lo puso al tanto de las novedades.

"¿De modo que no han hallado indicios sobre la presencia del Grial en esa zona?"

"Bien, tampoco el grupo que viajó a Israel obtuvo dato concretos. Siempre quedan posibilidades que resulta imposible comprobar, como por ejemplo la parte no excavada de la red de túneles de origen templario bajo la actual ciudad de Acre, o los contornos en torno al Monte Pog que no se pueden recorrer con detectores en su totalidad por la enorme extensión. Parece que no quedan alternativas a explorar." Dijo el inglés en tono abatido.

"No estoy tan seguro. La impresión que tengo es que los descendientes locales de los Cátaros en esta zona tienen sospechas de otros sitios probables, pero no las comparten con nosotros porque en realidad están protegiendo sus propios intereses."

"¿A que te refieres?"

"A un tesoro cátaro que los sobrevivientes habrían puesto a salvo antes de la destrucción de la fortaleza, y que presumiblemente incluiría al Caliz Sagrado."

"Bien, pero por el momento dejaremos de lado la búsqueda del Grial para abocarnos a un nuevo proyecto que posiblemente nos asignen."

"¿De que se trata?"

"Por ahora no te lo puedo revelar, pues está todo en estado incipiente. Cuando todos estén de regreso en Nueva York, haremos una reuinón del Comité Ejecutivo de la Comunidad y creo que entonces tendremos más información sobre este proyecto."

El grupo ya se preparaba para dejar el albergue y viajar a Paris para desde allí tomar el vualo a Nueva York. Nick ya había confirmado que no viajaría con el resto. En un momento a solas Zhi se acercó al joven y le acarició la mejilla con su mano.

"¿Voy a volver a verte?"

"Esta tarde debo viajar a Roma, pero dentro de poco tiempo estaré nuevamente contigo y permeneceremos juntos. Lo prometo."

La muchacha se puso en punta de pies y lo besó en la boca, mientras los demás integrantes del grupo fingían mirar en otra dirección.

Corrado Gherardi estaba esperandolo en el Aeropuerto Intercontinental Leonardo da Vinci, también conocido como Fiumicino, en Roma. Una vez que introdujeron el escaso equipaje den el baúl del auto rentado, salieron con rumbo a la ciudad.

"¿Dónde se encuentra Wolfram von Eichenberg?"Preguntó el recién llegado.

"En el hotel donde nos alojamos. Está con alguien que queremos presentarte."

Luego de registrarse en el hotel y dejar su equipaje en la habitación que le había sido asignada, Nick descendió a la planta baja y se dirigió a la cafetería donde ya se hallaban Corrado, Wolfram y otro hombre de aspecto militar. Los tres se pusieron de pie al llegar el joven. Una vez que saludó a Wolfram, el italiano tomó a su cargo la presentación.

"Nick, te presento al Coronel Hans Fischer, de la Guardia Suiza del Vaticano. Coronel, le presento a Nicholas Lafleur, otro miembro de nuestro grupo."

Capítulo 55

Se aseguró de que nadie estuviera merodeando por los pasillos y luego procedió a cerrar la puerta de su lujosa cámara. Se sacó las ropas de ceremonial y se vistió en forma casual. Controló en un espejo de que su aspecto fuera satisfactorio y se peinó cuidadosamente. Luego se pasó la mano por las mejillas y constató de que estaba bien afeitado, de modo que en la pantalla de su computadora no luciera su rostro con una sombra.

Luego se sentó comodamente en su escritorio, graduó la luz ambiental para que iluminación fuera tenue, y prendió el dispositivo. Una vez que accedió a Internet colocó en la barra la URL del sitio al que accedía una vez por semana, no más y no menos, para su deleite.

Era un sitio de la web profunda.

Una vez ubicado entró con su contraseña y recorrió los mensajes intercambiados con varios muchachitos jovenes, pertenecientes a todas la razas, ya que le gustaba experimentar. Sin embargo estaba buscando afanosamente un mensaje que le había llamado la atención en la pantalla de su teléfomo celular, cuando fugazmente en medio de una reunión le apareció un mensaje intrigante que despues de varias horas se había tornado excitante. Finalmente lo pudo ubicar y lo amplió. El apodo de quien lo enviaba era Angel. Pensó que era muy apropiado y se detuvo mirando la fotografía, lamentablemente tomada con poca luz, que mostraba un rostro de facciones muy bellas, con ojos azules y cabello rojizo. Pensó que el apodo lucía apropiado y comenzó a leer con fruición el perfil de quien lo enviaba.

"Catorce años." Leyó para si. Pensó si aún esa edad era aceptable y decidió favorablemente. Luego volvió a mirar la fotografía preguntándose esta vez si esa edad era creíble y finalmente también decidió que sí.

Luego comenzó a leer el resto del perfil, escrito en inglés y francés. Al terminar se paró un momento, fue hasta una alacena donde guardaba una botella de whisky y se sirvió dos tragos, para vencer inhibiciones.

Volvió a sentarse frente al computador e iniciar una videollamada por Zoom. Por fortuna le contestaron de inmediato.

"Hola Angel. Soy Joker."

En el largo viaje de ida de París a Nueva York, Jack Berglund se despertó y luego no pudo recuperar el sueño. Su mente divagaba pero por primera vez en un largo tiempo no sobre los aspectos de la búsqueda que estaban realizando con el equipo de la Comunidad Bluthund, sino ahora sobre su vida personal.

Había vivido un largo romance con Lakshmi Dhawan, y la mujer india era definitivamente parte de su vida. Pero el tiempo había dejado su marca en la relación y ahora sabia que había llegado el momento de un replanteo, tanto por parte de él, como por parte de la mujer.

Ya había adivinado que entre Lakshmi y Jerome Watkins había comenzado una relación, que había estado latente durante mucho tiempo, comenzando por una fuerte atracción física pero también por una admiración intelectual de uno por el otro. Presumía que al retornar a Nueva York y reunirse con la mujer, ella le plantearía la nueva situación que la proximidad con Jerome en Israel había originado.

Pero también por la lado de Jack, viejos deslumbramientos habían florecido. Matsuko, con quien ya había tenido una fugaz relación en otra de las aventuras a las que la Comunidad Bluthund lo impulsaba, ahora surgía con una fuerza imparable como la luz de sus pensamientos.

En el fondo, concluyó Jack, el destino había puesto en el camino tanto de Lakshmi como el de él rumbos divergentes. Como ambos eran maduros, lo único que les restaba era afrontarlo y tomar la decisión conjunta de permitir que cada uno siguiera los dictados de su propio corazón.

Tranquilizado por estos pensamientos, Jack Berglund se durmió en su asiento del avión.

En su solitario refugio en medio de la inmensa estepa patagónica, el joven cuidaba de lejos la majada de ovejas de su familia, que pastaban las duras hierbas que el arido suelo les ofrecía bajo la atenta mirada de los tres perros pastores que mantenían al rebaño unido y a los zorros y otros posibles depredadores alejados. Para el caso de que apareciera un puma u otro peligro mayor, Aulric tenía a mano su escopeta de dos caños simpre cargada y lista para disparar.

La casa de piedras era elemental, carecía de un baño y la cocina era solo un circulo de piedras debajo de una chimenea, que servía también de calefacción ante los duros fríos nocturnos de la noche en la estepa.

El joven miró al cielo encapotado y se preguntó cuantos días más transcurrirían antes de que comenzaran las duras nevadas en los primeros días de otoño. Afortunadamente, aunque la tormenta lo sorprendiera ese misma tarde, el refugio de piedras le proporcionaría protección a él y en el corral vecino, también a su majada y a sus perros para pasar la noche si no podía regresr a su casa en el pueblo, y también tenía abundante leña seca en el interior para mantenerse caliente.

Esos pensamientos reasegurantes se vieron pronto desplazados por la imágen de Zhi. Desde la separación, la nostalgia se habia convertido en una angustia por la lejanía y el no saber si el destino los volvería a reunir. El joven reprimió un gemido acongojado y se levantó para conducir a la majada de regreso al pueblo, pero sobre todo para desviar su mente de la persona amada.

Desde el alejamiento de Zhi, en el espíritu del muchacho la visión antes habitual de la inmensa llanura patagónica era solo fuente de un tedio cósmico. Lo que antes era paisaje ahora era desierto.

Se bajó del taxi y esperó unos minutos para tomar otro. Deseaba borrar todo rastro de su viaje que le pudiera ser reproschado más tarde en caso de ser descubierto. Al nuevo taxista le dio una dirección que le habían comunicado por Internet.

Cuando el vehículo se detuvo el corazón le dio un vuelco. En vez del hotel elegante donde habitualmente tenía sus citas sexuales, este sitio tenía un aspecto sórdido. Pagó el viaje y entró en el edificio; el aspecto interior del lugar era realmente ruinoso y mal iluminado.

El conserje estaba leyendo el diario con los codos apoyados sobre su escritorio mientras un cigarrillo colgaba de sus labios. Sin contestar el saludo del recién llegado le preguntó con acento ronco de fumador.

"¿A quién viene a ver?"

"A Angel."

"¿Quien lo busca?"

"Soy Joker."

"Habitación 214, en el segundo piso...no hay ascensor."

Joker subió fatigosamente las escaleras y al llegar buscó la habitación entre las puertas del angosto pasillo, cuya alfombra exhibía grandes manchas. Dada la escasa luz del corredor tuvo que forzar la vista para distinguir los números de la puerta. Se maldijo de haber aceptado ir al lugar indicado por el adolescente y no haber impuesto su propio y discreto hotel, pero ya era tarde para volverse atrás. Además, el muchacho era muy atractivo y muy joven. Golpeó la puerta con sus nudillos.

"Adelante, está abierto." Respondió una voz casi infantil.

Capítulo 56

Joker avanzó en la semi penumbra de la habitación, con su pecho lleno de expectativa. Aún de una cierta distancia pudo vislumbrar en la cama doble un cuerpo masculino de piel muy blanca. Como su anterior compañía había sido un jovencito senegalés renegrido, el contraste le resultó extraordinariamente atractivo; el cuerpo del muchacho que se hallaba tendido en el lecho lucía, a pesar de la poca luz, mucho más grande que el del niño africano, quien había quedado bastante estropeado luego de la relación prolongada con Joker. Esto abría la esperanza que el nuevo efebo resultara más duradero que el anterior.

Joker le preguntó en francés.

"¿Tú eres Angel?" La pregunta era en verdad redundante.

"Sí.¿Y tú eres Joker?"

El recién llegado no respondió la pregunta retórica y ordenó.

"¡Ponte de pie!" Como su interior ardía por el placer anticipado, su voz sonó imperativa.

El joven así lo hizo; a medida que su cuerpo se erguía, Joker vió con sorpresa y con emociones encontradas que Angel tenía un físico desarrollado y le llevaba una cabeza de altura.

"Pero...pero tú no tienes catorce años." Su tono revelaba la alarma que se había encendido en su mente y sus vísceras.

"Es verdad, tengo veinticuatro."

Joker estaba realmente asustado, de inmediato pensó que había caído en una trampa de un extorsionador, y quizás peor, de un asesino. Sabía que así como en la web profunda merodean los pedófilos, también lo hacen quienes les dan caza.

"¿Quién eres? ¿Que es lo que quieres? ¿Cuál es tu verdadero nombre?"

"Mi nombre es Nick."

En ese momento se encendió la luz del cuarto en forma repentina. En un espejo situado frente a la cama Joker pudo ver claramente reflejada una figura masculina de gran tamaño, vestida de traje oscuro. Completamente confundido, el pedófilo reconoció de inmediato al hombre que le observaba.

"¡Tú!¿Qué hacer aquí? ¿Cómo te atreves...? Maldito bastardo."

El hombre no pareció afectado por la explosión de cólera de Joker; con toda tranquilidad y autodominio dijo.

"Su Eminencia Reverendísima, va a ser mejor que controle su ira. No está en el centro del Vaticano, esto es la ciudad de Roma."

"Lo mismo te digo a tí. Tú no tienes jurisdicción aquí."

"Pero ellos sí la tienen."

El Coronel Hans Fischer dio un paso al costado y detras de él, Joker pudo ver a dos *carabinieri* que avanzaban, con sus sus gorras con una antorcha metálica amarilla, sus chaquetas azules oscuras con correas blancas sobre ellas.

Uno de los hombres avanzó en la habitación y dirigiéndose a Joker le dijo.

"Su Eminencia, le ruego que nos acompañe sin resistirse. Es conveniente para usted permanecer en silencio. Toda esta escena ha sido filmada y grabada."

"He sido conducido aquí con engaños. Van a pagar muy cara su osadía."

De pronto, el joven llamado Nick habló.

"También están grabadas las reuniones virtuales que hemos mantenido en Internet. Usted activamente propició este encuentro."

El Cardenal sintió que todo su mundo seguro e inexpugnable se desplomaba, y que su vida había tenido un vuelco crucial.

Nick Lafleur observaba la escena desde unos veinte pasos, en medio del contigente de curiosos y visitantes del Vaticano que aprovechaban su visita para asistir al colorido espectáculo. A su lado se hallaban Wolfram von Eichenberg, en realidad un agnóstico librepensador, y Corrado Gherardi, que había hecho una excepción a su juramento de no volver a pisar la Santa Sede.

Se encontraban en una plaza descubierta en medio de un día soleado pero aún el calor no apretaba.

Un pelotón de Guardias Suizos se hallaba formado en el patio alrededor de su clásica bandera con los signos papales y sus franjas blancas, amarillas, rojas y azules. El estandarte era sostenido en posición horizontal por uno de los guardias. En la parte superior el paño exhibía un signo consistente en una cruz papal con dos llaves cruzadas formando una X.

Todos los miembros del pelotón estaban vestidos con sus amplios uniformes oficiales de color azul, rojo, naranja y amarillo, inspirados en un fresco del pintor italiano Rafael. En lugar de botas llevaban polainas de los mismos colores que el uniforme, y sobre las ropas lucían las brillantes corazas metálicas que se prolongan hasta el antebrazo. Los cascos de soldados medievales son del mismo material que las corazas y están coronado por un largo penacho blanco o rojo según la jerarquía.

El Coronel Hans Fischer se hallaba en medio del pelotón, con su mano izquierda colocada sobre la bandera y la derecha levantada y abierta, con la evidente actitud de estar realizando un juramento, aunque Corrado, Wolfram y Nick no pudieran oir sus palabras.

El joven preguntó.

"¿Cual es el propósito de la ceremonia, y porqué el Coronel Fischer es el centro de la misma?"

Gherardi se hizo cargo de la respuesta.

"Hans se está retirando de la Guardia Suiza, a la que perteneció durante veinte años, y se va a vivir a su casa rural en el Cantón de Aargau, con su mujer y sus hijos."

"O sea que al final, el incidente con el Cardenal le costó el puesto?"

"No , porque el "Incidente", como tú le dices, fue silenciado y el Cardenal fue hecho salir de la escena en forma discreta, aunque sigue su juicio en la Justicia Italiana."

"¿Y por que se retira Fischer entonces?"

"Según me dijo, sufrió un desengaño y algo se rompió dentro de él, y cree que ya no estaría cómodo en la Guardia...Mira, aquí se acerca."

Se hallaba mirando las cumbres lejanas de los Pirineos desde una terraza del Monasterio en el País Vasco. Internamente estaba sumido en profundas reflexiones, aunque su humor era mejor que lo que había sido en los meses anteriores.

Iñaki de Medizábal estaba enterado de todo lo acontecido a quien había sido su mentor y jefe, el Cardenal a quien había llamado Su Eminencia Reverendísima. El alto prelado había sido también un dictador que le había impuesto siempre su voluntad y un obstáculo en el avance de la carrera de Iñaki, aquella que verdaderamente le importaba. Lamentaba que el final hubiera sido tan escandaloso, aunque los medio vaticanos habían podido esconder lo ocurrido de la opinión pública, y atribuir el alejamiento del Cardenal a su deseo de retirarse para meditar. El trágico fin del sicario Bernal y de varios de sus matones le resultaba también una fuente de gozo, ya que durante su presencia en el Monasterio lohabían humillado reiteradas veces.

Iñaki se puso de pie, se acercó a la baranda de la terraza y clavó sus ojos en las montañas. Una sonrisa apareció en sus labios. Sabía que la vacante de jefe máximo de Acción Divina caería en sus manos, el galardón máximo al que aspiraba. En efecto, a pesar de tratarse de una organización no oficial del Vaticano, la institución gozaba de un gran poder ideológico y recursos abundantes de todo tipo. Iñaki pensó que paradójicamente tenía mucho que agradecerle a su enemigo, Corrado Gherardi, por haber removido de la escena a Su Eminencia.

Capítulo 57

Bajó del avión que lo trasladó a Carcasona y tomó un taxi que lo condujo al negocio de tabaquería de Bertrán Rostanh. Ya habían combinado el día anterior encontrarse en esa ciudad los tres, incluyendo a André Trencavel de Montsegur.

Al verlo por la puerta de cristal, Bertran se apresuró a dar vuelta el cartel de la tienda a su posición "Cerrado" y le abrió la puerta, tras lo cual le dio un afectuoso abrazo. De inmediato aparecieron Latifa, la mujer de Bertran, y André Trencavel, en la puerta interna de la tienda que comunicaba con la vivienda.

Luego de una cena temprana y del café, el dueño de casa sirvió una copa de vino blanco para todos.

Como seguramente ya habían acordado antes con Rostanh, Trencavel tomó la palabra.

"Estimado Nick. El propósito de esta reunión es ponerte al corriente de una serie de informaciones sobre el tema que nos interesa a todos. Quizás te preguntas porque no la hemos compartido antes, de modo que te informo que son datos exclusivos para descendientes de aquellos Cátaros medievales que pagaron tan caro su fidelidad a su fe. A pesar de que tus amigos de la Comunidad Bluthund son personas honorables, no pertenecen a este círculo pequeño, y nuestra tradición es restringir esta información a gente de nuestra misma estirpe. Mi esposa Latifa, aunque es de origen africano, es la madre de mis hijos que también comparten este linaje."

Como obedeciendo a un plan previamente establecido, Trencavel cedió la palabra a Bertran Rostanh.

"Lo cierto, querido Nick, es que nosotros sí tenemos una versión de lo acontecido al tesoro de los Cátaros, de cuyo orígen ya hemos hablado, y que de acuerdo con esas misma versión, alguna vez incluyó el Santo Grial."

Al oir estas palabras Nick se colocó súbitamente en estado de alerta. Sólo lamentó que sus compañeros de la Comunidad Buthund no estuvieran para compartir esas novedades con él; en efecto el joven tardaría en comprender que el destino lo exponía a esa experiencia en soledad por alguna razón que a él le escapaba en ese momento.

Bertrán recomenzó con su alocución.

"Antes de proseguir con mi narración, joven amigo, necesito que te comprometas a guardar todo lo que estás por oir para tí mismo, y no comentarlo jamás con otras personas no pertenecientes a nuestro pequeño círculo de descendientes de los niños Cátaros."

"Juro conservar el secreto."

"Bien, lo que vas a escuchar es un relato sobre el recorrido del Grial, que junto con sus portadores, ha viajado lejos y a lo ancho."

"No olvide que comenzamos nuestra búsqueda en la Patagonia Argentina, en el extremo opuesto del mundo." Repuso el joven.

"Verás que deberás proseguir tu viaje a los confines opuestos de la Tierra.

"Huyendo del poder de reyes y pontífices con sede en Roma y el Oeste de Europa, los cátaros con sus niños y su tesoro prosiguieron su largo viaje que eventualmente los llevó a Constantinopla, sede del Imperio Romano de Oriente o Imperio Bizantino, y estuvieron durante un cierto tiempo en la seguridad de sus imponentes iglesias y monasterios, pero al caer Constantinopla en manos de los turcos otomanos en 1453 y desmoronarse todo ese Imperio, los portadores del Grial y del tesoro entendieron que una vez más debían migrar para poner su valiosa carga a salvo, y se internaron en lo que es actualmente Rusia, huyendo de las hordas mongolas y otros invasores, hasta quedar en medio de un pueblo de *viejos creyentes*, entre los que pudieron estar a salvo por algunas generaciones."

"¿Viejos creyentes?" Preguntó Nick.

"Sí, los viejos creyentes o *raskólniki* eran cristianos ortodoxos partidarios dela vieja liturgia eclesiástica, que no aceptaron las reformas eclesiásticas en 1654, por lo cual fueron considerados cismáticos de la Iglesia Ortodoxa Rusa y salvajemente perseguidos. Se trataba de personas partidarias de una moral estricta, que tenían prohibidos los vicios como el alcohol y el tabaco, y que tenían vedado afeitarse la barba. También ellos y sus familias eran quemados vivos cuando caían en manos de sus perseguidores."

"¿Algo parecido a la triste historia de los "Perfectos" Cátaros?"Inquirió el joven.

"Sí, por esa razón de proximidad ritual y también psicológica, nuestros antepasados que huían de Montsegur se sintieron cómodos entre esos viejos creyentes, y debieron compartir con ellos una vez más el largo exilio, que los llevó a los confines del Imperio Ruso."

"¿Es decir a Siberia?"

"Sí, es decir a sitios perdidos en la inmensidad asiática, llena de tribus feroces, Kanatos musulmanes, restos de los mongoles, y en fin, peligros de todo tipo."

"En ese medio hostil los viejos creyentes ortodoxos se esparcieron en pequeños pueblos desconectados entre sí en la enorme estepa. Algunos grupos emigraron luego a América del Sur, incluyendo una Colonia Ofir en la provincia de Río Negro, en Argentina."

"Nosotros estuvimos en esa provincia patagónica en nuestra búsqueda del Grial." Explicó el joven.

"Se trata de una provincia muy grande, con un territorio formado por estepas, parecidas a la *taiga* rusa. Por eso se afincaron allí estos creyentes, habituados a estas inmensidades solitarias."

"Pero solo estamos hablando de pequeñas comunidades dispersas en territorios enormes. ¿Hay alguna idea más precisa de dónde puede hallarse es tesoro cátaro, y por lo tanto el Santo Grial?" Preguntó Nick.

Esta vez fue André Trencavel que prosiguió con la narración.

"No con exactitud, pero sí el área de Siberia donde creemos que puede encontrarse. Escucha con atención..."
Nick marcó el teléfono del Dr. Richardson. Cuando el inglés le contestó alborozado, el muchacho tuvo que responderle aunque con grandes reservas.
"Estoy bien, me encuentro en casa de Bertrán Rostanh. Ustedes ya saben quien es. En los próximos días vamos a salir en un largo viaje. Por ahora no puedo darles datos de que se trata, solo decirles que esta relacionado con la colectividad cátara dispersa en el mundo. Por favor no me hagan más preguntas en éste momento. Necesito una información. Creo que en algún momento Jack o alguno de ustedes mencionó un miembro de la Comunidad Bluthund en Siberia."
"Siberia es enorme. ¿En que zona de Siberia?"
"Irkutsk."
Richardson vaciló un instante.
"Sí, se trata de Aman Bodniev."
"¿Quien es Bodniev? ¿Será por casualidad un viejo creyente."
"¡No! Nada de eso. Es un chamán siberiano, que sigue las creencias de su pueblo, tiene una religión naturalista."
"¿Cree que ese chamán estará dispuesto a ayudarnos?"
"Varios miembros de la Comunidad Bluthund le deben su vida a Aman."(1)

1. cf "La Diadema Romanov" de esta colección.

"¿Podrá conectarme con este chamán?" Pidió Nick.
Richardson se hallaba titubeante; finalmente tomó una decisión.
"Quiero tenerte sano y salvo de regreso en Nueva York, y si puedo ubicar a Aman de alguna forma creo que él podrá ponerte a cubierto de peligros en esa región salvaje del mundo."

Capítulo 58

Tal como un simple vistazo al mapa lo presagiaba, el viaje resultó extenuante. Luego del vuelo París- Moscú en un avión de Aeroflot, en la capital rusa habían tomado el Ferrocarril Trans-Siberiano en su estación de cabecera.

El trayecto hasta Irkutsk demandaba tres días y cuatro horas, en los cuales el tren era al mismo tiempo medio de transporte, hotel y restaurante.

Cuando los altparlantes anunciaron por fin la llegada a Irkutsk, los tres viajeron no lo podían creer. La primera tarea fue desentumecer los músculos y estirar la piernas, de inmediato recoger las maletas y mochilas, y descender lo más rápido posible a tierra.

Ya habían reservado un hotel de precio moderado desde París, y el taxi los depositó frente al albergue luego de otro viaje de media hora.

Luego de ducharse y abrir los equipajes, ubicando las ropas arrugadas y polvorientas en los placares, se juntaron para salir a caminar por la zona cercana, deporte que no habían podido ejercitar durante los tres días de viaje.

Al regresar vieron sentado en un banco situado frente a la entrada al hotel a un curioso personaje. Con una altura cercana a los dos metros y seguramente con más de 100 kilogramos de peso, cubierto con un abrigo de pieles compuesto por varias partes cosidas entre sí en forma artesanal, y con un típico gorro ruso también de pieles, parecía más bien un oso que un ser humano, y su visión a primera vista inspiraba desconfianza y hasta un cierto temor. El hombre parecía estar dormitando pero cuando los vio pasar delante de él se dirigió a ellos en un idioma que no entendieron.

"Lo lamento. No hablamos ruso." Dijo Trencavel.

"¿Ustedes son los amigos de Jack Berglund y Taro Suzuki?" Esta vez el gigante había hablado en un dificultoso inglés.

Los viajeros respiraron aliviados al ver que un factor inquietante se había tornado en una ayuda. Nick contestó con otra pregunta.

"¿Es usted Aman Bodniev?"

"Sí."

Luego de que el joven efectuara las presentaciones, Bertran Rostanh miró su reloj pulsera y dijo.

"En media hora estará todo oscuro y además será hora de la cena. ¿Habrá un restaurante donde podamos hablar con privacidad y luego comer?"

"Hace tiempo que no vengo a Irkutsk, pero recuerdo un sitio donde se puede comer bien y a precio razonable, y donde el dueño nos dará una sala para estar a solas." Diciendo esto Bodniev se puso de pie y agregó.

"Síganme." Con su vozarrón, todo sonaba imperativo.

El lugar al que Bodniev los guió resultó ser un bodegón de aspecto exterior dudoso, pero la cena fue excelente y muy abundante. A su término el chamán pidió al dueño una botella de vodka siberiano y los tres visitantes bebieron al límite mientras que para Bodniev la palabra límite parecía no existir. Al fin de las libaciones dijo.

"Bien, tenemos toda la noche por delante. Explíquenme que es lo que los trae a Irkutsk."

Trencavel y Rostanh tomaron a su cargo la explicación a pesar de las dificultades de ellos y del chaman para expresarse en inglés, lo que exigía a Nick hacer de traductor de algunas expresiones. Una vez concluídas la narración, Aman se echó hacia atrás en su silla y entrecerró sus ojos, por lo que el canadiense creyó que finalmente el vodka estaba haciendo su efecto y que el gigante se quedaría dormido. Sin embargo, luego de reflexionar en silencio por un corto intervalo de tiempo, Bodniev abrió los ojos y comenzó a hablar con su habitual parsimonia.

"No puedo decir que esta sea la primera vez que oigo hablar del Santo Grial, a pesar de que no es un mito de mi espacio cultural, sino de Occidente. Es más, he oído antes menciones del Cáliz en el contexto de la iglesia de los viejos creyentes. Como ustedes saben, estos creyentes fueron perseguidos hasta una época relativamente reciente aunque ahora ha sido legalizada. Pero durante mucho tiempo los miembros de mi creencia animista y los viejos creyentes fuimos perseguidos tanto por los comunistas como por la Iglesia Ortodoxa Rusa oficial.

"En esta zona estos creyentes están bastante dispersos por la taiga, pero de alguna manera mantienen contacto entre ellos.

"Yo tengo ahora que restablecer mis vínculos con los miembros de ese credo y averiguar algo que los ayude a ustedes en su búsqueda. Denme un par de días. Voy a salir de Irkutsk y retornaré cuando tenga información.

"Les recomiendo que mientras tanto visiten la ciudad y que alquilen o compren algún viejo vehículo para andar por la taiga y las montañas. Quizás puedan conseguir algún camión que haya pertenecido al Ejército Rojo en la era soviética. Se aproxima una temporada de tormentas y para alejarse de la ciudad necesitan algo robusto y confiable."

Dicho esto, Aman Bodniev alzó su copa llena de vodka y brindó por enésima vez.

Al día siguiente los tres viajeros siguieron el consejo del chamán y efectuaron un tour por la ciudad y adquirireon un viejo jeep UAZ, que según pudieron leer en Internet, tenía fama de "indestructible".

Aman Bodniev se acercó a la vieja construcción, donde según recordaba, en un viejo granero de gran altura construído de madera, funcionaba un templo de los viejos creyentes.

Al acercarse, un joven rubio surgió detrás de una parva de heno; Bodniev pudo ver que portaba una escopeta en sus manos.

"¿Qué desea, forastero?" El tono del muchacho no era amistoso.

"Hablar con el Padre Igor Belakurov."

"¿Quién es que lo busca?"

"Aman Bodniev."

"Espere aquí." Dijo, mientras entraba por el gran portón del granero.

Al cabo de unos instantes, el muchacho reapareció proveniente del interior del granero devenido templo. Ya no llevaba la escopeta y su gesto era amistoso.

"Acompáñeme por favor. El Padre Igor lo recibirá de inmediato."

Igor Belakurov era un individuo gigantesco, con una barba blanca de décadas. Se hallaba sentado frente a una rústica mesa de madera; al entrar el visitante se puso de pie y se acercó a él y lo estrechó en un fuerte abrazo.

"Viejo bandido. Hace muchos años que no nos visitabas. Creí que algún oso te habría destripado."

En ese momento el niño rubio les vino a ofrecer te. Ambos aceptaron, ya que Bodniev sabía de antemano que en ese ambiente de los viejos creyentes, una copa de vodka no era una posibilidad. El muchacho fue hasta un gran samovar situado en otra mesa cercana a cumplir con su tarea.

"Bien, cuéntameque te trae por aquí." Dijo finalmente Belakurov. El niño regresó y se sentó a la misma mesa que los dos hombres. Al notar que el visitante estaba un tanto inquieto por ese hecho, Igor le dijo.

"Ivan es mi sobrino, y lo estoy preparando para ser mi sucesor. Puedes contar absolutamente con su discreción."

Igor Belakurov se hamacó en su silla luego de oir la narración de su viejo amigo. Meditó durante unos minutos y dijo.

"Bien, estoy al tanto de las relaciones en el pasado entre nuestra comunidad religiosa y los cátaros. ¿Estás seguro que estos tres visitantes son descendientes de los cátaros sobrevivientesde la masacre?"

"Sí. Mis contactos en Bluthund lo han verificado."

"¿Me dices que uno de ellos es un joven de aspecto muy noble?"

Ante el asentimiento de Aman, le volvió a pedir.

"¿Me lo podrias describir?"

"¿Físicamente?"

"Físicamente, sus actitudes, lo que te venga en mente."

Aman procedió hacer lo solicitado. Sin embargo, no estaba preparado para la siguiente pregunta.

"¿Dirías que este Nick es un joven puro?"

"Si quieres decir casto, vírgen, no. Se que ha tenido una mujer."

"Me refiero a su interior. ¿Crees que su corazón es puro?"

"¿Quien soy yo para juzgar el corazón de un hombre?" Fue la sincera respuesta de Bodniev.

Concluida la explicación, Igor miró a su sobrino, quien asintió con la cabeza, mientras el chamán seguía estas alternativas con cierta perplejidad.

El dueño de casa pidió al joven.

"Ve a llamar a tu hermana."

Cuando Ivan regresó con otra niña un poco menor pero de idéntico aspecto físico, su tio la presentó.

"Ella es Svetlana. La niña tiene poderes psíquicos. Desearía que trajeras a ese joven..."

"Nick." Agregó Aman.

"Que traigas a Nick, a mi casa, para que Svetlana lo pueda mirar. Ella estará observando en silencio."

Bodnar comenzaba a arrepentirse de haber ido a pedir ayuda a su amigo; preguntó.

"¿Todo esto es necesario?"

"Puede ser fundamental. No tienes idea hasta que punto. La niña nos dirá si nos podemos fiar de él."

Capítulo 59

A pesar de la reticencia de Trencavel y Rostanh, Nick acedió a acompañar al chamán a la alejada granja de los viejos creyentes. Viajaron en el viejo jeep UAZ, guiado por el joven siguiendo las indicaciones de Bodniev.

Cuando llegaron, el joven Ivan los recibió dándoles una bienvenida austera. Cuando ingresaron al granero donde funcionaba la iglesia de los viejos creyentes, el lugar los impactó por su amplitud y sobriedad.

El patriarca Ivan Belakurov los recibió con afecto, abrazando a Aman y dándole la mano a Nick. Luego los invitó a sentarse a la gran mesa junto a él y al muchacho rubio.

Nick pudo observar en un rincón de la vasta sala a una joven sentada en una silla aislada ubicada a unos veinte pasos de distancia, a una joven vestida de aldeana rusa. A pesar de un velo ligero que cubría parcialmente su cabeza, pudo distinguir sus facciones de una gran belleza. Cutis blanquísimo, grandes ojos celestes, cabello rubio y una actitud contemplativa. El padre Igor la presentó brevemente.

"Esa belleza que ustedes ven es mi sobrina Svetlana."

No hizo sin embargo ninguna otra referencia ni dio explicaciones sobre la razón de la presencia de la muchacha en la reunión. Al ser presentada la joven se limitó a inclinar ligeramente la cabeza.

Las conversaciones se realizaban en un francés antiguo, comprensible para todos.

"Ahora, joven Nick, comienza a contarnos sobre tí, empezando por tu nombre completo, tu familia, tus estudios y tu interés en el Santo Grial."

"Soy Nicholas Lafleur, nacido en Montreal, Canadá, de una familia francoparlante....."

El muchacho fue desplegando su infancia, estudios, las tradiciones familiares que lo vinculaban con los Cátaros sobrevivientes de Montsegur, su ingreso en la Comunidad Bluthund, y todas las actividades desplegadas con sus compañeros desde la lejanísima Patagonia Argentina hasta llegar al castillo de Montsegur.

Mientras Bodniev y el joven Ivan permanecían en silencio, el Padre Igor iba intercalando preguntas aparentemente triviales, pero que en el fondo buscaban cerciorarse de que detras del interés del visitante en la búsqueda de la reliquia sagrada no se escondía la codicia por el tesoro de los Cátaros ni un afán de poder. Nick respondía con tranquilidad, aunque siempre sentía sobre su persona la atención de la muchacha llamada Svetlana.

Por un momento tuvo un sentimiento de culpa por sentir que estaba traicionando a Zhi al experimentar tanto interés por una mujer joven y bella tan distinta, pero el deslumbramiento era demasiado fuerte. Luego sus sentimientos se calmaron al razonar que Zhi también estaba enamorada del argentino Aulric y de él, sin que eso la inquietara y sin el que él, Nick, se lo reprochara. Finalmente decidió que el amor por la joven de Singapur era compatible con el encandilamiento producido por Svetlana.

La entrevista de Nick con el Padre Igor duró toda la mañana. El joven se dio cuenta que para contestar algunas de la preguntas debía desvelar cosas de su mente y su corazón de las que él mismo no era consciente, y que como fruto de la reunión estaba conociéndose a sí mismo tal como el Oráculo de Delfos exhortaba a los fieles que le iban a consultar. Por otra parte, abrirse frente a Svetlana no le producía vergüenza sino placer.

Al mediodía Igor decidió hacer un alto para almorzar, y sobre la misma mesa en que estaban compartiendo, unas mujeres tendieron un mantel y colocaron unos platos y ollas.

El Patriarca partió el pan y Ivan comenzó a servir a los asistentes; su hermana Svetlan se levantó de la silla y lo ayudó en su tarea. Luego todos se sentaron a la mesa; la muchacha se instaló en una punta de la misma, en una ubicación aún distante.

Al terminar el almuerzo, el Padre Igor le sugirió a su sobrino.

"¿Porque no llevas a nuestros invitados a recorrer la granja?"

Luego de la recorrida por la amplia extensión de terreno, incluyendo los establos y el corral de aves, todos retornaron al granero y entonces Aman y Nick se despidieron de los gentiles anfitriones.

Mientras Nick iba a buscar el jeep para emprender el regreso a Irkutsk, Igor y Aman quedaron a solas un momento. El patriarca exhibía una misteriosa sonrisa; le dijo a su viejo amigo.

"Ven mañana y conversaremos sobre los próximos pasos."

Bodniev y Nick regresaron en silencio a Irkutsk. El chamán buscó disimular su expectativa por el resultado de la entrevista y el veredicto de la joven vidente.

Al día siguiente Aman solo se dirigió una vez más a la granja de los viejos creyentes. Allí lo recibió el Padre Igor y los dos viejos amigo se sentaron a la mesa con sendas tazas de té. Sin preámbulos el primero dijo.

"Svetlana ha aprobado al joven Lafleur. Está convencida de su sinceridad y de la pureza de su corazón. De hecho, me parece que mi sobrina se ha enamorado de él. Su opinión coincide con mis propias conclusiones."

Bodniev apenas pudo controlar su alegría; en efecto en los pocos días desde que lo había conocido, había desarrollado un profundo afecto por el joven canadiense.

Igor prosiguió.

"La decisión que he tomado es extremadamente importante y si éste plan tiene exito puede poner fin a una búsqueda de siete siglos. Pero no está exenta de peligros para nuestro joven campeón."

Al oir las palabras de su amigo, Aman no pudo evitar pensar en las similitudes y diferencias de dos acontecimientos separado por siglos. Una vez más, sentados en torno a una mesa de madera, esta vez no redonda, dos viejos reyes sin la compañía de los doce caballeros, decidían emprender la búsqueda que desde el mito y la leyenda habían realizado todos los cristianos sinceros del mundo. Enviar a un joven campeón para hallar el Cáliz Sagrado, exponiéndose a todos los peligros de cada tiempo.

"¿Qué haremos?" Preguntó sencillamente Bodniev.

"Mañana tú y Nick saldrán en su jeep hacia el noroeste acompañados y guiados por mi sobrino Ivan, quien los guiará durante un trecho hasta llegar a una casa de piedra abandonada en la taiga. Allí Ivan les indicará los pasos que deben seguir. Conviene que salgan sin demoras pues en el norte se están preparando tormentas muy fuertes."

"¿Como seguirá el camino a partir de la casa de piedra?" Insistió el chamán, temeroso de exponer a su pupilo a peligros desconocidos.

"Ese es el punto. No lo sabemos. Nuestra guía llega precisamente hasta ese sitio en particular. De alli en adelante no conocemos el camino al Grial."

Mientras hablaban, Aman Bodniev pudo ver que la joven Svetlana encendía dos grandes velas en un candelabro de metal. Se preguntó por el significado de ese ritual.

Capítulo 60

Fue imposible convencer a Trencavel y a Rostanh que se quedaran esperando en Irkutsk a que Nick regrasara de su expedición con Bodniev. Los dos viajeros dejaron el hotel a la madrugada con la sensación de que algo quedaba atrás y que amanecía una nueva era plena de posibilidades pero también de peligros.

La primera parada fue en la granja de los viejos creyentes, en la cual se les unió el joven Ivan, portando solo una pequeña mochila y un característico abrigo de pieles semejante al del Chamán.

Luego de atravesar el Río Angara, el rumbo fue en general hacia el noreste, por un páramo contínuo y monótono que se prolongaría por horas. Ya estaba oscureciendo cuando divisaron en la lejanía un punto oscuro sobre la taiga. No sólo estaba anocheciendo sino que también el cielo se cargaba con espesas nubes que presagiaban una de las temibles tormentas de nieve siberianas.

Cuando arribaron a la construcción, puideron ver de que se trataba de una casa grande casi totalmente en ruinas. Tenía dos pisos, de modo que seguramente en su época de esplendor había dado albergue a una familia grande o a más de una familia. El techo del piso superior estaba parcialmente derrumbado y por todas partes se veían escombros y trozos de madera y otros materiales. Estacionaron el jeep cerca de la puerta de entrada, que era unica, y al descender del vehículo pudieron oir unos relinchos de caballo.

"¿Qué fue eso?" Preguntó Bertran.

"En un corral al aire libre detrás de la casa nos esperan tres caballos." Informó Ivan.

"La última parte del trayecto se hará a caballo, no hay otra forma."Agregó.

"¿Quién los condujo hasta aquí?" Preguntó nervioso Bertran.

"Supongo que los asociados de mi tío."

"¿Pero por qué sólo tres? Somos cinco personas." Replicó Trencavel.

"Lo siento, sólo seguiremos adelante Nick, Bodniev y yo. Son las ordenes de mi tío."

"Los seguiremos en el jeep, no podrán dejarnos afuera." Exclamó indignado Rostanh.

"Apenas recorran una milla se quedarán varados. Sólo los caballos podrán seguir camino."

"Pero esta búsqueda es la nuestro pueblo a través de los siglos. No pueden dejarnos fuera."

"No sólo ustedes quedarán afuera." Agregó misteriosamente el joven rubio.

" Las tareas a desarrollar ahora son encender un buen fuego adentro de la casa, y preparar la cena temprano." Añadió Bodniev con criterio práctico.

"Esta noche va a helar, y quizás amanezcamos en medio de una tormenta de nieve."

Ivan salió de la casa y recogió heno de una parva que se hallaba al costado de la casa. Lo esparció en una caballeriza semiderruida que se encontraba adosada a los fondos de la construcción principal, y condujo a los caballos del corral a la caballeriza. Los animales estaban asustados ante la inminencia de la tormenta que se avecinaba y lo acompañaron al refugio provisorio.

Apenas habían terminado de cenar cuando oyeron un rugido impresionante proveniente del exterior, que se colaba por las innumerables aberturas del deteriorado techo. Las rafagas entraron en el edificio llevando consigo copos de nieve que se arremolinaron en torbellinos dentro de la sala donde se encontraban.

La temperatura cayó drásticamente y los viajeros se agolparon en la parte más alejada de los agujeros, donde habían encendido un fuego alimentado con leña que Ivan y Nick habían recogido en los alrededores. Filosóficamente Boniev extrajo de sus abrigadas ropas una botella de vodka y un vaso de dudosa limpieza, se sirvió un trago y lo bebió de un sorbo; luego lo pasó a sus acompañantes, y tanto Trencavel como Rostanh aceptaron la invitación, mientras que Nick y el joven Ivan se abstuvieron.

Todos se durmieron bajo el ruido de los truenos y el resplandor de los relámpagos que entraban a través de las aberturas del edificio. Luego el estrépito cesó mietras la nieve caía suavemente.

Bodniev se despertó primero, agregó mas leña al fuego para reavivarlo, y puso a calentar un recipiente abollado para preparar el té.

Luego del frugal desayuno debieron esperar aun una hora hasta que aclarase lo suficiente como para poder viajar por la taiga, ahora totalmente recubierta de un manto níveo, bajo el cual podían esconderse peligros invisible.

En medio del silencio general Bodniev, Nick y el joven Ivan prepararon sus mochilas y sus cabalgaduras, saludaron a los dos franceses y sin mirar para atrás comenzaron su viaje hacia lo desconocido.

En la casa de piedras quedaron Trencavel y Bertran Rostanh, frutrados por no ser de la partida y ansiosos por la suerte de sus compañeros.

El viaje fue largo y bajo un cielo plomizo los tres jinetes, sin apurar a los caballos, anduvieron cuatro horas hasta llegar a un río que aún no se había congelado.

"Nick, hasta aquí llegan las instrucciones de mi tío Igor. A partir de éste punto Bodniev y yo debemos dejarte solo y regresar al edificio de piedra, para esperar tu regreso."

El chaman intentó protestar.

"No puedo dejar a este muchacho andar solo. No conoce la taiga ni sus peligros. Sería lo mismo que firmar su sentencia a la pena capital. ¿Qué fue lo que ordenó Igor."

"Sólo el caballero puro ha sido elegido para hallar el Santo Grial. Mi hermana Svetlana lo ha reconocido en la persona de Nick."

"¿Qué dices tú?" Preguntó Bodniev dirigiéndose a Nick.

"He de seguir mis destino hasta donde me lleve."

"Nunca se ha estado tan cerca de hallar el Cáliz Sagrado." Añadió Ivan.

Los tres hombres se estrecharon la mano.

"Dios te bendiga." Dijo en voz baja el joven creyente.

"Que los espíritus de los bosques y las piedras te guíen y te protejan." Agregó el chamán.

Nick sonrió, guió a su caballo para vadear el río y emprendió su marcha con su vista fija hacia adelante. Los ojos de sus compañeros lo seguían anhelantes.

Aunque en épocas de deshielo el río era caudaloso, en el comienzo de ese invierno el agua apenas llegaba a salpicar el pecho del caballo y las botas del jinete.

Al legar a la otra orilla. Una niebla espesa proveniente del rio envolvió la figura del joven y su cabalgadura. Mientras lo observaba Bodniev sintió que las lágrimas caína de sus ojos, rodaban por sus mejillas y se deslizaban luego por su barba. Entretanto Ivan rezaba alguna plegaria olvidada en un ruso antiguo que él sólo comprendía a medias. En la boca de Nick apareció una sonrisa mientras los alrededores eran cubiertos por la bruma.

Capítulo 61

El joven cabalgó durante horas, en medio de una bruma que solo se levantaba por momentos, al ser agitado el aire circundante por ráfagas de viento y torbellinos locales que iluminaban los límites de su sendero, pero ese efecto desaparecía luego al restablecerse la calma atmosférica.

Al no poder distinguir los contornos del sitio en que se hallaba, tampoco podía establecer puntos de referencia para guiar su marcha. Pronto comprendió que estaba completamente perdido, que probablemente estuviera dando vueltas en redondo y que de ninguna forma podía asegurar que estaba marchando en dirección noreste como le habían indicado.

Reflexionó un instante y se dio cuenta que no tenía el control de su vida en sus manos, que estaba completamente a merced del

No tenía forma de gobernar el rumbo de su existencia ni de guiar los pasos de su caballo. En un primer momento la idea le trajo desesperación, pero entonces una música celestial llegó a sus oídos, no sabía si procedente de la niebla o de su interior. Esa música calmó su animo y templó su voluntad.

"Todo esto tiene que tener un propósito, un fin." Pensó.

El joven caballero de espíritu puro por fin entendió el mensaje que la música, real o imaginaria, le estaba transmitiendo. Soltó las riendas de su cabalgadura y dejó que el animal buscara su camino en la bruma.

Al hacerlo sintió que, lejos de vagar en un solitario e ignoto de la inmensa taiga siberiana, Alguien había tomado las riendas del caballo y lo estaba guiando hacia un destino.

Un extraño placer inundó de repente el espíritu de Nicholas Lafleur, y simplemente supo que estaba siendo llevado a un sitio, y que sólo debía preocuparse de estar atento para comprender cuando hubiera llegado a él.

Nick nunca supo cuanto tiempo vagó en esa manera por la estepa siberiana. De pronto, allá lejos y adelante de él, vislumbró una luz en su camino. La calma interior de su alma se tornó júbilo, cuando entendió que estaba llegando a su meta.

Louie, el guardia de seguridad del edificio, ese sábado había tenido que despertarse más temprano que lo habitual, para abrir la gran puerta de cristal y dejar entrar a los invitados a la Asamblea de la Comunidad Bluthund que dirigía su jefe, el Dr. William Richardson.

Aunque el horario establecido para el comienzo era las 9:00 a.m., los integrantes de la Comisión Ejecutiva comenazaron a llegar temprano, con el fin de poner en orden la sala de reuniones, los equipos de proyección de datos, la mesa y las sillas y el equipo de sonido.

Richardson y Watkins doblaron las mangas de sus camisas y se pusieron a la tarea. Pronto llegaron también Taro Suzuki y Jack Berglund, quienes se agregaron a los trabajos de organización. Más tarde arribaron Wolfram von Eichenberg y Corrado Gherardi, recién llegados de sus vuelos desde Alemania e Italia respectivamente. Un poco más tarde subieron en el ascensor Lakshmi Dhawan y Madame Swarowska, y casi inmediatamente la puerta del ascensor se abrió para dar paso a una hermosa joven de rasgos orientales, quien se dirigió saludar a Taro Suzuki y a Jack Berglund, bajo la mirada atenta y resignada de Lakshmi Dhawan.

Por fin, Louie informó que había llegado el Almirante Donnelly y que estaba subiendo por el ascensor.

"Bien, con él ya estamos todos." Dijo Richardson.

"Vamos a comenzar con un café, para sacarnos el frío de encima." Agregó Watkins.

El café del comienzo tenía también un propósito adicional, permitir que todos estuvieran al tanto de una serie de informaciones domésticas que no eran parte del temario de la Asamblea. En efecto, el grupo se reunió en torno de Richardson y Watkins para compartir noticias de personas amadas que no se hallaban presentes en esa reunión.

"Chandice Williams y Mike Turgenev están en Jamaica, en el pequeño pueblo donde nació y se crió la mujer. Han ido allí para casarse y bautizar a la pequeña hija en la misma igleasia donde bautizaron a Chandice." Explicó Jerome Watkins, quien había estado en contacto con ambos jovenes.

"¿Piensan regresar a Nueva York?" Preguntó Lakshmi.

"No, van a establecerse en ese pueblo, de modo que toda la familia de Chandice vuelva a estar unida." Prosiguió Watkins mientras exhibía en su celular una foto de la pareja y su hija recien nacida.

"Me enviaron estas fotos."

"Como todos saben, Zhi y el joven argentino Aulric han ido a vivir en la Patagonia Argentina. Allí han comprado una extensión de unos quinientos acres en la Provincia de Chubut y están terminando de edificar su casa. Se van a dedicar a la cría de ovejas, y su propósito es de hacer crecer su familia y su majada, y parece que están avanzando en ambos sentidos. También me mandaron fotos."Dijo con una sonrisa Richardson mientras exhibía a su vez una foto donde aparecían los dos jovenes en medio de un rebaño ovino. La silueta de Zhi mostraba un embarazo de varios meses.

"Lo que quizá no todos sepan es que Nick Lafleur y su novia, una joven rusa llamada Svetlana, también se han ido a la Patagonia para radicarse junto a Zhi y Aulric, edificando su propia casa en el mismo terreno que ellos. Parece que esta solución multifamiliar permite que se mantengan unidos. Es un experimento interesante. Lamentablemente no tengo fotos de ellos, pero me dicen que Svetlana es una hermosa mujer." Agregó Taro Suzuki.

¿Quién es la joven oriental que se nos ha unido hoy?" Inquirió el Almirante Donnelly.

"Lo voy a anunciar oficialmente en la Asamblea. Le pido paciencia hasta entonces."Repuso amistosamente Richardson.

En ese momento se acercó Madame Swarowska diciendo.

"Bien William, ya está todo dispuesto. Puedes comenzar la Asamblea cuando quieras."

Todos se dirigieron a la sala y tomaron sus asientos.

Richardson se paró en frente y dijo.

"Esta reunión tiene dos partes. En la primera cerraremos el tema de la búsqueda del Santo Grial. Todos los miembros informantes de los grupos que actuaron en la Patagonia Argentina, en Escocia, España, Francia e Israel informarán de los resultados de su búsqueda. Toda esta gente ha viajado lejos y a lo ancho, corriendo serios peligros y les debemos infinita gratitud a sus esfuerzos. ¿Quién está en condiciones de narrar lo acontecido en Siberia?"

Taro Suzuki alzó una mano.

"Yo soy el que ha estado en contacto permanente con Aman Bodniev y Nick. Ellos me han puesto al corriente de todo lo ocurrido."

En efecto cada uno de los informantes de cada grupo expuso los resultados de sus viajes, con abundancia de fotos, mapas y resúmenes. Esa tarea llevó toda la mañana.

Al final de la misma William Richardson volvió a tomar la palabra.

"Como síntesis, puedo comunicar que a pesar de todos los esfurzos, la búsqueda de Caliza Sagrado ha dado un resultado negativo, y que su hallazgo quedará reservado a las generaciones futuras."

Al oir esta afirmación Taro Suzuki disimuló una sonrisa, pero fiel a la promesa dada a Bodniev se abstuvo de efectuar comentarios sobre la misma.

"Ahora vamos a servir una almuerzo frugal, y a continuación, el Almirante Donnelly nos dará a conocer nuestra nueva y excitante misión.

Y así, querido lector, esta historia ha llegado a su fin. Pero no temas, porque nuevas aventuras esperan en el horizonte, y el viaje continúa en las páginas del mañana.

Del Autor

Estimado lector,

Le agradezco que se haya interesado en leer estas breves palabras en la que hablo de mi obra. Es un buen hábito tratar de entender que llevó a un autor a escribir un libro particular, ya que las motivaciones varían de autor en autor y de libro en libro.

Como señal de respeto al lector, en todos mis libros realizo una exhaustiva investigación previa sobre los hechos a que se refiere la obra, particularmente teniendo en cuenta que muchas de ellas transcurren en lugares a veces apartados entre sí y en épocas históricas también diversas; es decir que mis libros a menudo transitan dilatados trechos en el tiempo y en el espacio.

Estas búsquedas están basadas en mi memoria, en la amplia biblioteca familiar y en el gigantesco cantero de hechos y datos constituido por Internet. En la red global todos pueden buscar pero no todos encuentran lo mismo... afortunadamente, ya que este hecho da lugar a una enorme variabilidad y diversidad.

La trama por supuesto proviene de la imaginación y la fantasía. Ésta es para mí de fundamental importancia y confieso que jamás escribiría un libro que no me interesara leer; mis gustos como escritor y como lector coinciden en alto grado.

Mis obras con frecuencia transcurren en lugares exóticos y se refieren a veces a hechos sorprendentes y hasta paradójicos, pero jamás entran en el terreno de lo fantástico e increíble. Es más, a menudo los hechos más bizarros suelen ser verídicos.

Sobre el Autor

Cedric Daurio es el seudónimo adoptado por un novelista argentino para cierto tipo de narrativa, en general thrillers de base histórica y novelas de acción y aventura. Ejerció su profesión como ingeniero químico hasta 2005 y comenzó su carrera literaria a partir de entonces. Escribe en castellano y sus libros han sido traducidos al inglés y están disponibles en ediciones impresas y como libros digitales.

El autor ha vivido en Nueva York durante años y ahora reside en Buenos Aires, su ciudad natal. Todas sus obras están basadas en extensas investigaciones, su estilo es despojado, claro y directo, y no vacila en abordar temas espinosos.

Novelas de Cedric Daurio

Runas de Sangre
La Estrella de Agartha
La Legión Perdida
I Ching y Crimen
Una Dama Elegante
El Guerrero Místico
La Secta de los Asesinos
Dominatrix
El Tesoro Mongol
La Jungla Fantástica
La Diadema Imperial
El Regreso de los Templarios
Rapsodia de Sangre
La Ciudad Mítica
El Nido del Águila

Contacte al Autor

Mailto: cedricdaurio@gmail.com
Blog: https://cedricdauriobooks.wordpress.com/blog/

Sobre el Editor

Oscar Luis Rigiroli publica los libros a su cargo en ediciones impresas y electrónicas por medio de una red comercial que les brinda una amplia cobertura mundial con ventas en los cinco continentes. El catálogo incluye tanto numerosos títulos de su propia autoría como aquellos escritos por otros autores. Todas las obras están disponibles en idiomas castellano e inglés.

Abundante información sobre dichos títulos puede ser consultada en los siguientes sitios web:

https://narrativaoscarrigiroli.wordpress.com/ y
https://louisforestiernarrativa.wordpress.com/

El lector queda amablemente invitado a consultarlos en la seguridad de hallar buenas experiencias de lectura.

Galería de Arte

359

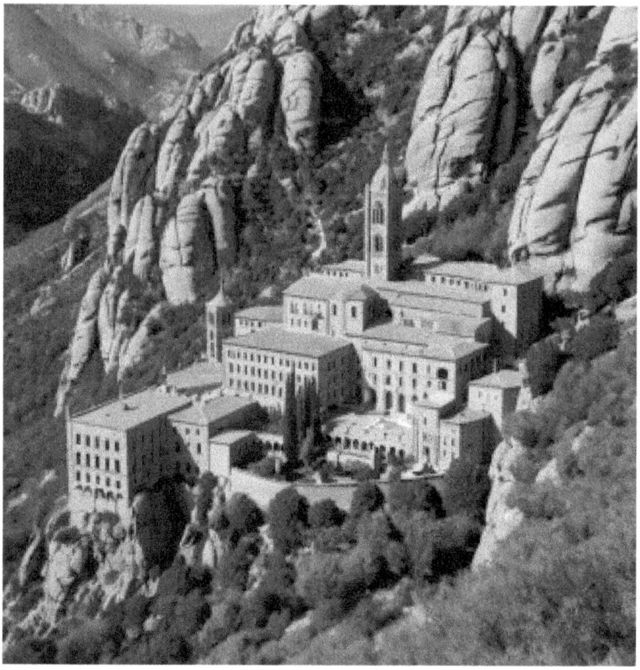

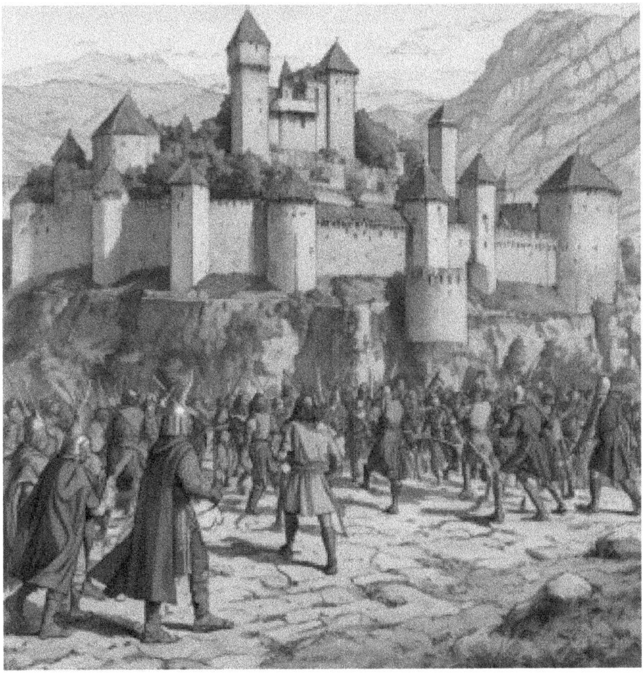

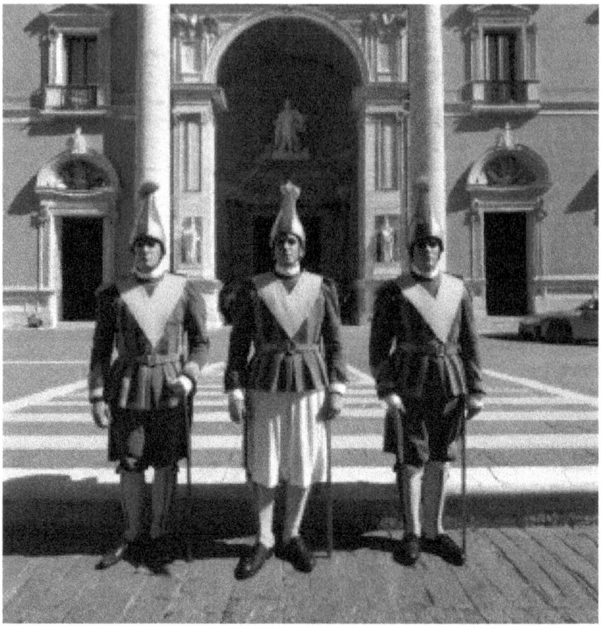

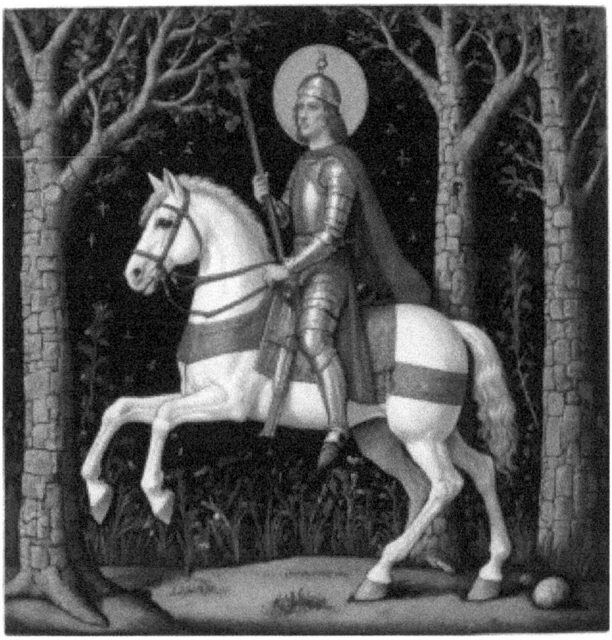

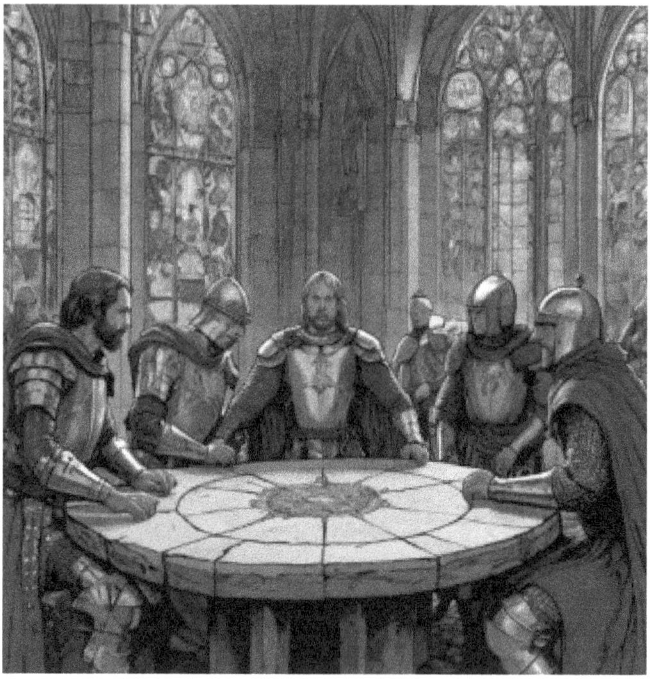

365

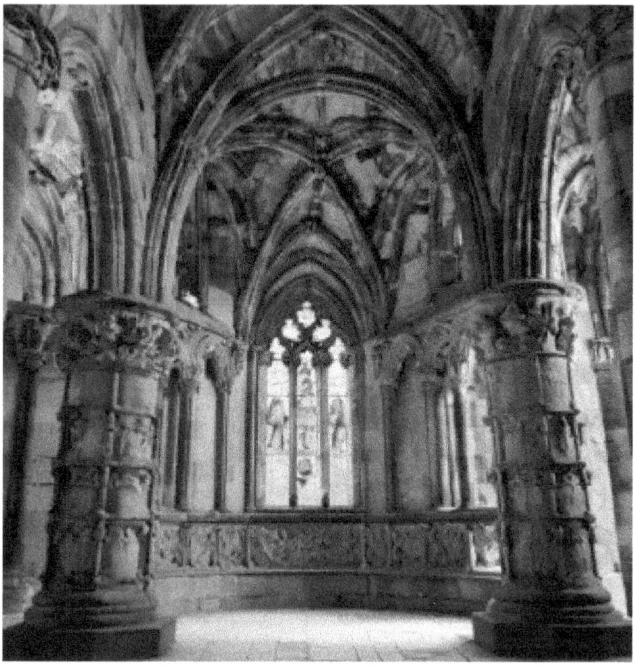

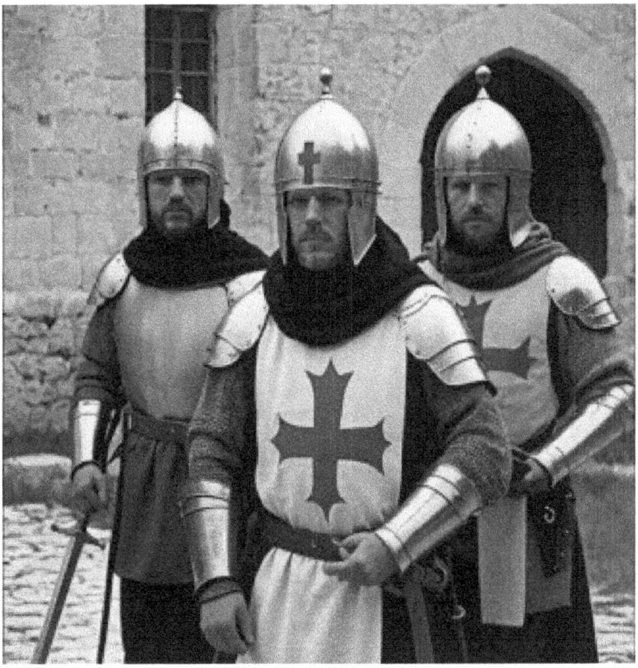

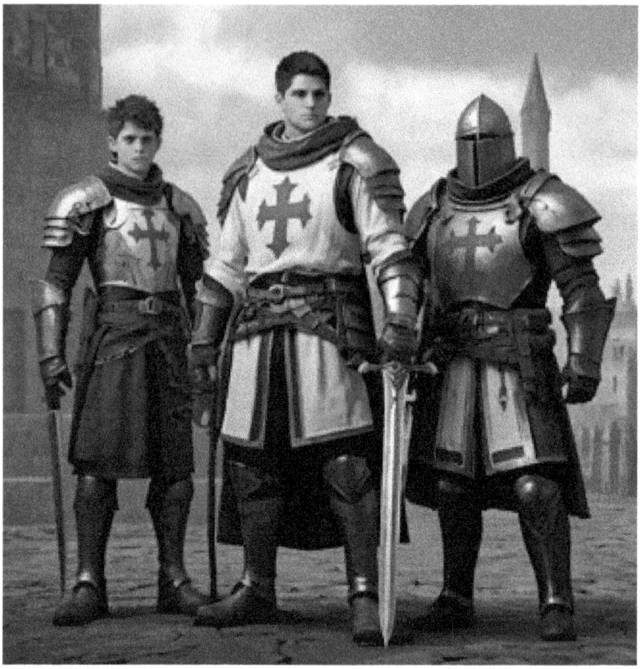